中国少数民族文学发展工程
出版扶持专项丛书

看得见的河流

（黎族）李天斌／著

作家出版社

李天斌　1973年生，黎族，中国作家协会会员。在《人民文学》（增刊）、《民族文学》《北京文学》《散文海外版》等三十余家期刊发表散文，有作品入选各种选本及高考模拟阅读题。以散文的方式切近日常，在日常中找寻散文的本质及意义。现居贵州关岭。

作者近照

目 录

我的兄弟李天斌（序）

吴昕孺

至今引以为憾的是，一直没和天斌见过面。

仅仅通过一次电话，是在二零零八年十月，贵州安顺文友丁杰到了长沙，我请他吃饭。丁杰和天斌是好朋友，他们每个月要见上一面，我就用丁杰的手机和天斌通了话。天斌的声音柔和而深沉，即使是表达一种惊喜，他也显得内敛、节制。

我对贵州一直有种难以言说的好感。黄果树瀑布、大小七孔、梵净山、花溪……其景色风光总是以独有的风致，给我以强烈的震撼。贵阳的清凉，遵义的隽永，镇远的妩媚，还有开阳那样偏远县城的幽秘……贵州从不是一个喧嚷的地方，总是静静地守着自己的那份美好。我认识的贵州文友和诗友并不多，他们一如其地，怀抱崇山叠翠、碧水清流，而不声张；他们那么爱好文字，却不太在乎文字之外的事情；他们像山花，该绽放时尽情绽放，哪怕无人喝彩，既不藏着掖着，更不跑到山外面去吆喝。我特别喜欢这种风格。或许，这是我与天斌虽未谋面却交谊深厚的重要原因吧。

十多年前，我在马明博主持的“新散文论坛”上结识了天斌，喜其为文的清雅和为人的单纯，我们在网上交流甚多，友情亦积跬步而至千里。天斌重情义，得知文友患风湿症，他四处拜访名医，自己上山采了草药寄过去。还有一次，他在网上给我留言，说昨晚梦见我，“我们”聊得很开心。这句留言像电一般击中了我，这来自远方的友情的闪电，伴着轰鸣的雷霆，炸响在我的上空，给我带来人与人之间会心碰撞所迸发的绚烂光芒。

接下来，大约是二零零九年秋天吧，我在江南雪儿的博客上读到天斌写的一篇文章《网络上的兄弟姐妹》，其中一段是专门写我的：

“比如吴昕孺。我先前称他为老师。因为在网络之上，我始终觉得他的文章是出类拔萃的。称他为师，完全出自于内心的一份尊敬甚至崇拜。后来的一天，我突然收到他惠寄的《两个人的书》，欣喜的同时，对他的好感再添几许。对他留在书里的照片，也就仔细凝视了良久。至今仍记得他坐在苏东坡用过的桌椅上回头的那一笑——他的儒雅、亲切的印象，也从此在心里定格下来。以至于后来丁杰兄因公出差长沙时，我一直怂恿他去拜望下昕孺兄。后来丁杰兄得到了昕孺兄的热情款待。就在他们喝酒的时候，昕孺兄还拨通了我的电话，我至今仍记得他那瓷实、温和的声音。那天正是我因为多病的身体跟工作矛盾彷徨无定的时候，那天昕孺兄第一句话就是嘱我保重身体……电话接通的瞬间，我几乎感动得泪流满面。我也终于下定决心，从此舍去一切世俗意义上的负累，认真守护自己的健康和快乐。”

这段文字读得我眼红耳热，内心的感动有如激流澎湃。但我没有回应天斌，也没有将这段文字转载到我的博客上。因为，我觉得天斌对我过誉了，我承受不起。“老师”“出类拔萃”“崇拜”……这样的字眼，我还离得很远。让我备感欣慰的是，天斌有了“从此舍去一切世俗意义上的负累”“认真守护自己的健康和快乐”的决心。这是非常不简单的。“世俗意义”对任何人都是一个巨大的堡垒，过得了这一关，则海晏河清；过不了这一关，则可能沉沙折戟。

二零零九年，在散文家杨献平主编的《散文中国·散文新锐九人集》里，我和天斌均有幸成为其中的九分之一。我认真拜读过天斌那一辑散文，还记得读过之后那久久萦绕于怀的悲怆与“荒凉”。荒凉，是天斌在作品中使用率较高的一个词——这个生下来即患重疾，不知“死”过多少回的穷苦人家的孩子，这个世界给予他的第一印象，别无其他。

每次去贵州，我无不陶醉于那里民风的淳朴与山水的奇丽。然而，我的兄弟李天斌，这个土生土长的山村伢子，竟苟延于那“淳朴”和“奇丽”的B面。对于一副天生的病弱之躯，无论那山水如何奇丽，都只会露出其穷凶极恶的一面；对于一颗天性敏感善良的心，那“淳朴”的民风里也会钻出蝇营狗苟的异味和落井下石的阴风……在读过《隐秘的时光》《秋天的内心》《黑夜里的稻子》《失忆的忆》《漏网之鱼》等篇什之后，我有了一股与天斌聊聊的强烈冲动。类似情况，也曾发生在我读过云南散文家吴安臣的散文集《草从对岸来》之后，我没有丝毫犹豫，就和安臣通了邮件。但在天斌面前，我发现自己失语了。我的邮件写好之后，并没有发出，因为我觉得，那种苍白而浅薄的安慰性文字看上去十分矫情；过几天，我手写了一封信，写到一半也将信扔到字纸篓里去了……我最终什么也没说，只是转而用公事公办的口吻，为我们《初中生·作文》杂志向他约了一篇稿。不久，他给我寄来了《作文的妖味》。

我很喜欢这个“妖”字，天斌的作品里就散发出一种与众不同的妖味。这种味道，是天斌与生俱来的，是他用心、用血、用所有的气息和生命体验写出来的，浸透了关岭山区类似中草药味的悲苦、绝望和希冀，那是向死而生的味道，那是命悬一线的味道，但又是临事不惧的味道，是桶底脱落的味道。

借用冰心先生一个意象：如果说人生和现实是一面巨大的针毡，那天斌的文字，就是他拿了自己的身心扎在这面针毡上的一个个血痕——每个字一个血痕，一个都不马虎，一个都不苟且。

天斌，无疑是关岭乃至贵州文学界的一个“妖人”。在他身上，命运表现出常人难以参透的无限玄机。

晕病发作，死过无数次的他，终于成了“一尾漏网之鱼”，“侥幸地存活着”。而那些平时陪伴他、经常安慰他的壮健者，一不小心就被死亡的无形之网捕捞了去。身强力壮的好朋友小镁死于直肠癌，手握钢枪的红侠舅舅死于脑膜炎，高大英俊的二林舅舅逃过了疾病的打击，却意外死于车祸……被死亡抛弃，同时也几乎被生活抛弃的李天斌，在孤独与沉寂中，学习，阅读，体味，似乎是别无选择地选择了写作。而写作，自从与天斌的血气经脉、肺腑肝胆、思虑情怀打成一片，便屡屡在他的命运中扮演“神”一般的角色：先是遭到乡党委和县教育局的哄抢；被发配回乡教育辅导站，几至走投无路的时候，县委宣传部一纸调令让他柳暗花明；在宣传部被新任部长牢牢摁在冷板凳上之后，他又被召至组织部长麾下，从此走上了领导岗位……这一连串的腾挪躲闪，与“李天斌”的功夫和身手没有半毛钱关系，纯粹是缪斯女神对一个多愁多病之身的垂顾。

女神的出手，让关心这个孩子的所有人，轻轻嘘出一口气。

天斌无疑只能生活在人间。可是，在他还没有任何承受能力的时候，人间的苦难就一窝蜂地扑向了他，他的力量与苦难的折磨一起生长。这样生长的力，不可能是爆发性的，而只能是一种久病成慧、愈挫愈勇的韧性。天赋与他的疾病和虚弱，像贵州山区随处可见的共生植物，紧紧缠附在一起——这株植物奇异地开出了文学的花朵，并通过文学，获得了精神上的强健——他遇到了“她”：

“古道苍苍，秋草摇黄，成片的芦苇摇曳着最后一缕生动，热烈的野菊花却正一朵朵挤着爬上山野的脊背——此时，她来看我了。没有怀疑，也没承诺，一个拥抱后她就成了我妻子。多年后，我一直认为是她拯救了我——爱情的魔力，有点像教堂深处的赞美诗，它能让一个沦陷的灵魂获得安慰并最终苏醒。

“因为她，我总渴望黑夜的到来。在黑夜里，很多年，时光悄然退隐，只有我和她——两个在真实中暴露出来的身体，一切虚幻的道具退去，身体的花朵与幽香让我一度感到踏实和美好。黑夜里的光芒呈现出来——透过黑暗，我一次次抚摸到生活温柔的脸庞，黑夜更像一种神祇，在贴近灵魂的地方飞翔——很多年，我必须坦白，黑夜对我的诱惑，让我多病的身体，一次次从世俗里抽身出来——远隔忧郁、置身闲言碎语的利箭之外，抵达安静与超拔。”(《内心》)

这是多么富有神性的文字啊！顷刻间，这种神性的光芒就让他和她，又遇到了“她”：

“我还要说到我的女儿，因为在我半坡精神的枝蔓里，她一定是其中一枝。正如多年前，当父亲带着我在某个僻远的乡村安居下来一样，那时候的他一定将乡村视作了我生命的源头，甚至是一生的皈依地。”(《迁徙者手记》)

写作让天赋获得了圆满，我们当然可以说这是天赋的“自我救赎”。只不过，这种救赎让天赋，同时也让我们，明白了一个很难明白的道理：幸福，其实往往是与苦难的和谐相处。一旦拥有了强大的内心力量与外在支撑，能够让自己与苦难和谐相处，天赋在创作中便有如轻骑夜行，悄然精进。从他的近作来看，他依然在写日常，写生活，写各种不幸和意外，但其笔触已基本滤掉了苦难的“毒素”，而呈现出风清月朗的局面——通过宵衣旰食的阅读、浑然忘机的沉浸和脱胎换骨的磨炼，苦难在天赋的文本中，成功地发酵，变成了他才情的助推器和思想的发动机。这是作为一名散文家，李天赋必须抵达的高度。在苦水里泡大的孩子，唯有当他超拔于苦难之上，因了对苦难的体味而获得内心的安宁，并抵达生命的大自在，他的创作才有可能独出机杼，卓尔不群。

于是，我们看到，在《看得见的河流》这本文集中，天赋的笔调较之以前舒缓、从容，仿佛一条终于冲决崇山峻岭的溪流，汇入了江河湖海。他的腕底少了焦虑，多了宽宏；少了情绪的泄露，多了智性的抒发；少了当事人的那种困顿与迷茫，多了旁观者的豁达和通透。

“这样的场景，一定是清凉沉香的——它像一缕箫音，在某扇雕花的木窗下幽怨如水。木窗一定也很老了，只是那个人，那一颗心，分明还在时光的深处徘徊——有点像爱情，一切的怀念或许都近似于爱情罩上的衣衫，随风舞处，是一份真实的痴和傻，是一个永远跟随的影子，不会熄灭的影子。”（《旧时光》）

“阳台很老了，水泥地凹凸分明，阒无人迹，却尘埃遍布、无孔不入；栏杆上铁锈汹涌，一层层使劲向外流淌，像某种绝情的奔赴；鸟粪星星点点，仿佛时间的某种胎记，花开花落之际，浮现的是岁月流逝的面庞——灼人，却有明显的忧郁与彷徨，在心的深处低头沉思，徘徊不前。”（《阳台》）

“这里还没有树，树早在建房时砍了；就连草，也被钢筋水泥深埋。还可以夸张点说，山梁上已不剩任何一粒土了，在城市的利爪之下，泥土们早已销声匿迹、尸骨无存。城市从来是不容于泥土的，城市与泥土天生是一对死敌；对泥土而言，失败在它身上，更像与生俱来的命运。”（《蛙声》）

“每天，沿着一条狭长的水泥路，我从半坡出去上班，黄昏时分或是夜里归来，几乎没有谁会在意我，甚至没人跟我打招呼，我就像那只土拨鼠，从泥洞里出去，然后又回到泥洞里，一只土拨鼠的世界，只有自己能看得清的一束幽光，在狭窄的范围内闪烁——孤独或许历来如此，它永远是一个人内心的陌生与疏离，如野花，在野地，独自开放、枯萎。”（《迁徙者手记》）

由己及物。由自身的疾病感知万物的衰亡。由人的孤独体会万物必然“失败”的命运。那么，谁将是最后的赢家呢？万物肯定不是，它们将毁于人类。人类，估计也不是，他们将自我毁灭。

难道真有一个没心没肺的上帝？或许有吧。看来，如果有，它必定不会住在繁华之中，而是隐身于荒凉之里。因为，我们从无数现象均可以窥探到繁华的短暂与荒凉的久远——我们又回到了“荒凉”这个词——既然荒凉是世界的本来状态，一如一出生就与死神打上照面的天斌，那么，我们就一定要好好珍惜来之不易的盎然春意、满目翠碧。难怪，在天斌的新散文集里，“荒凉”这个词他用得很少了。

原来，他是在点燃自己的生命之火、爱情之火、灵魂之火，为这荒凉的世界，留住一丝温暖、一抹葱茏：

“如果说是我为半坡留住了鸟声，一点也不夸张。”（《迁徙者手记》）

（吴昕孺，知名作家、诗人，现居湖南长沙）

第一辑

浮尘

围炉夜话

残　雪

关于雪，我最喜一个“残”字。在我看来，两个部首，一个奇妙的组合，在衰颓的视线里，却有灵动呈现。它静静地立在那里，不轻不重，翩然似梦，像一只栖在瓦片上的蝴蝶，或落在草尖上的蜻蜓，微微颤动。乱山之中，草木之上，那一点点的白，一点点袅娜，只悄悄一声呼唤，柔情便破羽而出。

残雪之下，是画也是诗。在古人那里，残雪似乎总跟明月、斜阳、箫声还有梅花并肩而立。古人似乎都很幽怨，比如纳兰性德，“残雪凝辉冷画屏，落梅横笛已三更。”不说惆怅，似乎便少了份情致。在他而言，落寞与忧郁是残雪中盛开的花朵，能温暖浊世与心灵。再如明清之际一个不太出名的诗人，因思念董小宛而吟唱：“寻到白堤呼出见，月明残雪映梅花。”一抔香艳之下，哀婉之情冷彻千古。

平素的经验里，残雪所承载的哀怨，已是一件熟视无睹的事情。

我之于残雪，却不喜也不悲。深夜围炉，万籁俱寂。听雪一点点化去，声音隐伏在即将到来的春天里，我能想象一棵小草此刻深埋的欢愉。一个生命消失的时候，另一个生命却蓬勃起来，此消彼长之间，便有了生命的更替和季节的流转。对我来说，这便是真实、是存在。不像庄子，只爱做梦，还梦中化蝶，虚幻之中，不经意就忽悠了别人。也不像上面那些诗人，愁心寄予残雪，落个虚名，不朽之下，却让人讥笑一生的痴和傻，似乎那补天遗下的顽石，空留笑柄。

深夜围炉，那残雪，还应系着一个深深庭院。想那庭院，雪落雪化，正如花开花落，见证的是一份倏忽而去的旧时光。一卷古书，一个人，在那时光里一点点下陷，美人迟暮、青灯黄卷的细节却凸显出来。再多年后，人去楼空，只有一院残雪，固执地留在这里，像最后的影子，也像一座香冢，更像一声叹息——我想，这或许就是人世与时间的深了。在那深处，残雪制造的荒芜，彻骨的冷，也彻骨地让人怀想。

我的庭院，不深也不大。约百余平方米，一道矮矮的围墙，围墙上是常青的爬山虎，细细的藤蔓一根根向高处攀爬，绿叶覆墙，四季不消。围墙下有一水池，缺三五座假山和两三条游鱼。水池两边植有美人蕉、冬青、芦荟、万年青，还有一株玫瑰、两棵兰草、三盆仙人掌，它们安静地立在那里，心事隐退，面目沉静。透过一扇小窗，我能窥见残雪铺在它们身上，细薄如莹。天边一片灰白，亦似一层淡淡的雾，看得清它们移动的身影。庭院上下，浮着一层浅浅的光晕，仿佛月光的纹理。但实际上是没有月亮的——雪落之时，月亮与星子，怕是已藏进梦里了。所谓残月映雪的说法，我很疑心是诗人的想象。尘世和心灵的美景，极有可能是被夸大的诗化甚至讹传。

突然就羡慕起古人来了。在这样的残雪之夜，我总是想，要是有一个故人来访，然后敲敲棋子；再或者提一扫帚，喷茶扫雪，再加上一碗读书之灯的照耀，必将古趣盎然了。而这样的古趣，必将让肉体安抚、灵魂飞升。我也终于明白，先前对古人的诘难，是有些不慎了。人在尘世上走，有时确是需要用诗意点缀和装扮的。对心灵而言，诗意是一种遮蔽，也是一种呈现。于是忍不住哑然失笑，及至有些愧疚起来。

残雪掉落，窸窣有声。只可惜看不见它们的身影。也可能，那最后的下坠，定是衣袂飘飘、白衣胜雪的独舞了？下坠的过程，也充满了决绝？终于忍不住就有了些怜悯，也有了几声嘘唏——人生不就这样吗？一捧残雪，早已暗喻了生命的过程和风景。

有鹁子的啼鸣声越过庭院。但仅有一声，只是一声，飘起来时又落了下去，有些凄怆，像一朵玫瑰在雪夜里的独舞。于是就想，灵魂或许都是孤独的——在残雪之夜，所有的内心都在渴望一次生命的圆融与舒伸？这样一想，心也一点点地疼痛起来——怕是那心，也如古人一般惆怅并不可收拾了？

咒　语

多年之后，在巴黎，当托马斯和特蕾莎的死讯传来，萨比娜一定再次想起了那声咒语——“把衣服脱了。”它像生活与命运的魔咒，一边是明亮，一边是黑暗，一边通向地狱，一边通向天堂。

这是米兰·昆德拉在《不能承受的生命之轻》试图说出的一个小说细节，一个不能承受的生命之轻。

我始终相信，这是一个时间的陷阱与密谋——它让一个人的灵与肉，接受最后的妥协与和解。它还让我懂得，死亡是最后的神谕，它让萨比娜一刹那间明白了爱情的真相。就像一个临终的圣徒，在最后的时刻听到了教堂深处的赞美诗。

一个不容置疑的事实是，从此，萨比娜跟过去的联系已彻底中断。时间与信仰遭遇最后的背叛，并变得似是而非。回忆再次成为一个忧郁的词——我不知道萨比娜此时是否已泪流满面，但我想，她一定深陷在虚妄中不能自拔。

她一定再次想起了往事。不，确切地说，她一定是想起了一间画室。

那是她自己的画室。画室很宽敞，画室中央有一个方形沙发，高高的，像一个看台。最重要的是，一边做爱一边偷看钟表的托马斯让她终于看清了画布上逐渐呈现的主题——当她赤裸着身子，在画布前站定，她突然就看到了爱情诡谲的面目，这种诡谲甚至充满了牧歌意味——在一种温馨与明媚中，肉体一寸寸陷落，灵魂一寸寸飞升。

就在这间画室，托马斯不断对她说："把衣服脱了。"这一句轻轻的咒语，虽然酷似命令，却是一个不可抗拒的美妙世界。这是一个悖论，萨比娜就活在这悖论之中。而且，很多年后，它还成了一句秘密的暗语，能让萨比娜在任何时刻寻找到灵与肉所处的位置。

跟她一起活在其中的，还有特蕾莎。特蕾莎是托马斯的妻子——不，在我看来，无论是特蕾莎还是萨比娜，在托马斯眼里，她们都只是那个被人放在涂了树脂的篮子里，顺着河水漂来，让他在床榻之岸收留的孩子。他就像那个法老的女儿，偶然地抓住那个放了小摩西的摇篮，于是他写出了像《旧约》一样的爱情。但是，托马斯知道，这是一种靠不住的比喻，他并没有法老的女儿的圣洁，他充其量仅是顺手玩了个危险的游戏。

只是，萨比娜跟特蕾莎似乎都喜欢这个游戏。她们都支持托马斯，并自愿扮演其中的主角——爱情诡谲的面目，让一切深陷其中的女人，在明与暗、轻与重的对立中显得混沌而又神秘无比。

一间画室，成为灵与肉的另一种隐喻。

多年之后，萨比娜也许一直没有弄明白，就在这间画室，特蕾莎为什么想要为她拍张裸照。她肯定不会知道，在梦中，托马斯曾命令特蕾莎站在他的画室，看他跟自己做爱——这个梦魇，让特蕾莎一直想窥视她的身体，在特蕾莎看来，这是情与欲的另一种发泄，在丈夫情人裸体上游走的目光，美好而快意。而她肯定也不会明白，当她终于对着特蕾莎的镜头敞开浴衣，她是炫耀还是妥协？而在后来，当她对着特蕾莎说："现在，轮到我为你拍了，把衣服脱了。"尤其是当特蕾莎赤身裸体、手无寸铁并有几分迷醉地站在她面前时，她一定也分不清自己是出于报复还是赞美？

不过，萨比娜一定知道，在那一刻，她们同时听到了一句咒语——"把衣服脱了"，像一句轻轻的神谕，从画室的最深处传来，把两个女人的裸体——散发着同一个男人气味的芬芳，灵与肉的花朵，紧紧联系在了一起。她们相互照耀，溢满神光。妥协与和解的过程，从梦境开始，最后接近梦境。

现在，这句咒语显然已飘落在尘世和内心之外。托马斯和特蕾莎死了，有关这句咒语，就像他们出车祸时摔碎的骨头，已然无法吻合。在一堆面目全非的骨头和花朵中，我想，萨比娜一定是彻底地坠落或升华了——在一份遗忘的背后，怀疑与诘问、背叛与遗弃，灵与肉的光焰，充满血污与混沌。

我深信，这就是米兰·昆德拉不能承受的轻了——生命与爱情的本质，最终被时间消解，及至不可言说，它一定程度让我们窥见了某种荒凉——在时间的陷阱与密谋里，一切的诗意与粉饰，都将赤裸地暴露，并且无足轻重。

旧时光

煤气的火光，像一朵硕大的黑心的蓝菊花，细长的花瓣向里拳曲着。旁边是一个家传的霉绿斑斓的铜香炉，第一炉香熄了，第二炉香也熄了，沉香屑烧完了，火熄了，灰也冷了。

这是民国一个姓张的女子给我们讲故事的过程。

时光在这里显得陈旧而且逼仄。时光里流淌着临水照花的美丽与衰颓。

是的，关于时光，我已经说出了——我喜欢看着时光一点点旧去，像一朵残菊，在风中一点点凋零；像一个人的肉体，在岁月中一点点坍塌。

时光旧去的过程，内心也在一点点接近——欢愉或者悲伤，得到或者失去，均在刹那间抵达。

祖父还活着的时候，祖父身上就流淌着这样的时光。

那时候，我看见祖父坐在幽暗的光里，火炉上冒着一缕缕的茶烟。茶烟漫过祖父的脸庞，袅娜中显出动人的温柔。另一边，祖父用火镰不断擦拭着，一下，两下，再一下……直至那一束火焰最后升腾起来。一杆长长的烟斗，以及烟斗最末端点燃的旱烟，仿佛夜晚盛开的花朵。到最后，花朵熄灭了，祖父的身子，也终于一截截老去——先是双脚，再是双手，紧接着是目光与额头，最后就连胡须也躲不过去，也跟着老了。再最后，时光分明就陈旧起来——时光甚至不见了，一转身，祖父和他的烟斗也不见了。

现在，我分明也老了。从祖父到我，父亲的环节被省去，时光一下子落在我的身上，时光旋转的气息，让我有点颤动。现在，女儿一次次窥视我的面容，并咋呼呼地发现了我额头上的皱纹，发现了时光在我身上奔跑的姿势。现在，我围着一个火炉——火炉分明也老了，残留的一层红漆，一脸斑驳。我在读一本老书，老得不能再老的书，清代的《围炉夜话》。写书的人早已不见，写书的朝代几经更替，时光在这里像一个遗失的逗点，坠入万劫不复的深渊。关于此书，我还想说的是，有一年，在北京故宫的一个小卖店，隔着一层橱柜的玻璃，我亲眼看见了它的线装本，据说那是最早的版本，那个朝代那个人的气息，在那里清晰如初，也陈旧如初。现在想起来，一份旧去的时光，忍不住潮水般再次汹涌。

屋外有成串的鞭炮声，还有烟花在空中开放。快过年了，时光再次走到了门槛上，跨下去，就是新年。这让我再次想起了时光的深处。在那深处，应该有一副对联的位置。对联是："炮竹一声除旧岁，桃符万户送新春。"对联是用红纸写的，贴在大门两边。至于作者是谁，不知道。只是新年开始时，父亲就会请家族中另一个老祖父复制下来，年年如此。对联贴上去，时光就此老去一截。尤其是那个老祖父，很多年，我一直在想，在旧年的时光中，当他凝神运气，悬笔提腕，在大红的纸页上挥毫泼墨，他是否早已看见，时光正在他被风拂起的长须和宽袍里肆虐？很多年来，我一直对此深信不疑，总觉得这一个细节，暗藏了时光所有的秘密。

这样的场景，一定是清凉沉香的——它像一缕箫音，在某扇雕花的木窗下幽怨如水。木窗一定也很老了，只是那个人，那一颗心，分明还在时光的深处徘徊——有点像爱情，一切的怀念或许都近似于爱情罩上的衣衫，随风舞处，是一份真实的痴和傻，是一个永远跟随的影子，不会熄灭的影子。

值得一提的是，N 多年之后，我无意间读到博尔赫斯《交叉小径的花园》，里面有这样几句："在某一些里，您存在，而我不存在；在另一些里，我存在，而您不存在；在再一些里，您我都存在。时间是永远交叉着的，直到无可数计的将来。在其中的一个交叉里，我是您的敌人。”我就想，时光最终是一张网，时光在交叉的同时，也呈现出无限的可能性。在这样一种终极的意义里，您或者我，都是不小心跌落在其间的一只虫子，一只微不足道的虫子。一只旧年的虫子。

关于故事，所有的恩怨情愁、明月秋花，早已只剩下一句话，在幽幽的炉香中一点点漫漶，一点点呈现又一点点消失。

秋天的孤独

一

秋天了，风吹叶落，叶落催风——我们最好选一首诗或是诗中的某段来读，但最好是里尔克的诗句："谁此时没有房子，就不必建造，谁此时孤独，就永远孤独，就醒来，读书，写长长的信，在林荫路上不停地徘徊，落叶纷飞。"在我看来，这是最能接近秋日的叙述，他所呈现的，就像一个躺在祭坛上的圣女，她在静静地入睡，梦里有如星子的微笑，罪恶庄严地为之退隐；醒来后，她将孤独地走向死亡……

这个细节，原本跟里尔克无关；她来自托马斯·哈代的《苔丝》，一个故事最庄严也最具有神性的结尾。但不知为何，我总会把他们联系在一起，他们就像一个合谋的隐喻，纯净而忧伤；他们一直在我的心里，也在秋天的几案上，沉静、深刻并无限执着。

读这首诗，我们最好选在黄昏或者夜晚，还要把所有的窗户紧紧关闭，窗外风声在耳，落叶纷披，万物正向季节和大地深处挺进或消失，一切汹涌的表面之下，都闪烁着孤独的言辞——但这些我们可能都不需要，我们只需要一份想象，哪怕是微弱如豆的一点灯火，或许就能抵达一切？时间与肉体往往只是情感的俘虏，在一首诗歌的深处，我们或许无需任何外界的媒介，就能彻底地洞悉尘世的声息？

在秋天，一首诗歌的位置，它极有可能是一种引领，更是一种进入。

二

秋天一到，所有的事物都走向了虚拟，包括山峰与河流，与大地，它们都退到了视线之外，它们就像进入梦境的那条黑线，若隐若现之际，其实早已声息失散，杳无踪迹。唯有落叶与风，一次次敲打我们的心灵；几乎所有的窗户之外，都有它们漫天飞舞的影子，像一种劫掠，让一个季节与一颗心，相互彷徨，在时间的两边，惆怅如怯。

每一次，我都渴望打开那扇窗户，看风吹叶落，叶落催风——在步步紧逼的事物里，我还是想近距离看清一个季节的秘密；那些盛极一时的表情，我相信有想象所不能及的东西。但每一次，妻子都把我拦下来，妻说风大，沙尘也多，一个脆弱的房间恐怕经受不住——就这样，一个俗世的理由把我连同我的内心一起关在了窗户之外。

所以很多时候，我只能强迫自己安静地坐下来，像一个被时间挟持的旅人，在一所被遗弃的房子内，想象一个没有房子的诗人，在落叶纷飞的路上写一封长信的孤独；我总有一种预感，这一定是一封没有地址的信，因为我猜想，当风与落叶开始泛滥时，诗人的生活抑或爱情，早已在远方不知所终？就像一个梦，从迈出第一步，就注定了丢失的宿命。

而远方，它始终是神秘莫测的，尤其在秋日——对一个孤独的诗人而言，远方是内心从一而终的魔障，就像被落叶与风遮蔽的距离。

只是我并不知道，我或者我的内心，距离一个诗人究竟有多远。

三

但我可以独自走出房间；在秋天，我可以避开妻子，从一首诗歌的深处走出来，走到阳台上，我从来就没有放弃过目睹风吹叶落、叶落催风的念头，一个欲望一旦潜伏下来，它始终就等待着露头的那一瞬——我后来还把它理解为一种深度释放，近似于灵魂对肉体的深情抚摸。

我的阳台位于一道山梁之上，一抬头，远山就都匍匐在了我的脚下；这得天独厚的视觉让我占尽了便利——无论春花秋月，斑驳往事，它们在我眼里，往往都是一览无余。这次也不例外，初到阳台的刹那，我就看见了落叶纷飞——在一抹淡淡的夕晖里，一排排的房屋裹着一层稀薄的寒烟；万叶飞动，宛若自天而下的滚滚洪水；阳台下的小山冈上，枯草摇黄，残菊凸出，一只独鸟，在落叶的缝隙里惊慌失措，最后隐没在草丛中；我甚至听到了失散多年的大雁的叫声，凄切胜过旧日，只不见其身影，或许它们的身影，一直就隐没在那长风之外？唯一的一朵玫瑰，在枝头飘零，如没落的最后的女子……一切都以风为道具，风声万里中，一份慌乱，竟平添了几许寒意，看似无事之间，一颗心，忍不住就愁郁起来。

但我再不会为之张皇；其实我早料到，当我从一首诗歌中抬起头来，那一抹由来已久的愁思，早就为我准备好了答案。

就像某句偈语，它其实早已在多年前，在你不经意时，就已住进了你的身体。

四

我不得不坦白，关于一首孤独的诗歌，早在里尔克之前，早在我还没有想到写一封长信之前，就已跟我相遇了。

那时候，我跟着母亲走过秋天的山野。雾色笼罩在黄昏上空；身边的河水被水草和石头紧紧缠住，平静之下，看得到内心的激烈起伏；大地已归于沉寂，庄稼隐去，只有星散的谷垛，立在被犁翻的黑泥上面目悠远，心事重重；看不清山峰，只有一些影影绰绰的痕迹，在雾的深处缥缈如梦，仿佛一些迷离的背影；风像散乱的箭镞，四处出击，无遮无拦；落叶纷飞，铺天盖地——是的，多年后我确信，那个黄昏，在母亲身后，所有的一切，都是在目睹纷飞的落叶后发生的；及至多年后对一个秋日的所有怀想、所有的缘起，早已在那里川流不息。

事实是，就在我惊诧于那片漫无边际的落叶时，母亲已不知转过了几道山梁。当我低下头，才发觉我把母亲跟丢了。那个时候，万籁俱寂，人声全灭，唯有一只蟋蟀，在湿湿的细雨中一声复一声，声声凄怆悠长——一份彻骨的孤独就在此时蔓延；那一瞬间，我突然涌过一个可怕的念头：母亲会不会有意丢下我不管呢？我甚至想，要是母亲扔下我跑了，跑到一个遥远的我寻不到的地方，我将怎么办呢？

像一个意外，也像一个预谋，孤独就这样毫不设防地袭击了一个孩子。

但孤独究竟是什么呢？孤独对秋天而言，是不是与生俱来的暗语和标志？

很多年，我其实一直不得甚解；只隐隐地觉得，当一个人，在落叶与风中想着一些沉入暗黑的时间时，孤独就露出了它的真实面目；孤独终究只能是一种想象，但它不单能穿越时间，更能击中你的肉体与灵魂。

那么，你是否相信呢——从那时起，或许我就已理解并洞悉了一首诗歌的秘密？即使它那样遥远，并模糊不堪。

五

我总会在明月高悬的秋夜醒来。

隔着窗户，我就能听到落叶的声音——恍若风吹空谷，沉重如雪，月色为之苍凉，像一首忧伤经年的歌谣，淋湿一地；万物入睡，尘埃远遁，只有我的眼睛醒着；月亮就在那里，盈盈之间，像另一只眼睛，跟我对望——这个时候，我总觉得自己进入了秋天的深处；一轮明月之下，清光万里，身心澄净处，一个季节的深邃，似乎就紧紧抓在手中了。

这样的夜晚，它是安静的，正如我在安静的房间里独自阅读一首古老的诗歌；这样的夜晚，它更是孤独的——在那凉意如霜的光辉里，前尘旧事，过往烟云，甚至生离死别，荣辱悲欢，均会一点点呈现……这样的场景，它还让我在后来阅读马尔克斯的《百年孤独》时不能自拔；它就像那卷发黄的羊皮书上早已预言好的事物，在大彻大悟的时刻，在眼里逐一呈现，并不断搅起足以让心飞逃的漩涡。

很多次，我都在醒来后再也无法入睡，风吹寒彻，竹影扫月，大地空洞如一张白纸；月色让一个季节，在孤独的风中变得诡异无比；月色深处，我们所能看清的，最多是一个荒芜的影子。

而我们自己呢？我们自己的影子，在秋月之夜，当那一点点的孤独，在落叶与风中如水漫漶，我们是否得到了什么启示？

就像里尔克在诗歌开头说的："主呵，是时候了……"就像时间扔给我们的一个临界点，所有的隐喻，全都在那一声祈祷抑或一次虔诚的仰望里。

六

我确信自己再也不能避开里尔克了，在逐渐加深的秋日里，里尔克就像一个梦魇，在我孤独的梦境里渐次分明。

关于里尔克，我忍不住要简略地说说他的一生——一个终身没有家园的诗人，他在一封长长的信中说道："您知道吗？倘若我假装已在其他什么地方找到家园和故乡，那就是不忠诚。我不能有小屋，不能安居，我要做的就是漫游和等待。"我不得不承认，在诗人而言，一间漂泊的房子，其实就是他一生的孤独；只是那孤独，一旦放到秋天的背景下，尤其显得彻底，就像风吹叶落、叶落催风的紧紧相逼，那些心惊肉跳的，才是最疼痛的，也是最美丽的。

这是一种悖论，也是一种极致。

但这些于我有什么意义呢？

也许有；也许没有。唯一可以厘清的是，在秋天，从一首《秋日》开始，我忍不住还读了里尔克的另一首《预感》，诗人是这样拉开帷幕的："我像一面旗帜被空旷包围，我感到阵阵来风，我必须承受；下面的一切还没有动静，门轻关，烟囱无声；窗不动，尘土还很重……"就像一条漫漫长路，从《秋日》到《预感》，一封没有地址的信，到这里，早已经像风一样，被时间之尘所湮没。

无需再读下去了，一首诗歌的帷幕，是开始，更是结束——悸动已经浮出水面，并掠上了秋天的枝头；从一首诗歌出发，我似乎就像那面旗帜，在落叶与风的重重包围下，那些纷乱的、沉重的甚至是窒息的，让我在众多的眼睑下，真切地发现了一个人在秋天的全部孤独。

日常的呼吸

窗　帘

窗帘已经掉下来好几次了。每一次都是陈雨把它挂回栏杆上。陈雨是个刚出大学校门的女孩，参加了好几次公务员考试，没考上。我这里要招一个临时文员，她便来了。她自己找来了梯子，也不要人帮忙，自己就站在梯子上把窗帘挂上去了。“窗帘已经快烂了……”陈雨每一次把它挂上去时，都会这样说，似乎是对着我说，似乎又像在自言自语。

五年前我来到这个办公室之前，这副窗帘就已经挂在这里了。据说原来住在这里的，是一个爱美的女子。窗帘是她亲自选的，上面有淡淡的几朵清荷。尽管隔了厚厚的风尘，到现在那荷的清美都还能隐约可辨——她究竟是怎样的一个女子呢？有些时候，坐在她留下的窗帘下，我总会忍不住去对她想象一番。人的想法有时候真的很奇怪，甚至还有点龌龊似的。一个人毫无来由地去想象一个不曾见过面的女子，无论如何都有点不可理喻。而生活是不是就由这样的无数不可理喻的细节构成呢？某天想到这一层时，我忍不住就笑了。那时幸好陈雨还没来，要不然她一定也会笑的，她一定会笑我的不可理喻。

这窗帘我并不是用来做装饰的，我只是用它来遮掩我的秘密。我的办公室在一楼，后面是一块地，经常会有人到上面去。人一站在那里，办公室就彻底地暴露出来了。尽管我并没有什么见不得人的事情在办公室发生，但我觉得“某人的某种存在状态”本身就是一种秘密，我不想让任何外来的眼睛打扰这样的“存在状态”，一个人的存在状态，实际上就是内心秘密的延伸和对接，最好只由自己去抚摸和对视。所以在这里的五年，我经常要做的一件事情就是把窗户打开之后再把窗帘紧紧拉上，在保持通风的同时又保证了自己的秘密不被外人惊扰。陈雨先是不明白，到后来就慢慢觉察了我的用意，所以在她打开窗户后也会把窗帘拉上，这一个跟我保持默契的动作，让我看见了这个女孩的聪明和善良——她能及时觉察并善解人意，并为别人着想，仅凭这一点，我相信在未来的职场和生活里，她一定会是个很有希望的人。

把窗帘拉上，办公室立刻就显得隐秘起来了。无论是我还是陈雨，我们立刻也都隐秘起来了。其实又何尝只是我们隐秘起来了呢？这个世界每一个人都是隐秘的个体，每一份生活也都是隐秘的生活，这个世界就是由很多隐秘的角落构成的，每一个人都是那隐秘角落里的一只虫子，有点像冬眠的虫子，隐藏在地底深处，世界也由此变得神秘和诱惑；而我们似乎也都在朝着这神秘和诱惑而去，然后又再生长出无数的不可理喻的细节……

时间长了，窗帘就开始沿梦境的方向滑行。坐在隐秘的角落里，我似乎看到窗帘正一点点幻化成梦境，并一点点扩散；而我则像一尾鱼，在那不断幻化的梦境里，我的身体近乎大面积骨折一般，紧紧地瘫在那里……现实离我越来越远，我几乎听不到有关外界的半点消息，譬如某某县领导又换了，某某科局领导又换了，甚至是某某单位的某某或是遭遇车祸或是患癌症死了……偶尔，我也会为这越来越远的现实感到惊悚，一种被抛弃的感觉，让我觉得那梦境的荒诞直至荒芜。

每个人的梦境，其实也就是自己为自己竖起的一道栅栏。时间凝滞而虚无，引导着某种清晰的轮廓时又在制造着某种模糊。坐在那个梦境里，我也觉得自己时而清晰，时而模糊，那清晰的、模糊的时时混杂在一起，常常会引起自我的怀疑——我究竟是怎样的一个人呢？我在这里始终保持的这般隐秘的姿态，究竟所谓何事？答案依然时而清晰，时而模糊——我也不好意思去问陈雨，还有一点时刻都让我保持清晰状态的是，我绝不能让这个刚出大学校门的女孩跟我一起陷落到那梦境中去，这个梦还不属于她这个年龄；所以我一直不好意思问陈雨，尽管我知道以她清纯的年龄，她一定会看到一个简单的答案，说不定还会让我一下子回到某种简单的状态里，但我还是不好意思去问她，我一直都怕她笑我的不可理喻……

一个不可理喻的人，在旁人眼里就是个精神病。就像塞万提斯笔下那个著名的骑士，在他脱离实际的疯魔里，他已经成了滑稽可笑的代名词。尽管我总是陷落于模糊之中，但在偶尔清晰时，我还是不愿做那个旁人眼中的精神病患者；尽管我知道那样的患者，在他特有的“凝望”里，也能看清生活的某种真相，而且是血淋淋的真相；但那样的患者，对自己对世界毕竟都显得有点沉重……

办 公 桌

办公桌已经很老了。就像年月深处的某件事物，除了已经很老之外，也一直还在以老的姿势，迅速老去。

桌面上的油漆已经脱落，身体里的粉屑暴露出来，同时暴露的，还有光滑坚硬的底下，其实便是一颗脆弱无比的内心。所有的抽屉也都散架了，就只剩下一具空空的躯壳，勉强承载着一台电脑的重量。有时候我真替它担心，我怕它那空空的老迈的躯壳，在某天早晨醒来后突然就坍塌了下去——坍塌了其实也不可怕，我最怕的是在老去的过程里，它始终坚持的心最后放弃。放弃总是生命的不忍目睹。

按理，我是随时都可以将其换掉的。但对于一切旧的事物，我都喜爱到极致。我喜欢颜色是旧的，喜欢质地是旧的；我更喜欢那一颗心是旧的，喜欢情与爱是旧的，在一切陈旧的事物里，我的呼吸总能保持自始至终的均匀和柔顺。我有点不能适应那不断的新的变化，在那里，我的呼吸很明显地会慌乱，纷乱的新的事物，就像一场接一场的感冒会让我不断地打喷嚏，然后鼻塞，然后呼吸不畅，甚至一不小心便可能为之窒息。

一个明显的例证是，我至今不会用微信，会用一点QQ，也仅仅是用来收发办公的文件，偶尔也会用它来跟某个喜欢的人聊聊天，但也仅限于此，再深层次的譬如视频还有更花哨的玩法，就不懂了。其实也不是我笨，我想真要认真学的话，即使再花哨的玩法，我亦能很快学会。我只是不想学，对很多新事物，我始终保持着足够的警惕，总觉得那里携带着很多喧嚣，很多能扰乱人心的东西。譬如我的一个对新事物倾注了很大热情的朋友，网络一开始，什么花哨的事情便都会了，最后还在网上跟某个女子举行了婚礼，举行婚礼时恰巧被妻子撞见，最后他的电脑就被妻子砸了，同时砸了的还有他们共同经营了十多年的婚姻；又譬如现在的“低头一族”，无论何时何地，一双眼睛就只紧紧盯着手机的屏幕，仿佛整个世界就只剩下了这小小的天地……这当然也仅是众多新事物中的个案，因个案而否定一切，肯定是以偏概全的病态行为。所以我并不是拒绝和排斥他们，很多时候，我只是遵从了内心的某种实际，或者说只是甘愿选择做了那个被新事物淘汰的人。

譬如至今我依然迷恋于一张纸质的信笺和稿纸，那些温润的墨迹贴上去，就好比灵魂与灵魂的水乳交融；又譬如至今我依然迷恋于一张古老的藤椅，或是某个古老的石凳，那些已经逝去了的留在上面的气息，就像一些经久不息的暖意让我怀想。在一切旧事物纷纷如水退去时，在一切新事物纷纷潮涌而来时，我依然坐在原地，就像一块留守的石头——内心的坚持已经无所谓对错，也无所谓成败得失，就只有一种心事，提醒着自己从身到心所处的位置。

具体到这张办公桌，它伴随我已有五年了。五年的时间不算长，但对于职场来说，却是一个轮回的刻度。每五年职场就要进行一次换届，五年的时间意味着新与旧的交替，意味着一些事物的消失和一些事物的诞生，也意味着一个人的离去和另一个人的到来。我倒不是对这张桌子所象征着的某个职位留恋。自从八年前我放弃了某个重要职位后，就无意于职场本身了。到今天我依然还身在职场，只是因为我要以这样的方式获取生存的物质之需。我相信人活到一定年纪上，往往便是懂得，便是明白，活着的过程其实就是一个修行的过程；随着年纪增长，纷繁的枝叶就会纷纷脱落，只剩下一颗淡然之心。我喜欢这样的淡然，但我做不到，至少做不彻底——父母生病了我需要钱为他们买药，孩子读书我需要钱交学费，我的所谓“精神”亦是以俗世为基础的，“淡然”或许仅仅局限于对职位的不在意，甚至是来源于俗世的有情？“淡然”和“有情”其实并不矛盾，就像“俗世”与“精神”往往不会势不两立。

再具体到这张办公桌，应该说，五年来我留在这张桌子上的气息，乃至体温，便构成了我舍不得换掉它的主要原因。五年来，我总是坐在它的面前，两只手不断地敲打着放在它上面的键盘，借此通向我的俗世与精神——它就像一座桥，把我以及我的俗世和精神紧紧连通；甚至是，它就像五年来普度我的某个佛，让我打开每一个日常的呼吸，让我的每一个呼吸更加均匀柔顺……

时间却是越来越向着我逼近。五年换届的时间就快要到了。换届的结果有两种，一是让我离开这张桌子，二是让我继续留在这张桌子上，无论哪一种，一分为二的时间界限，新旧交替的临界点，都让我凝望一张办公桌的目光，隐隐地有了些忧郁。我知道，无论是继续厮守还是从此离开，一张办公桌，在五年的朝夕相处里，它都注定要成为我的记忆之一，成为我留恋的众多的旧事物之一；就像马尔克斯那个著名的开头——多年后，当一切都成为过去，可是我还会固执地想起我坐在一张陈旧的办公桌前的影子……

沙 发

在我的办公室，沙发的年月比窗帘和办公桌还要老。

在我还未遇见窗帘和办公桌之前，就已经遇到这个沙发了。

那时候，这个沙发还在另一个办公室，办公室的主人是我的前任。

因为文字的缘故，偶尔我会到他的办公室去。我一去，他就会把我安排到这个沙发上，然后他就离开自己的办公桌，跟我肩靠肩坐在一起，再之后我们就把门关上，就悄悄地说起文字。这个沙发显然成了文字接头的秘密地点。我们都不敢把门敞开，甚至把声音压低到极致。因为在我们的周围，文字跟很多陈年的事物一样，早已经被潮水汹涌一般的新事物所淹没。在公开场合，我们都闭口不谈文字，一谈文字，立即就会被那些“追新一族”视为“异类”，然后是嘲讽和讥笑——我们都不知道文字究竟出了什么问题，为何会沦落到如此尴尬的境地？作为“异类”的我们，不敢听到他们像麻雀一样叽叽喳喳的声音，他们吐出来的唾沫，那来自俗世的唾沫足够淹死我们，至少可以让我们的精神再一次遭遇迷惘。我们关起门来，也只有关起门来，才敢谈论文字，那不堪的场景，至今让我唏嘘。

前任喜欢激动。尽管我们都有意识地把声音压低到了极致，但他往往忍不住就会提高嗓门。在他激动时，他忍不住就会提高声音的分贝。每一次我都紧紧用手捂住他的嘴巴，我生怕他那激动的分贝被隔壁的“追新一族”听到，生怕我们的这个秘密接头地点暴露出来。而他显然是经受不住我那一双手的压抑，总之到最后他声音的分贝就更高了，甚至还大骂起来了，总之一副豁出去的样子。我劝他不要再骂了，我说他一骂我们可就真的暴露了。但他止不住，仍旧在骂，一直在骂骂咧咧……就因为前任的骂声，当我后来来到这个办公室时，我就把沙发带了过来，我一直觉得前任留在沙发上的骂声，虽然让我有几分惧怕，却似乎又是我前世走失的兄弟，或者是今生邂逅的知己。

在这个沙发上，我再没有像前任遇到我一样再遇到像我一样的人了。很多时候沙发都是空着，只有我在办公桌前坐得累了，才会坐到这里来，但也只是一个人坐到这里来。很多时候，我好希望能遇到一个像我一样的人，然后跟他一起肩靠肩地坐在沙发上，然后一起悄悄地谈论文字，甚至还像我的前任一样来点骂声——这样的场景虽然有些悲怆，却也不失俗世和精神的温馨。但很多时候，我都只一个人端着一杯茶，一个人静静地看着一片茶叶在水杯里蜿蜒起伏，时间一点点滴落下来，一直到更残漏尽，我都没有等到像我一样的人，我跟沙发，就像在时间里剩下的两个孤独的老人，一起陷落在时间深处的孤独里，彼此对视，也彼此无语。

很多时候我甚至希望时间能够循环，就像瓦尼尼写的“阿喀琉斯将去特洛伊，礼仪和宗教将再生。过去的事物会再现”。像我这样的怀旧者，总是希望那些逝去的美好事物能够在循环的时间里重新出现。这与迷信或是宿命论无关，最多只是我善良的某种愿望，或者说是不合时宜的某种愿望。具体而言，坐在这个沙发上时，我就希望属于文字的那些年月能重新来到，那些来自俗世的对文字嘲讽和讥笑的声音就此如水散去，精神就此实现高贵的站立，就希望每一个文字的秘密接头地点均能成为公开的文字广场，能看到可以公开起舞的身影……但我分明又知道，作为“过去了”的事物，这样的场景亦只是我个人的梦境罢了，一个旧年的沙发，注定只能在自我孤独的梦境中，继续孤独下去。

一个旧年的沙发，当它在孤独中逐渐清晰时，我似乎就看清了自己的内心。

我之所以到这个办公室来，便是因为文字的缘故。其实还未到这里时，我就已经知道有一天我会到这里来，所以我是做好了孤独的准备的——很多时候，当我只能一个人坐在这个沙发上时，我甚至觉得我的“孤独的准备”还充满了“向死而生”的决绝；我喜欢那“决绝”，我甚至认为那“决绝”便是自己制造的风景，是自己通向俗世与精神的必由之路。

我知道没有人会喜欢我这样的方式。包括陈雨，这个善解人意并能为别人着想的女孩，我知道她一定也不会喜欢我这样的生活方式。她到我这里来，不过是想寻找一个暂时的栖身之地，总有一天她会考取公务员，总有一天她会离开这个办公室——她在这里，我的一切她都看在眼里，也都记在心里，也还想在心里，她肯定时时想到的都是要尽快离开这里。一个孤独的陈年的沙发，一段关于文字的旧事物，毕竟不是她的所想。

陈雨最近还在沙发的扶手上放了一钵铜钱花。花是她买来的，端着花进来时，她就笑吟吟地对我说，她觉得这个沙发似乎有些孤独了，尤其是我坐上去时，那样子就更为孤独，她想用这钵铜钱花为我点缀并驱散孤独——“她真是一个聪明善良的女孩！”在她对于我以及沙发的孤独的描述里，我再一次确定了她真是一个聪明善良的女孩，也再一次确定这里的“孤独”并不属于她，我甚至想对她说：“你快点走吧，快点离开这里，走得越快越远越好……”我并不是厌烦她，而是喜欢她，我不想让我喜欢的一个小女孩，跟我以及这个旧年的沙发一起在“孤独”里陷落……

但我始终没有说出。因为我知道，陈雨肯定早就知道有一天她会离开这里，就像我当初知道我有一天会来这里一样……

夏天的经历

阳　台

在夏天，我发现了一个阳台，它寂寞地躲在三楼尽头，像一座荒弃的孤岛，一道门严严实实地将其隔在里面，门上落满灰尘，蛛网丛生，仿佛野生的荆棘，蓬勃且凌乱，也许最后一次关上后再没开启过。

那时候，怀着好奇，我轻轻地拂动尘垢，像要揭开一个尘封的秘密；手脚都显得小心翼翼，却又呼吸急促。推开门的刹那，我想象着一些惊险呈现；但什么也没有；除阳台外，即使一张废椅子，也不见踪迹；故事平静如一张白纸，视线生起处，云烟隐退，波澜不惊。

阳台很老了，水泥地凹凸分明，阒无人迹，却尘埃遍布、无孔不入；栏杆上铁锈汹涌，一层层使劲向外流淌，像某种绝情的奔赴；鸟粪星星点点，仿佛时间的某种胎记，花开花落之际，浮现的是岁月流逝的面庞——灼人，却有明显的忧郁与彷徨，在心的深处低头沉思，徘徊不前。

阳台前面，却是另一个世界，仿佛第三条路，幽暗之间，重见光明。一片林子，庞大而幽深，像不着边际的海域。目睹的过程，一缕半明半暗的光影在风中晃动；树叶层叠如堆砌的水墨，深浅有致；杂花遍布，状如飞天；鸟声如雨，清幽满目；一条野径，仅剩浅浅的轮廓，在落叶里若隐若现，像一个遗落的梦，迷离如水墨间的笔外之意。

风来回穿梭，树林瞬间生动起来。先是一对斑鸠，然后是一对野鸽，再是一只黄鹂……一只只鸟，飞起来，像飘飞的舟子，划起层层水波；更像朵朵音符，缀在开满鲜花的五线谱上，目不暇接，心驰神动。风应是夏天真正的标志了？在一缕风的背后，夏天的事物，都表情着墨，洇开来，就像粲然开放的时刻，一个季节呼之欲出；而一个阳台，在生死的两面，是否也有深藏的秘密，甚至魔法，照亮谜一样的彼岸？

后来我又去过几次，每次所见都大致如前。只有一次，我看见了一个人，很老的一个男子。他就在不远处，就站在林地上，衣冠整洁，手拄拐棍，头发一片银白；他长久地站立，分明在寻找什么，又似乎什么也没发生；到最后，他回过身来，蹲下去，把一朵白花插在地上，然后迅速离开。他转身的瞬间，一些细碎的红花落下来，落在白色的插花上；红白之中，像是彼此迷离的眼神，你中有我，我中有你，极为诡异，隐约有象征和隐喻的气味飘起……

也就在那天，我还看见阳台上落下了东西：两枚桂花叶，一只蟑螂与几朵花瓣的尸首；一支长长的蚁队正来往穿梭，疏密有致，曲折如人群；生与死的上演，一直在那无声处，在尘世的气息外马不停蹄……我觉得了惊奇：这一些细节，就像一些熟悉多年的镜头，怀抱我们身体的某个部分，在多年后不经意地与我们重逢；在重逢的刹那，我们分明找寻到曾经走失的自己……到最后，我甚至疑心自己不慎入了幻境，总觉得一个阳台、一片林子、一个老人，以及我，还有如蚁的万事万物，我们更像虚构中的风景，远离地面，像一些游移空中的梦魇和内心。

有一天，我还意外得知，多年前（具体时间早被人遗忘），有一个年轻姑娘，在某个月夜从这个阳台上跳了下去。第二天发现她时，洁白的连衣裙上缀满血色，像一朵朵风中的桃花，在风中不明所以地凋谢。一直多年，始终没人知道她自杀的原因，也没人愿意追究其中的真相。闻听之下，忍不住叹息，一个阳台的来去，一个人的死亡，竟卑微如某个逝去的瞬间，就像一朵花落了被流水吹走，就像一只蚂蚁爬过了被尘土掩埋，不值一提，也无需一提。

至此，一直到整个夏天结束，我都没有再打开那扇门。门上的灰尘和蛛网，很快又聚集完毕，它们重新挡在那里，就像我决定要离开一个阳台——决然、惶然，更多的却是对某种事物的义无反顾和深信不疑。

掌　纹

某个夏日，在台阶上，我拾起一枚落下的构皮叶——淡黄之中洇出一片暗黑，像滴上去的一朵墨花；花朵四周，叶脉凸起，仿佛摊开的掌纹，若明若暗，曲折如谜，隐喻丛生。

每年夏天，构皮叶早早就已坠落；对它而言，秋天很像一个遥不可及的概念；往往等不到秋风骤起，它就已先零落入尘，情缘散尽。只不知这是它的明智选择？还是无奈之举？总之，它就像一个中途走失的人，让人想起生命的挽抚与伤悼。

落叶覆盖台阶，仿佛一些小小的墓冢，凌乱而又寂静；每一次，轻轻踏上去，我总怕惊扰它们，总觉得它们就像身体里的某个梦，一旦弄出声响，梦就碎了，接近于残忍的瞬间；就像一个寂灭无争的世界，所有的造访，即使心怀善意，都只能是一种斫伤。

这种感觉持续了近十年。最初时，我把它理解为习以为常，最后却认定属于某种肃穆的仪式——它来自灵魂与肉体内部，一种内心对另一种内心的认可与尊崇。因为在此过程中，目睹一枚夏天的落叶，我发现比之于秋天，它的殉情，更具悲怆性质，还隐约有了宗教的意味。

就像我自己的某段旅程。近十年，这些台阶，一度成为我自己的道具。每天，我走上去又走下来，我始终构成某一刻的主角。只不同的是，我这个主角，更像一个轻描淡写的镜头，没有谁在意——包括我自己，从此经过的时光，往往不及一缕风留下的刻骨铭心；很多时候，我走过了，台阶还在那儿；台阶静默如初，我却把自己深埋；于是，时间与往事，还有故人，包括身体（在某种形式上），就如齑粉，及至散落无痕了。

某个时候，我还会遇上一些鸽子，它们是两只、三只，或者四五只，从来没有单独一只的；它们或许是一家人，也或许是生死相依的一群，从不落下谁，它们情感与生活的姿态，让人联想簇生的一团花瓣，每一瓣都不离不弃；它们在那里，安静地啄食红色的构皮果，从不惊怯于我的脚步，始终安静如初，仿佛跟台阶一样，早就落在那里了；就像一个人，很多年前，那颗心，就已安放在那里了，不早也不晚，即使轻轻一声呼唤也不需要，它其实早就在那里了；就像地老天荒的某些情节，从开始到最后，它一直都停驻在那里，直至不动声色，无声无息。

这大约就是我所能描摹的场景了——有点虚幻，却真实如生活，如身体，世俗与神性共存，就像两面旗帜，一直在我们的头顶飘扬。尤其在夏天，当一枚树叶陨落，我总能听到一个神秘的声音，它始终萦绕在我的耳际，提醒我对某些平静无痕的事物的重新发现和认识。

所以当我彻底摊开一枚落叶，的确就窥到了来自内心的某种仪式，在掌纹间一次次扑朔迷离；也就想：一条掌纹与一条路，或许就是贯穿我们命运的所有比喻了？

而我终于断定，比喻实在是一个充满危险的词。比喻开始时，我们就像一阵风，早已远离了大地的身体；就像在黑暗中，当我们摊开掌纹，所看到的，仅是黑夜的目光如洞，所有的真相，都已在时间里悄然隐遁。

终于，夏天就要结束时，我把那枚落叶送给了一个朋友。那时候，朋友从邻县跑来见我，之后就要挤上打工的火车。朋友没有工作，却酷爱写作，唯一的行囊，是几本厚厚的文学杂志。我说不清为什么要送他予落叶，更说不清他与一枚落叶的关系，只恍惚觉得，这极像一次纯正的告别，就像古人折柳，就像在一阕阳关与长亭之上，在一首隐隐约约的古诗深处，我总能看到一条伸向远方的路——未知，充满悬念；就像朋友和我的命运，以及命运本身，从来都没有谁，能纹理清晰地将其把握。

秩　序

我要说的是一个院子，它与夏天有关。

春天时，我并没发现它——不，应该说是没在意它。夏天到来，我却像其中的一棵草，或是一只虫子，不经意地闯入了它的领地。

院子离我不远，只要一抬头，院子就被一网打尽；树木、花草，阳光和风雨，以及鸟雀，都将一览无余，逃无所逃。但事实是，在春天时，我总是忽略了它们（只不知是有意还是无意），日日从眼下走过的，竟是深藏的一片陌生与疏离；也或许春天是迷人的季节，春天里的双眸，即使清澈如溪，明媚如画，也常常会被某些风景所遮蔽？

院子最显眼的，是四棵桂树，据说每棵各自不同。一棵只开花，不结果；另一棵只结果，不开花；再一棵不开花也不结果；再另一棵既开花也结果；四棵桂树，正如人生百态，万千世象，恰在其中。值得一提的是，开花的那两棵，每年两季，一季在中秋前后，另一季在霜降时节；尤其第二季，百花凋零时，那一层层的白，以及沁鼻的幽香，仿佛遗世独立的风华，直叫人有生死相随的冲动。

但在夏天，我所看见的四棵桂树，却是一致的；花果隐去，只剩青枝绿叶，鸟雀飞跃其间，世事相忘，物我消隐；于是就想，相比其他季节，夏天抚平沟壑的同时，也为草木之心涂上一层诗意；于是就想，遮蔽其实也有其美好的一面，有时就像梦幻，半醉半醒之间，往往能成就心的慰藉与皈依。

桂树过去，是一棵石榴花树。不结果，花朵却灼灼夺目；稍不留神，一朵朵红，就从细密的枝叶下蹿出来，硬生生吓你一跳；往往是，近处一朵，远处一朵，远远近近，尽是密密匝匝的红，红得透不过气来。遗憾的是，只不知这些红，是春日就已绽放？抑或夏日才赶趟而来？责怪自己的同时，就想，所谓的熟视无睹，或许源于心与心的隔膜？寸草不生的荒芜，或许正是隔膜的质地？

石榴花下，簇生一地紫罗兰。关于它们，先前我只听说，并不熟识。早先，紫罗兰留给我的，意境极妙，尽是一个个亭亭玉立的女子形象；想它们在风中，该是风情袅娜、惹人情思，一举手、一投足，尽是掩藏不住的妩媚与诱惑。但实际上，我所看见的它们，尽是歪斜的身子，青春远遁，没一丝笔直与光洁；粉红的花朵，也细而碎，一脸猥琐，与想象相去甚远。到最后，双目迅速逃过，失落霎时在身体里纷披如雨。

院子两边，是长长的花台。俯身走过，目睹里面杂草丛生，有蒲公英、狗尾草、臭牡丹、喇叭花、何首乌、仙人掌；还有黄果、橘子、樱桃的幼树；也还有极为低贱的兰草，不顾一切吸引视线……它们高矮不一，枝节横生，随意充斥其上；失去指引的方向，秩序一派纷乱。

关于这个院子，在夏天，我还必须说到一棵文竹。那时候，同事小陈在一块湿地上发现了它，幼小的身子刚从土里冒出来，毛茸茸的，像新生的小孩。小陈是学植保的研究生，更因生为女子的缘故，对一切花草，都心怀悲悯和热爱。初见之下，就发誓要给予精心保护。想不到的是，夏天还未结束，小陈就调离了单位。我们也在疏忽和忙碌中忘掉了一棵文竹。只是有一天，接到小陈电话，才又去看了它；但它已不在了，我曾猜想它可能被人拔走了，也可能被风雨吞噬了。我没有告诉小陈事情的真相——我不想让一棵下落不明的文竹，让小陈担心；但我又想告诉她，关于一棵文竹，最好是让它长在心上，心中一念，文竹即在；在即是有，有即是情；情生情灭，缘来缘去，全在一份美丽的怀想之上。

蛙　声

据说，我所居住的这道山梁，曾是青蛙的云集之地。每到夏夜，蛙声遍地，像流水，从高处倾泻而下，珠飞玉溅，其声圆润，其色明净，一如满月之身；人们一直疑之为神祇降下的风景，不敢有任何惊扰。据说若干岁月以来，这里的原住民一直与蛙声比邻而居，共守一份美好。但有一天，宁静被硬生生打碎了——城市的触须突然伸到这里，一觉醒来，整道山梁就爬满了钢筋水泥，一幢幢高楼君临其上、趾高气扬；至于蛙声，只好逃之夭夭了。

不过，几年后的夏天，我似乎真的听到了蛙声：咕——呱——

咕呱——咕呱咕呱——咕咕呱呱——咕咕呱咕咕呱——一声比一声响亮、急促，却秩序井然，最后竟像朵朵盛开的百合，上下一片清亮妩媚……后来，蛙声倏忽消失，我才知是做了个梦。这个梦多次缠着我，像自己的影子，有些纠结，但我猜想它一定携带了内心的某种愿望。

少年时在村里，我就喜欢在夏夜，静静地伏在地上，耳朵贴着某棵青草，听蛙声响起——咕呱——咕呱——咕呱咕呱——咕咕呱呱——咕咕呱咕咕呱——它们像一群飞翔的神祇，越过田野、河流、山川、庄稼乃至明月，最后进入我的心里；它们神态安静，面目恬适，身心空洁；它们始终柔柔的，像清风，也像雨露，很多年，它们一直贯穿我的灵魂，沐浴其间，我一度感觉到了美好。记得某年某个夏夜，给住在村里的父亲打电话，刚一接通，一阵蛙声就从手机那头传到城里，那一瞬，我重重地怔了一下，说不出一句话，在父亲一边“喂、喂……”的追问里，泪水早已顺着蛙声一边奔驰而下……

所以，关于一道山梁以及消失的蛙声，我大抵是为之失落的。

入住这里的，大都是外来户（原住户都卖了土地，不知搬往哪里了），只是背景各有不同：有在机关上班的；有从乡下进城务工、最后在此安居的；也有在此租房作短暂停留的；甚至还有在小城有地位和身份的人经此出入。各色不同的人不约而同聚集到此，有意无意间改变了原来的秩序，也有意无意地碰落了生活乃至尘世的某种真相。

很多时候，我都会把这里想象成一片森林，陌生的森林。我觉得我们大多像一只鸟，闯入这里，就像某次意外的飞临（有时想起搬走的原住民，我还会萌生“入侵”一类的词）；我相信一只鸟有时是没有方向的，一个巢穴的最后落定，更多是一种偶然；就像风吹种子，一株新生植物的出土，一个新地址的诞生，就是一次次迁徙后的生命烙印，钉满了苍凉的历史图钉。

这里其实仅是个弹丸之地。之所以被城市盯上，是因为城市太过狭窄，必须尽可能向外扩张；当然，也有可能是出于贪婪之心，一旦有此心，欲望必将像洪水泛滥。因为小，又因为高楼们寸土必争，这里显得很拥挤，也凌乱不堪，仿佛一幅潦草的画，直至像块块随意扯开的尿布。

这里还没有树，树早在建房时砍了；就连草，也被钢筋水泥深埋。还可以夸张点说，山梁上已不剩任何一粒土了，在城市的利爪之下，泥土们早已销声匿迹、尸骨无存。城市从来是不容于泥土的，城市与泥土天生是一对死敌；对泥土而言，失败在它身上，更像与生俱来的命运。

这让我不止一次想起那些蛙声。在梦里，我不止一次确信：水是青蛙的家园；只要水还存在，蛙声就不会消失；一缕水的背影，就是一声声蛙鸣的故乡——但它们还会有故乡吗？在集体逃遁的路上，它们的故乡显然已经丢失；故乡这个词，恐怕早已沉沦深陷、不知所终了？

而我们自己呢？我们不也一直行走在丢失故乡的路上么？从乡村到城市，再到这道山梁，我们还会往哪里去？——所谓故乡，在路上，或许真的只剩一个空洞的概念了？就像枯朽的木头，剩下的，都是一堆不堪回首的碎屑了？

风吹日常

答　案

似乎要先说到一块地。

地就在我的窗外，距离约十余米，面积不大，形状像只搁浅的小船，是这片办公区域唯一剩下的一块地；其他地块均已被高楼、广场以及街道所替代，它的存在，对我的视觉而言，始终显得很沉重——觉得就像某种留守，也像某种遗忘；偶尔，我还会由它联想起一座孤岛，时间是四周疯涨的潮水，潮水逼近的时刻，孤独一点点坍塌，天空一片茫然混沌。

作为一块地，它却是幸运的。在钢筋水泥的夹缝里，它还像从前一样经历春秋更替，不同的季节，我会看见不同的植物从那里长出来：玉米、大豆、高粱、白菜、豌豆……沿着这些植物的叶脉，我甚至还看见了它们生长的源头：太阳。每天早晨，当那一轮太阳带着几分湿润，露珠般从那些植物的头顶滴落到我眼里时，我就忍不住惊喜异常——在这个急遽变化的天空里，还能看见一轮太阳照耀一株植物生长，这是多么奢侈的一件事？时间在这里就像某种温情的停留，而“停留”这一情态在这个时代是多么的弥足珍贵。

不过，这些已经是后来的事。

最初时我并没有注意到这块地，那时我刚刚离开工作了将近十年的某单位，熟悉的业务，熟悉的同事，熟悉的环境，一直具体到我坐过的那张椅子，因为熟悉，总有几分舍不得。尤其是，在离开的那瞬，我突然就感到了一切都在变，时间在变，我们也在变，至于变好还是变坏，那得看各自的命运。很长一段，我坐在窗内，一直都沉陷在一份时间与个人际遇的思考里，很有点像一个置身于哲学世界的思考者，时而明朗时而浑浊，如云翻水覆的湖面，其间的脉络走向，让我不能自拔；窗外作为另一个世界，根本无暇顾及。

有一段，我还像模像样地读起了挪威作家乔斯坦·贾德的《苏菲的世界》，我企图像苏菲一样，在属于她的世界里寻求所谓的答案，但我终于发现了自己的徒劳，而且似乎越陷越深，一直到掩卷，哲学家从一开始写给苏菲的信“你是谁”“世界从何而来”似的迷茫和混沌一直缠绕着我。无论是苏格拉底，还是亚里士多德，还是柏拉图，还是萨特，还是黑格尔，等等，一本充满温情的哲学启蒙书并没有有效帮助我解决自身的难题——于是我终于抬起头看了看窗外，那应该是某个春日的午后，豌豆花已经开了一地，一片绿色中，一些紫色的小花蓬勃地不断地蹦出来，十余米之外，我也能清晰地发现它们宛若蝶影，在一抹春光下明媚生动。于是，我突然就从那些烦乱的思绪中挣脱了出来，一个骤然降临的时间刻度让我多少有些手忙脚乱。我也因此相信这一瞬有如神示，甚至是带着拯救性质的；它让我觉得所有的思考都没有意义——譬如一个季节的变化，它并不会因为我乱七八糟的思考而停止脚步，个人在时间与自然之前，一切都微不足道，一切哲学的课题均显得多余……于是，我决定放下所有的思考并出去透透气，有那么一会儿，我还把这一瞬的觉悟理解为一个迷途者的苏醒。

地里的植物均是跟着季节走的，春天豌豆花开，夏天玉米拔节，秋天高粱结果，冬天白菜卧雪裹冰……时间的秩序在一块地里有条不紊。如果你不抬起头来看看四周的高楼、广场以及纵横交错的公路，或许你会误认为你所处的位置还是从前的乡村时间——这一点很重要，在从前，乡村时间是最为清晰和简单的事物，玉米、大豆、高粱、白菜、豌豆它们，一株植物即可以构成乡村的全部，包括所有的哲学问题，在一株植物身上，一切的答案均可迎刃而解。但现在，一切均沉陷了，我们分明不断置身于迷途，譬如当我们站在这块地里，四周的钢筋和水泥总会把事情弄得纹理混乱、叶脉斑驳；尤其是当夜晚来临，从广场传来的音乐声、人群的沸腾声、车子的喇叭声，一切喧嚣的声音潮水般裹挟而来时，即使是眼前简单的植物，也显得不合时宜，还有点匪夷所思；你甚至会想：它们还该不该存在？如果存在，意义又在哪里？——所谓的哲学问题，始终围绕一块地此起彼伏，并让你感到一种大面积坍塌的世界，内心与内心的某种崩溃。

你也终于承认，原来的秩序已经遭遇时间的更改。譬如就说说广场上那些人群吧。有部分人是领取国家工资的，夜幕一拉开，他们就在那里翩翩起舞，广场对他们而言，是一种休闲，一种高品质的生活。但更多的人却是脚下这些原来的地块的主人，在这里，他们没有起舞，只是以某个夜食摊之类的形式出现；再有的就是四处乱窜，东瞅瞅，西瞧瞧，朦胧的灯光照耀下，让人怀疑他们原本就是一个朦胧的影。我就曾经目睹一位老人，他坐在一簇盛开的三角梅下，衣服上的泥色还未全部褪去，一个人静静地坐在一隅暗影里，广场是朦胧的，花影是朦胧的，舞影是朦胧的，心应该也是朦胧的；一个人坐在那里，周遭的世界离他远远的，除了我，没有谁注意到他……那一刻，我再次想起窗前的这块地，想起一座孤岛——如果一定要用孤岛来比喻某些事物，这个人，他一定就是那个最后的留守者——至少在心灵上，他一定时刻想起那些从前的土地，从前的时光；在他一个人的世界里，时光就是一条流逝的河，周遭蔓延的均是孤独，是遗弃、哀婉、怅然，还无可奈何。

而我必须要说的是，当有一天我又旧病复发地坐在窗内，再一次在《苏菲的世界》里思考起那些灵与肉的所谓哲学问题时，时令已经是深秋，地里除了蔓生的杂草外，还没来得及种下什么。一层湿湿的细雨斜挂着，寒风越过四周的高楼，就像一群逃过陷阱后的狼群，野而狂的本性在这里变本加厉，杂草为之萧瑟与匍匐；就在这样的环境里，我却看见一个苍老的背影颤巍巍地立在那里，他长久地站立，像一棵繁华就要褪尽的树，你能清晰地发现时间就是那些大把大把地脱落的叶片……我不知道他从哪里来，不知道他为什么要来，只是在看见他的那瞬，就觉得他一定是这块地的主人，甚至联想到那个坐在广场暗影下的影子——他们会不会是同一个人呢？他们是何等的相似——在一个孤独的影子里，世界与时间所呈现的，均是相似的彷徨，以及无所皈依……

这是否就是一块地所要呈现的答案呢？——那些不断向我逼近的事物，一块孤岛一样的地，它的面目竟然是这样的恍惚与迷离，并略略地有些沉重，还有点寒凉之气。

瞬　间

“瞬间”，作为一种存在，它是多么美妙的一种状态，譬如：拈花一笑。

“瞬间”的美妙之处，在于它给你提供了想象。想象离灵魂与神祇最近，通常是，在那里，肉身是自由的，思想是自由的，世界也还是自由的，由此，尘埃褪尽，一朵花上的菩提如约呈现——你可以闭上眼睛想一想，这是多么壮美和庄严的时刻。

就像多年来，尽管时光如潮水退去，许多物象纷纷模糊，但只要一闭上眼，我始终会想起一幅风吹白杨的“瞬间”——那时候，在某间教室里，讲台上的老师正陷在某个理论里不能自拔，他像个泥瓦匠一样可怜无比——为了证实他所要建造的某幢屋子的合理性和科学性，他不惜借来各种材料，一砖一瓦地努力地往上砌——但这显然是费力不讨好的行为，他越是努力，越是显出他的苍白无力，这从所有学员游离的表情上完全可以寻找到答案。包括我在内，从一开始就是游离的，尤其是当一阵突如其来的迅猛的秋风吹过窗外的白杨，“哗啦啦——哗啦啦——”的声响持续不断时，我索性彻底丢下了老师和他的建筑；不用考证，我也相信在那一瞬，我已经被窗外发生的事情深深地击中。

好了，我得要郑重地描述那个场景了。不过，在此之前，请让我再确认一下——那的确是一排高大的白杨，据说它们还有一个定语：意大利。两个名词合在一起，诗意一下子就浮现了。我一直把这种恰到好处的搭配理解为灵与肉的相互妥帖，就像神祇的两半，彼此找到各自在对方的最佳位置。白杨树下，是一排即将要拆除的农房，树与房子彼此紧邻，稀疏的树叶混在其中，像极了一幅残破的画。时间正是中秋前后，再确切一点说，是日落时分，时间和场景跟俄罗斯作家米哈伊尔·普里什文的散文《小兔子》不谋而合——“庄园渐趋凋零破败，岁月在金灿灿的落叶中流逝，一天的时光行将结束……”够了，无需再引用了，只这几句，就足够点石成金，足够使人窥见风吹白杨的瞬间了，足够让人想起一种衰落与消亡相互交织的美……

关于我跟这个场景的关系，说一说后来的一件事你就清楚了。后来，我构思一篇自传体小说，未下笔，就已决定将其写进里面，并赋予时间流逝和岁月破败的意象。后来我真的动笔了，但写到这个场景时，文章却卡住了——也许是觉得它过于沉重，也许是迷醉或是沦陷于它的壮美，总之是不敢轻易说出，仿佛某个易碎的瓷器，一不小心就会摔坏；总之这个小说就因为它停了下来，一直没有继续下去的勇气。这绝不是妄语，也绝非惺惺作态——你要相信，作为“瞬间”，它的摧毁性与颠覆性是极具转折性的，打个不恰当的比喻，它足以让一条心灵的河流改变流向，从此走向澄明，或者坠入黑暗，并永远纠缠不清。

说到“瞬间”对我的影响，我还必须要说到一个刈草人，以及他的黄昏。事情是这样的，当我从那间教室以及风吹白杨的瞬间抽身出来，黄昏的热情丝毫不减，一轮落日依然紧紧地贴在那排即将要拆除的民房上，不单落叶是金灿灿的，草地也是金灿灿的，那个老人的脸颊也还是金灿灿的——我就这样轻而易举地发现了那个刈草人，以及他的黄昏。为什么要强调黄昏跟他的关系呢？因为当他们作为金灿灿的背景一起闯入我的眼帘，他们就已经是一个整体了，就像一幅画，一个是人物，一个是风景，一个是另一个的影子，就像灵与肉，相互已经无法分离了。

而我所要描述的“瞬间”，其实也仅是一幅简单的构图——刈草人驾着他的割草机，迎着一轮金灿灿的落日，往草地深处走去……草地旁边有一株正在开花的桂树，还有三五棵七叶枫，另外就是一排肉眼难辨的月季与玫瑰，再有的无需列举了，仅这几样，一个刈草人以及他的黄昏的秘密就足以勾勒出来了——一种简单的力透纸背的美，就像某个迷人的微笑，刹那间便将我紧紧黏住。

想象与联想却是后来发生的事。后来，我总会在一个人的日落时分想起一个人（最好是一个诗人）在秋天的孤独，黄昏对他而言，像一些流淌的甜蜜的奶汁，一层层将他包裹，直至覆盖——作为生活，我固执地相信当他驾着他的割草机迎着金灿灿的落日走去，我猜想他一定就觉得了日子的踏实，以及一份物质上的温暖（他通过刈草来换取物质之需）；作为诗人，他一定感到某种孤独后的透彻和圆融，他的孤独始终是动人心魄的，一个秋日，一轮落日，还有一卷长长的黄昏大幕，这三重的色调，在诗人而言，一定是绝配，是来自心灵的神祇般的歌声。

关于“瞬间”，我想要说出以及没有说出的，还有很多。总之是，我总是迷恋于瞬间的相遇，总是相信，不管你是否经意，不管你是否作好了准备，在某一瞬间，你往往就会被某种事物所俘获——偶然或是必然，当你仔细去审视它时，你就会发现那些深藏在时间深处的东西——就像神说的，要有光，于是你就发现了光；还有更关键的一句，神说，地要生发青草和结种子的菜蔬，并结果子的树木，于是你就发现了青草、菜蔬以及树木、果子，于是你就发现了日子以及日子之上生长的所有秘密……

不过，有必要再强调的是，我所感受到的这些，它们与想象有关吗？在以“瞬间”作为道具的前提下，想象究竟是怎样的一种物质存在？恐怕我到最后还是没有说清楚——当然，也或许没必要说清楚？就像水原本就是水，泥土原本就是泥土，庄稼原本就是庄稼，它原本不需要你对它展开任何猜测和推断。

如灰烬

我曾经如此执着地想要描摹这个词，“如灰烬”。在这里，时光就像一株植物生长和死亡的过程，其间风吹水洗，就像一炉香，接着又一炉香，再一炉香，一点点燃掉，如灰烬。“如灰烬”，它是如此传神地写尽了生与死的情状。

不得不再次提到张爱玲。在她以及她的小说世界里，一炉又一炉的香燃成灰烬时，一个时代、一段生活、一段故事也就结束了；世事一如灰烬时，再轰烈的人生，再轰烈的日常，也终究要落下大幕，只需风一吹，就散了，比撕碎一张薄薄的纸还要容易。

由张爱玲，我总想象一个最后的被时代所抛弃的女子，她一个人，将自己深陷于一截将息未息的时光里，周遭全是旧时的物件：一张年岁斑驳的藤椅，一个已然仙逝的白须飘飘的老祖父的影子，一个古色古香的香炉，一卷泛黄的线装的书页……在那里，她一点点目睹那些旧东西不断地坍塌和耗尽，一点点听着屋檐下的水滴永夜地滴落，直至更残漏尽；到最后，她感到了寂灭——如灰烬的过程，多么沉重，沉重得让你觉得，你就是一只蜗牛，时代是压在你身上厚厚的壳。

不过，这似乎扯远了。"如灰烬"——我想要说的其实是一个人的日常，他们最好跟时代，跟思想无关——很久以来，风吹日常之下，我已经很惧于提到一切跟哲学有关的话题，那句话说得很好："人一思考，上帝就发笑。"我觉得最好还是藏紧自己的浅薄，以及一份人为的沉重；我只是希望能把所有的事物都简单化，简单得就像一抹太阳光落在一株植物上，身体贴在柴米油盐上，双脚踩在大地上……但这可能吗？在排斥思想的同时，我也清晰地知道，一个人的日常，它可以拒绝一个时代的入侵（因为我们总可以躲进自己的天地，不论魏晋，不知有汉），但绝对逃不脱那些昼夜不息的纷乱思想的影响。

譬如我。怎么说呢？这么说吧——这么多年来，尤其是近两年来，我可以不用计较我政治上的得失，不用在意人情冷暖（这些大概就是我所置身的时代层面上的东西了），但我无论如何却忘不了生活中的生生死死，其间的情态，真的直如那灰烬，一点点地落在心上，如蚁噬，如刀割，总之是世象的碎裂，是疼痛。

很多时候，尤其夜晚来临时，我总会躲在一隅，仔细盘点那些一如灰烬的日常。我总会想起某种形态上的东西，譬如发现时间是灰烬，我们的身体是灰烬，情感是灰烬，思想是灰烬，再具体一点，从头至尾牵扯我们的爱与恨也还是灰烬……所有存在的，最终都以灰烬的形态出现，然后消失——这原本也不值得大惊小怪，但关键是，成为灰烬时，一份情愫，却能导致尘世与心灵的不堪。

譬如目睹一朵花凋谢——就说说夜来香吧，隔壁人家种了一株，每晚大约九点，一缕清香就会被风带过来，但仅仅一瞬，就消失了，就像一炷刚点燃即刻就化成灰烬的香火，宛若惊鸿一瞥，能点燃心的疼痛。不过较之近似于凌迟的凋谢，这疼痛或许还可以理解为幸运——若不信，你且去目睹一朵残红，它先是有几分憔悴，再下去，红颜一点点脱落，但它依然舍不得离开枝头，直至耗尽最后一滴血，一点点坚持又一点点失去的背后，尽是自我的杀戮——这不是更残酷的事吗？

又譬如目睹一个人的死亡——如果那个人是你所在乎的，你一定会感觉到有一盏灯，不单在那个即将成为灰烬的身体上一点点熄灭，它同样也在你的身体上熄灭，彼此的身体在一炷灰烬里，均像一个共同的冷寂的荒原——这大约应该是灰烬所呈现的最高层面上的疼痛了；尤其是，如果那个人此时此地还有一些眷恋无法放下，疼痛就更灼人。譬如我的小姨父，我一直以为，他的死是迄今最能让我感到作为灰烬的本质存在的。因为在他肝癌晚期，他的妻子和大儿子同时车祸去世，留下几个年幼的孙子。他放不下妻儿的死亡，更放不下年幼的孙子，一直到死，他的双眼始终没有合上……如灰烬的时刻，却依然有永远的疼痛，留存于世，并直逼心灵。

当然，还有目睹一个人老去的情态，也是灰烬般让人惆怅——

譬如我的父亲，现在，每天我都会看见他一个人静静地坐在屋檐下，屋檐是他在多年前亲手搭建的，先前，屋檐下总聚着很多孩子，小鸟般叽叽喳喳，时间是热闹端上来的盛宴。现在孩子大了，羽毛丰满了，也都飞走了，屋檐下空空荡荡，只有衰老在那里如风疯张——先是父亲的双眼变得苍茫了，然后是脸苍茫了，最后连头发也苍茫了，一片苍茫之上，不得不让你惶惑起来——此前，虽然我目睹了我的祖父母、外祖母、小姨父、小姨母以及她的大儿子的死亡，但我始终觉得他们跟我隔了一定的距离，祖父母跟我之间有父亲和叔叔们隔着，外祖母跟我之间有舅舅和母亲隔着，小姨父他们跟我之间有他们的小儿子隔着，但目睹父亲老去的过程，我却零距离地感到死亡的气息正千真万确地穿透我的每一寸肉体，我惧怕看到一炷香成为灰烬——在这里，“如灰烬”的比喻，不只是一句轻描淡写的说辞，而是一份能摸得着、看得见的血肉相连的疼痛，甚至寂灭……

事情的转机是在我读到索甲仁波切的《西藏生死书》后出现的，在那里，我一方面知道“如灰烬”的时刻，终究会降临到每个人的头上——我们的亲人会死去，我们自己会死去，情感与思想会死去，所有的爱与恨也还会死去，“如灰烬”，从一开始，它就囊括了我们生命的全部。但另一方面，我更感动于这段诠释：“因此，我们将逐渐觉察到自身所谓的‘不死、恒常的心性’，宁静，如晴空般。当这种新的觉醒变得清晰而持续的时候，就会发生《奥义书》所说的‘意识大回转’，对于我们是谁、我们为什么在这里、我们应该怎么做等问题，做了一次个人的、纯粹非概念的显露，最后的结果就是一种新的生活、新的诞生，甚至可以说，是一种复活。”我想，这应该也是“如灰烬”的日常的另一面，在这一面，我们应该努力地发现其中的某种美好，至少要逐渐趋于某种安详——它一定是来自心与心之间的安静与从容，来自灵与肉的最妥帖的安慰和抚摸。

落在古镇的时间

两扇半掩的油漆木门，黑沉如铁，时间如皱纹一样遍布其上。门上锈迹斑斑的两个铜钹，永远保持互相注视的距离，彼此倾斜着身子，有意地为老屋让出一条入口。在入口处，我们可以将一个现代的女子放进去，然后缓缓地等她从那门缝里微微探出身子，一双明媚的眸子便可在瞬间唤醒一个古镇的岁月。

古镇就在一条条的老街上。一条条老街，就像时间剩下的掌纹，蜿蜒曲折之间，里三层，外三层，叠加在一起的，似乎都是时间与人世的迷离，就像被风吹乱似的，风不但吹乱了原来的容颜，还吹乱了后来的心事。从一开始，时间便选择了风的形式，从东到西，从南到北，再不辨东西南北地胡乱刮过，风过处，一条条老街，便都只剩下了风的影子，慌乱和恍惚之间，一个古镇的前世今生，便此起彼伏地浮出了水面。

老街一定是狭窄的，尤其是在时间的深处，老街早已经只能承载某个孤独的心灵。一个人沿着老街走过去，瓦檐上悬着的那枚夕阳，早已沉沦，某扇窗口空空的——有点近似于美人迟暮，时间静静地落在寂寞里，只适宜有一根咿咿呀呀的旧琴弦，咿咿呀呀地如泣如诉。当然，老墙边还可以有一只旧年的猫咪，再加上一个时光向晚的老妪，一个在左，一个在右，彼此互相注视着，眉眼之间的那一份温润，直教人觉得恍如隔世的情人。

一切都已经旧得不能再旧了。包括某座老屋前的那对石础。原来，即使是石质的肉身，也经不住那时间不断地抽丝剥茧。石础上撑起的原来亦是某幢瓦檐高耸的楼房，只是后来楼房被拆除了，抑或是自己在时间中坍塌了，于是石础便被搬到了此处，也不知是谁搬动的，或许也有可能是被风吹来的，总之它们被从时间中抽离了出来，在时间的另一面，旧得不能再旧的往事，俨然一些无法支撑的心灵。

一个古镇都是用石头砌成的。石头做的墙，石头筑的路，石头铺成的院子，甚至是，即使是一张雕花的床帐，亦是立在那石头上——人世的烟火味，一直固执地在一块石头上寻找属于它的繁华。石头原本是冰凉的，石头却也是有热度的，尤其是，当一块块的石头被赋予了人世的气息，整个古镇便都有了生命的流动以及流动间的温馨曼妙。

而那一块块的石头分明也在那里沦陷下去了。不只是后来沦陷下去了，其实当一块块的石头以人世的面目来到古镇之初，就已经沦陷下去了。对一块石头而言，它并非一定是要到人世历劫来的，但可以确定的是，当它来到一个注定要成为永远的古镇，它一定就坠入了时间的红尘，被一网打尽的，除了肉身外，更有一缕越陷越深的等待或是放弃之类的情愫，在那里始终历历分明却又模糊不清。

在这样的古镇，对一块石头的凝视和抚摸，是需要放慢速度的。一块石头，它似乎便是古镇的旧时精魂，至少亦是历经三世而来——如果觉得有缘的话，我们或许还会在它的眼睛里看见似曾相识的某一缕光，在那里，世事回转，风物倒流——至少，我们可以紧紧贴着某一堵残存的墙壁，仔细倾听来自隔世的某声呢哝软语，而且那极有可能就是我们遗失多年的某句暗号，现在，它就在古镇，特地等我们来对接。所以我们必得要放慢下来，再慢一点，慢慢地切近，就像一颗心对另一颗心的进入，放慢下来，是小心翼翼，更是不可变更的虔诚。

如果再真实一点，我们便会情不自禁地走进一幢已然坍塌的楼房。在那里，一个古镇的岁月过往，往往更能贴紧地面，一切撕裂开来的，一切原初的模样，都更能接近时间的真味，它们一点点向我们逼近时，便就像头顶上的一片阳光，紧紧落在了我们的心上。

没有修复的过程，更没有人工粉饰的痕迹，一切都在时间中生长，一切也都在时间中死去。在那里，屋檐犹在，只是瓦片终于都跌落了下来，石头下的荒草，全是入眼的一地狼藉；但必会有一棵紫荆花，在庭院的深处苍然独立——它至少也有三百年的岁月了吧，树身早已弯成了一张弓，花朵也早已谢去，剩下的仅仅是一些瘦骨嶙峋的心事；但我们必要靠近它，一棵风烛残年的紫荆花，它默默地躲在那时间的荒芜里，似妖似狐之间，似乎都已经成了一种对时间的抵达，尽管我们并不一定明白抵达是怎样的一种人世况味。

一切都已经坍塌了。包括最隐秘深处的一间绣楼。绣楼周围的房屋都被风吹坏了，绣楼本身的青瓦、粉墙也早已斑驳不堪，倒只有某扇雕花的窗棂，顽强地在那里屹立。但窗棂也很老了，木刻的花朵鲜艳褪尽，不可再来的卷帘人，留不住的那双春波荡漾的眸子，也早已隐入了黑沉如铁的房间里。——一切都可以不用修复，又何须修复呢？一切坍塌下去的风物，以及风物背后的心事，在隔世的注目和眺望里，或许便如那自然风露，只一眼，便会在那肃杀的野境里觅得那贴心贴意的温情。

一切都走远了，即使是一条依然在古镇里穿街过巷的河流，也都在远远地诉说着一个古镇的来去。这样的一条河流，它或许曾经有过繁华的承载，也或许从始至终均是默默无闻，但对古镇而言，它毫无疑问地一直流淌在一颗心的最深处，一直以一个女性的视角，抚摸和注视着古镇在时间和红尘里的一切。只可惜的是，在后来，这样的一条河流，也远远地走失了，曾经的明眸皓齿和朱唇轻启，到如今已被汹汹而下的时间污染于尘；曾经的春花秋月，曾经的荣辱沉浮，曾经在那里摇曳着的某艘迷离的画舫，曾经在那里清浅如梦的歌子，都随着那些远年的心事一起走远，并极有可能湮没不见了。

河流之上，却一定会有一座桥经年不衰。关于这座桥，它跟河流的出生一样，或许亦有过不浅的来历，甚至还有可能曾经沐浴过皇恩，再不济些至少也曾经有过才子佳人之类的在此做点缀。当然，在另一方面，这或许也仅是一座名不见经传的桥，最多是某个闲人，闲来无事坐上去，毫无目的地看着流水远去而已。再有点波澜的，不过就是恰巧看见了从桥上飞过的一对蝴蝶，恰巧嗅到了被那两双翅膀带来的一袭花香。但唯其如此，它却更贴近了一个古镇的心灵，风里雨里，即使几世几劫，那人世的温情，在那些石头上，在那些木纹里，只需轻轻一声呼唤，便可以让我们热泪盈眶。

不过，站在桥上看风景的人却已经不见了。在风吹过的时候，那个人已经随风而去，曾经的千古华章抑或是来自山野泥地的一声呢喃，也都被风吹散。最多是，在那桥上，我们还能看见某个不愿离去的影子——但不愿离去又将如何呢？所谓眷恋，所谓生死不离之类的，毕竟也如那石头一样，经不住风吹的，风一吹，人世便坏了；风一吹，不管是过去的、现在的，还是将来的，就都不再是从前的自己了。

不过，我们必得要想起某个人。在古镇，这个人曾经从一块块的石头上走过，曾经从一条河流和一座桥上走过，曾经在一幢幢不曾坍塌的楼房下驻足或是眺望，还曾经在某扇雕花的木窗下凝神思考，甚至是相思成疾；总之这个人一不小心就成了古镇所有地理和精神的坐标，尤其是在隔世之后，我们唯有沿着这个人的指引才能真正走进古镇的时间深处。但想起了又能怎样呢？曾经的文治武功，曾经的锦绣文章，曾经的诗酒风流，曾经的绝世红颜，曾经的情爱传奇，在风中，不都幻化成了此时我们一声轻轻的叹息么？在风中，一声隔世的叹息，原本无足轻重，原本早就了却了生命的所有意义。

那么，就让我们坐下来吃一杯茶吧。不要再走了，再走下去，古镇就更远了。我们就这样相对着坐下来，即使只是两元钱一杯的绿茶，毕竟也是来自俗世的真切。更何况，在这样的茶屋里，我们还能看见某个从几百年前一直走到现在的庭院，泡茶的水便是从庭院里的古井取出，水与茶的结合，恰如山川逢雨露，质朴且亲切。而更难能可贵的是，庭院的主人虽然早已频繁更替，但他们头顶上的姓氏却一直未曾变更，血脉里的颜色依然保持着最初的模样；甚至是，几百年前就已经栽下的那些牡丹，或是玫瑰还有月季之类，仍然如先前一样在这里历经岁月；甚至还是，那个一心侍候花草的女子，一直不敢老去，一直就住在那一花一叶之间，一颦一笑依然停留在从前，人世在这里几乎就是一份地老天荒的静谧时光了。所以还是坐下来吧，就在这样的时光里相对坐着，并轻轻地尝上一小口，只那一小口绿茶，或许亦是俗世最为真切的灿烂和芬芳了？

时间似乎像一片羽翼，终于落稳了。时间就落在此时的那一杯绿茶里。茶叶慢慢地洇开，一个古镇的来去，似乎便都在那里慢慢地浮了上来。而我们自己呢，我们如此这般地到古镇来，除了想要走进一个古镇的前世今生外，难道就没有自己或隐或现的某种渴望？——我们是不是也一直渴望着在一个古镇的前世和今生里，清晰地看到我们自己的影子呢？至少是，我们总会渴望在那个影子里，寻觅到来自隔世的遥想和安慰，而如此两种，无论是对于肉身还是灵魂而言，一定都是时间里的期待和祝愿了。

那么还是继续走吧。且把一杯俗世的绿茶轻轻关闭，且把俗世的一切暂时放在身后。但究竟去什么地方呢？对了，去寺庙。我不得不承认，对一个古镇而言，一座寺庙必定是不可或缺的事物。关于寺庙，我一直以为它应该是一个古镇灵魂的轻放之地，尤其是在隔世之后，在一座寺庙也历经时间的坍塌之后，那一块灵魂的轻放地，显得更能贴近古镇的日常。

在寺庙，某株或是三两株历经百年的古榕或是银杏之类的还在，香火也还在，只是明显的寂寥了。寺门上的楹联，即使写得气势雄浑，即使一直想要吞吐万物玄机，但仍然无可奈何地被风吹坏了。而更让人觉得不堪的是，似乎早已经没有人会再对着那模糊的字迹冥想人生世事了。一座寺庙最初度人度己的宏愿，在这里分明也随着其他事物一起沦陷下去了。香客毕竟也不多，但不多就不多吧，只要其中能有一个人，在这寂寥中，在这一切都在不断地沦陷的此时，静静地把自己放下来，放在这能让灵与肉获得安静的地方，我想就已经足够了。一隅安静，相对于一个古镇的前世今生，相对于来自此时俗世的喧嚷，已足以让我们抚摸到自己最真实的内心。

如果有幸，在古镇，我们还可以去拜谒一座文庙。文庙也已经是多年前的事了，多年前的石栏、石柱子、石础、石阶，也已经被风吹坏了，先前的雕龙画凤，毕竟也经受不住这风雨剥蚀。唯有那一道石正门，至今仍然完好无损地挡在那里。据说这是一道专为及第的状元而设置的，其余人只能由侧门而进，只有及第的状元，才有资格将这道正门打开。而大约是明朝过去，清朝也随之过去了，几百年的等待，这道石正门依然没有等到它要等的人，一直等得风将一切都吹坏了，那个人仍然没有出现。——这绝不会是一个杜撰的故事，我相信，对一个古镇而言，这样的故事一定是来自精神的仰望，尽管那仰望终究显得缥缈恍惚，但在那里停下来，或者仅仅看上一眼，我们便会充分感受到一种来自世俗又超越世俗的肃穆与庄严。

时间继续从古镇的上空落下来，先是一丝一缕地落，然后便有大面积的落叶，在那纷纷下坠的声音里呼啸奔腾了。真的是时候了，在盛极一时的某个季节，一群群衰颓的时间落到古镇上，似乎该结束了，但似乎又没有要停息的意思，那些纷披的落叶，还在一叶一叶地落下来，并且越来越密集，落在一块块的石头上，落在河流上，落在桥头上，落在已经坍塌的楼房上，落在寂寞的庙门前，甚至是，在风的推动下，有一枚落叶，还挤进了那扇半掩的油漆木门，时间似乎要无孔不入地疯狂地渗透进古镇的每个角落，地毯般掠过古镇的每一寸内心——那么，还是喊出那个现代的女子吧，就让她把两扇黑沉如铁的门扉丢在身后，从那落叶纷纷中走出来，彻底地从一个古镇的时间里走出来，虽然极有可能无济于事，但至少，我们可以不用目睹有一种美在风中的被裹挟，乃至陨落……

在冬天经过这座城市

二零二的寓言

我躺在二零二寝室的床上。我在读法布尔的《昆虫记》。淡黄色的窗帘严严实实地遮蔽了我与外面的距离。夜色正浓，我能听见凛冽的风卷起落叶或者拂过建筑物的声音——粗粝和坚硬的声音，像刀子的冷硬一样，在冬天的夜里不断肆虐。我在想象着那些隐匿在草丛或者泥土深处的虫子，那些孤独的背影——它们此刻的从容或者无所适从，总让我联想起一些无关的内心和外物。

我在这里住下来已有一月多的时间，住下来的时候，我没想过要把窗帘拉开，现在我已决定不再把窗帘拉开。这是一幢学员楼，却没有一个学员，也不向外营业，据守门的老头儿说，偌大的学员楼就仅有我和我的室友住着，所以显得有几分幽深。再加上那些高大的、茂密的松柏的影子在迷离的光影下不断晃动，幽深之外，还添了几许沉寂，一种人去楼空的沧桑时时让我涌起莫名的怅惘。特别是室友把房门钥匙交给我然后开始在外面飘荡之后，我就决定再也不拉开窗帘。

现在……法布尔笔下那些隐匿的虫子告诉我，在冬天里隐匿，这是一种智慧。现在，我已把自己当作了一只虫子——这个冬天，我蛰伏在这个城市的一角，除室友之外，没有谁认识我，没有谁知道我，就像蚂蚁或蝉，独自在自己的寓言里行走或者停留。我不断地记下了各种昆虫的名字——红蚂蚁、蝉、螳螂、蝈蝈儿、蟋蟀、蝗虫、蝴蝶、萤火虫……它们的爱情悲歌与生存困境，不断反衬着法布尔这个昆虫研究者的残忍和粗暴——这来自人类的暴力，特别是法布尔惯用的那个钟形罩，它甚至让我做了这样的梦：窗外春光明媚、百花盛开、鸟儿鸣啾。但我却置身于一片黑暗和混沌之中，我不断飞翔、冲刺，企图朝窗外飞去。我无数次飞起，无数次撞在玻璃罩壁上，始终飞不出钟形罩的控制。这让我很是沮丧——我甚至突发奇想地猜测我前世作为昆虫的多种可能性。我也许就是一只不幸的昆虫。所以当我在这个冬天与法布尔相遇时，就不自觉地要以一只虫子蛰伏的姿势，自己打量自己。

只是我始终无法确定自己究竟是怎样的一只昆虫。是一只享受爱情和新婚快乐后旋即被爱人吃掉的雄性螳螂？抑或是刚才还委身于爱人迷陷于爱情的地老天荒但转瞬间就残酷地把爱人杀掉的雌性螳螂？抑或是不断迁徙的红蚂蚁或者其他？……我陷在自己设置的梦境里，过去、现在以及将来，宿命与轮回的悲剧，始终让我无法确定自己所属的时光与族类。比如现在，我一个人躺在这里，除了《昆虫记》，除了法布尔，除了我揿亮的两盏床头灯和我左边那个空着的床铺，连同我，再也没有任何一个人，在提醒我原本置身的热闹与真实——我住进这里，是为了帮助上级部门编撰一本工作经验交流的书，那些向经验深度挺进的词，分明透着世俗的喧嚣与热闹。但现在，它们分明被这一袭淡黄色的窗帘所遮蔽，通向自己，或者通向外面的路已被这寂静的夜阻断，只剩下我猜想的多种可能性在橘黄的灯光里独自似是而非。

我还看见了那本《在路上》。这是刚到这里时，室友从西西弗书店买回来的美国作家杰克·凯鲁亚克的小说。我不知道室友是喜欢这本小说的内容还是喜欢它的标题。室友跟我是师范的校友，那时候，当我整天只知道打球、下棋时，他就已经写起了诗歌，并把诗歌发表到了全国的各大刊物。室友也因此成为老师和同学们崇拜的对象。那个八十年代末的校园，甚至有一个女教师因为他黯然选择辞职，使得他除却诗歌之外，还收获了更大的声名。似乎从此，沿着诗歌，室友开始上路——生命的，或者爱情的，室友开始上路。他曾让自己从所任教的某乡村小学消失，四下金陵、三下广州……他还告诉我，当他在广州街头听到王杰唱《回家》时，情不自禁就跪了下去……他其实也是矛盾的，但他依然选择在路上。比如这个冬天，他就告诉我，他必须要酝酿并完成一个中篇，他别无选择，必须在路上……在路上，我不知道这是否就是他的宿命？包括这个冬天，我不知道他选择在外面飘荡，是否也与这种情结有关？

总之室友丢下了这本《在路上》。就在床头柜上。但我除了对一只虫子的蛰伏感兴趣外，并不想翻开它。尽管我也隐约觉得，我此时的蛰伏，也隐藏着某种对于“在路上”的渴望，或者说原本就是“在路上”的另一种形式，但我还是不想翻开它。这个冬天，除室友外，我认定再也没有任何一个人，知道我的内心，知道我的忧伤我的痛。我们到这里来，我们不知道等待我们的将会是怎样一种命运——是就此离开原来各自生活的小城，到这个市级城市重新承受另一种生活？抑或是短暂的停留？……我们现在生活的方式，于生命的旅途而言，究竟有着怎样的一种意义？而当我们一起谈论起需要共同编撰的经验交流的书，当我们忙里偷闲同时在一张会议桌上敲打键盘为本市同一个文化老人写书评，当我们时常有着共鸣——对这个冬天的生活乃至俗常物事及内心品质的统一认识时，这一段邂逅，是否会成为这个冬天彼此珍惜的风景？……现在，“在路上”

的室友，究竟夜属何处？流浪真是他的宿命么？而此刻，他又是否知道我正企图进入我们彼此的寓言——在虚无抑或荒诞的幻景里，企图延续我们的故事？

而我，必将继续在蛰伏的世界里做梦——在作为昆虫多种可能性的假设里，在关于自己的寓言里，我必须继续读着这样的诗歌：

> 你原来在唱歌！这真令我高兴。
>
> 那么，你现在就去跳舞吧。

“……当凛冽的寒风吹起，蝉一无所有，跑到它的邻居蚂蚁那里喊饿。可是这个借粮人却不受欢迎，得到的是一个一针见血的回答，这也是那虫子出名的主要原因……”（《昆虫记》），杜撰或者传说的背后，也许，有着某种神秘的指向？也许，被遮蔽的窗外，正悬挂着一轮冷月，在凛冽的寒风中见证着某种隐约的期待？

路上的距离

我很奇怪会想起这样的词句。

此刻，我被迫站在道路的边上，等待着这排崭新的小轿车队驶进校园。这是我入住这所学校以来看见的第一次热闹。这让我觉得有了一丝的欣慰。我明知一所学校的辉煌与冷落，与我并无实质的关联，包括我的入住，两者之间并没有任何内在的联系。对这所学校而言，我只是一个借宿的人，就连守门的老头儿也不知道我姓甚名谁，不知道我为什么而来，什么时候离去。我的到来，仅是一个偶然的事件而已。所以我的欣慰似乎让我觉得多情，特别是当这些车队丢下我竟自离去时，我的确感觉到了自己的好笑——像一种黑色的幽默，自己安慰或者奚落自己。

跨过这道门，跨过那些贴在墙壁上的口号式标语，我就看见了加油站。一长串的车队正有秩序地排队等候买油。几乎是一夜之间，柴油、汽油就成了人们无比关注的对象。汽油还要稍好一些，听说柴油必须由经贸部门按计划办理采购手续，一夜之间似乎又回到了计划经济时代。这让我还想起了“不可或缺”一类的词——生活中有什么东西能缺少呢？我同样有了一种惶恐，正如我在二零二寝室关于前世作为昆虫多种可能性的假设——这突然的短暂的油荒还是引起了我的各种假设：假设在一个暴雨如注的夜晚，假设在一个偏远的乡村，一个人突发重病，虽然有车，但却没油，事件将会朝哪一个方向发展？假设一起突发事件需要相关单位相关人员立即赶到现场处理，但由于车子没油只能步行，事态发展的结果将会怎样？……但关键是，在平时，我们是否有过这样的假设呢？在我们熟视无睹的习惯里，我们显然已经忘却了一些不该忘却的存在。

包括我自己。现在，当我准备描述加油站出口处道路两旁的垂柳和那些低矮整齐的绿化带时，我竟然只有一个模糊和大概的影像——我的日日从它身边走过的目光，显然从未注意过它们的存在——它们细柔的腰身或者是极有秩序的排列，它们在这个城市这个冬天的意义或者内心的距离，我并没有走进。我只是记住了一块挂在垂柳枝头上的黑色塑料袋和两只叫不出名字的黄色小鸟。那是一个早晨，我按照往常一样的惯例朝我和室友临时的办公室走去。寒风夹裹着湿湿的细雨笼罩着这座城市，不断闪耀的红绿灯似乎成了某种留守，街道空无一人。我双手插进上衣的口袋，我目不斜视，目光朝下。我就这样看见了那双黄色的小鸟，我不知道它们从哪里来，要到哪里去。它们的羽毛被湿湿的细雨紧紧粘黏在一起，失去了平时的晶莹与光芒。它们显然是在觅食——它们在干净整洁的街道上不断徘徊，企图发现哪怕是只有一粒的谷物或者一只虫子的影子。它们心无旁骛。但它们还是被我的脚步所惊扰了。就在我准备驻足走近它们时，它们抖动沉重的翅膀，有些吃力地飞向了垂柳的枝头。紧接着我就看见了那个黑色的塑料袋——只剩了一块近乎残破胶片的塑料袋，它显然是被人随手扔掉然后被风移动到上面的，它高过所有的人头，在风中招展着。它也曾有过自己的言语吗？它的这一归宿，是否比走进垃圾箱还要充满危机感？它随时都有可能再次迁徙，正如同此时的这两只鸟儿一样，那些不确定的不可预知的迁徙，随时都有可能让它从此销声匿迹。但它显然应该是幸运的，我想，此刻，当我的突然闯入的脚步，当那两只鸟儿向着它飞去，它们一定是把它当成了巢穴——肉体和精神的避难之所……

这就是我想要叙述的所谓距离的开始……我说的是市府路，也叫市东路。路的两头是我这个冬天工作和生活的两端，一端是二零二寝室，另一端是我和室友的临时办公室。

而我必须要提到那盏红绿灯和那条斑马线。而我必须要提到那些清晨和夜晚。这些时间和地点，人事和物象，显然已经成了我这个冬天隐匿的所有道具。当我最后看着那两只鸟儿消失在城市的高楼里时，我就告诫自己必须记住它们，一定要沿着它们的外壳，走进自己的内心。

红灯亮起来时，我就像一个听话的孩子或者学生，静静地立在斑马线的这头，静静地等着那个红色人像下面所有红线的消失。我想我必须遵守这座城市的秩序，正如我虽然不情愿但却必须要服从抽调到这座城市工作一样。尽管我也看见有一些人并不按照红绿灯的指示行走，总是看见他们的身影，在斑马线上跟不断疾驰的车辆玩着惊险的游戏——他们总是行色匆匆，仿佛不能有丝毫的停留。他们总是及时寻找着来往车辆之间的缝隙，然后义无反顾地往前冲去……我在那个清晨就看见了这样的一个女士，她身穿黑色披风、肩挎黑色皮包，她原本在我后面，后来就走在了我的前面，她的脚步始终像风一样迅疾，仿佛去赴一场生死之约。当红灯还没来得及熄灭，她就把自己投进了车流之中，她不断躲闪着，在疾驰的车辆间穿梭，像一尾鱼，在惊魂之中又坦然自若……我想这已经是她常年的习惯，她已经很多次从这里走了出去，这些红绿灯还有车辆已不可能构成她的任何阻碍。但关键是，在那个早晨，当我再次在斑马线这头站定，我就看见一辆疾驰的奥迪缠住了她在风中飞舞的衣襟，看见了来自她体内的血，在斑马线上绽开成一朵朵耀眼的红……她这次终于没有走出去，而红绿灯并不知晓这一切，在呼啸而来的警车的警笛里，兀自进行着有秩序的交换……

我其实也没有在意这一切。我必须在绿灯亮起的时候穿过斑马线，到临时的办公室去。那本尚未完成的经验交流的书，在有限的时间里等待着我再次走进它。我匆匆走过——包括聚集在市委门口的上访群众，包括推着流动摊子贩卖早菜和香蕉的小贩，我都没有注意。他们的存在与否，就跟那个用血绽放成花朵的女士一样，跟我并不相关。我并不认识他们，正如他们并不认识我一样。我匆匆走过，在每一个清晨或者夜晚，我走在路上，走向办公室或者二零二寝室，走向陌生的这座城市甚至是自己的内心。

我最后还想提起一个名字：三A环球。从二零二寝室到办公室，我还记住了这个店名。它是一家理发店，从它旁边经过的时候，我能透过玻璃看见里面的员工，都是一些长相漂亮的姑娘。我每次都忍不住要斜过眼去，尽管我始终跟它保持着距离，但每一次的忍不住，又分明显示着我隐匿的某种欲望。我常会看见这样的场面——一个明显是领班的姑娘总在用不是很标准的普通话对其他姑娘进行所谓的规范化培训，虽然我不知道培训的具体内容，但从站成几排神情庄重的员工表情上，我知道这些培训，关系着这些姑娘的生计。所以我也是庄重的，总是绕开被她们的队列挤占的道路，努力不去惊扰她们，总怕一个意外的干扰影响到她们在这个城市的立足。我始终不敢惊扰她们，但让我担心的事情还是发生了，很快，当我再次从这个小店走过时，店门早已紧紧关闭，听说是被公安查封的，至于这里边的缘由，没有谁告诉我，我也不想去问谁，一个小店的存在或者消失，跟我又有什么关系呢？一座城市跟我之间，终究存在着不可靠近的距离。

草生于角落

一

有一天，我在出租车上遇到一个吴姓朋友，他刚当上了某局副局长，为了这个职务，他已经奋斗了二十多年。他说二十多年来，在那繁华锦簇处，他不知陪了多少酒，堆了好多笑，一直到今年才如愿以偿。末了，他一声叹息后竟然羡慕起我来。他说还是像我现在这样的活法最好，一个人躲在自己的角落，管他官不官，钱不钱，就只一心读自己的书，写自己的文字，多么安逸舒坦。我先是有点怀疑他的真诚，但当看到他有些疲惫不堪的样子时，才相信他所言属实。

接下来，我便忍不住有些激动，因为吴姓朋友不经意间说出了我生活的某种真实。他似乎很具备拨冗去繁的本事，只一句，便把我这么多年的生活从那一潭浑浊的水里打捞出来，让我终于看清了自己的本来面目。我确信，我虽不像他所说的安逸舒坦，但我的确一直就置身于某个角落，花开花落和似水流年都只是自己的事情，跟旁人无关，跟尘世无涉。

如果再说具体一点，我的角落还可以这样介绍：两壁挤满书刊的柜子，一桌一椅，一台电脑，两幅字画，以及我写文章换回来的一两个奖牌；到夏天时，会增加一个电风扇；冬天时，则会多出来一个取暖器；再就是朋友送我喝水用的一个玻璃杯，玲珑剔透，显得高贵典雅，现在它仿佛也离开了热闹的红尘，跟我一起躲到这偏僻一隅来了。在世俗意义上，我称这个角落为书房。每天，我都一个人坐在里面，一个人在文字与心灵的世界里栖居。一天天，一月月，一年年，这样的生活一直持续着，而且还将持续下去。妻子对此很是失望，时不时就往我头顶撂过来一句话："当你只能躲在某个角落里时，就证明你已经被世界抛弃了……"硬是把一个角落的属性画地为牢地给定义了。

我懂得并能理解妻子。她曾经目睹了不少人不断地发迹，有的官职提了再提，有的银行存款越来越多，唯有我像原地的一棵老树，一枝一叶经历的依旧是先前的风雨，一眼一眉保持的仍然是先前的模样。妻子其实也希望我能从这个角落走出去，也人模狗样地走在人群中，然后让她脸上有光，像别人一样获得夫荣妻贵的尊敬。我这样躲在文字里的生活，显然让她蒙羞了。

吴姓朋友的羡慕，当然也有可能是在安慰我。妻子的失望，则一定是对我的恨铁不成钢。但也还有另一种情况，偶尔也会有熟悉或不熟悉的电话翻越万水千山打到我的书房，说读了我的文字再看了我书房的照片后，就一直想跟我说说话。还说相信在我所处的这个角落，便是盛开精神之花的原乡。话说得很热情，很诗意，当然也有点夸张，但无疑是最让我温暖的言辞，因为我仿佛看到在电话那端的某个角落，也一定坐着某个跟我一样的人。物伤其类的同病相怜，有时还真可以自我安慰的。

不过，这些都没能影响和改变我。现在，我依然每天坐在自己的书房里，依然重复着自己的生活。只不同的是，在以前，我并没有自觉地去观照这样的生活，虽然说不上麻木，但至少是有很多的随意和马虎，我一直觉得这样的情态也是美好的一种，生活很多时候并不需要历历分明。但现在，我不得不要打量起所谓的“角落”了，不得不要在某种仔细和认真的自我审视里抬起头来面对生活本身了。

二

我特意翻了字典，字典里关于“角落”的解释有很多种，最让人满意的是：偏僻的地方。总觉得这样的描述最能切进角落的精神质地。于是，我突然就有了遏制不住的忧伤。就像被一群汹涌的潮水包围一样，就像在荒原，除了风声，只我一个人在那里，天荒地远，草生草死，一切的荣枯，都只是荒芜。就像身处黑夜，一团团的黑色正寂静般铺开来，一层层将我包围。到最后，我还听到了从荒原上刮过的风，风很大，能吹没一切。很多次，我都想大声喊出，都想有一双有力的手将我带走。但我的声音很快被风和黑色所淹没……

不错，我是得要先说说一棵草。当我打量起那些角落里的生活时，我最先就想起了那孤独与落寞的影子。一棵草，默默地长在大地的某一隅，除了风之外，如果能有一两只牛羊，再某个人偶尔从它身旁经过，就已经是人世的繁华了。更多的时候，它只独自待在那里，没有人会来，也没有人知道它在这里，人世很大，自己很小，一直小到尘埃里去。而它身边的事物，远比它要幸运得多，譬如一朵芦苇花，可以借助风，让它的花籽远走天涯，花开满地；譬如蝴蝶，可以借助翅膀，成双成对地满世界摇曳；再譬如头顶上的云彩，亦可以晴暖随意，尽享季节馈赠的变化。唯有一棵草，它只能死死地待在那里，从出生到死亡，生是家园，死是墓冢，寸步不移。在角落里，一棵草的宿命，跟一个人的命运何其相似？而所谓“角落”的定义，在一棵草的故事里，又何尝不是最直接的参照？

那么，我也是一棵草么？答案是肯定的。当我终于理清了“角落”的概念时，我可以不无忧郁地说，我的确就是一棵草。从出生的那天起，父母便把我像一棵草一样栽在大地的某个角落，并将我的命运交给风了。在父母的词典里，我作为一棵草，乃是天经地义，至于被什么风所收割，至于何时被收割，以什么样的方式了结一生，都已经不再重要。把我栽在某个角落后，便是他们跟我的正式告别。不是父母残忍，而是他们本身也是一棵草，再往上推，我们家族的历史也都是一棵草的历史，尽管我们也都渴望获得移栽的机会，但我们更知道这只是一种奢望，命运安排我们只能待在那里，“我就是道路、真理、生命；若不藉着我，没有人能到父那里去”（《圣经》）。我们注定只能一代代延续着一棵草的命运，我们没有可以依靠的第三只手，抵达所渴望的天堂。生于泥土，死于泥土，一隅泥土，即是生命的全部。

一直到多年后，这样的宿命论都还在影响着我的生活。即使是当我有幸被风带走，成为我们家族史上幸运的一个，在泥土外的精神里存活时，我依然继承了来自泥土的秉性，在另一个角落深处，我依然还在以一棵草的方式存活——说是被遗弃也行，说是自我逃避亦符合情理，总之都是在远离，远离于这热闹纷攘的万丈红尘。

三

不过，我也必须承认，曾经，我多么不满于一棵草的命运。

十五岁，我便有了跳出“农门”的想法，我并不甘愿像父母以及先祖们一样做一棵草，一隅之地的生死，我很小就知道了拒绝和逃离。于是我发奋地学习，夜以继日地在书本里左冲右突，终于顺利地考取了师范。再三年后，我成了一名乡村小学教师。那一刻，我兴奋，尤其是目睹跟自己一起玩耍和长大的伙伴们依然如一棵草似的匍匐于大地的某个角落时，我还感到了人生的飞扬。虽然命运给予我的教室和讲台仍然是破破烂烂的，虽然面对的依然是乡村和泥土的颜色，但每月固定的工资收入，还是让我觉得了挣破樊笼的窃喜，觉得从荒芜入了繁华。但我很快就觉得沮丧，觉得自己不过是从一个角落被扔到了另一个角落，除了固定的工资收入外，一样的都是荒芜，一样的都是孤独与寂寞，与不堪。

现在想来，那时的我一定是很可怜的。当我在今天重新审视过往的时候，我都忍不住要对那时的自己生起几分怜悯。再具体一点地说，那时我在一所乡村小学任教，学校跟我一样可怜巴巴地躺在一个远离城市的小镇上。说它可怜巴巴，是因为在我还未到来之前，能调走的老师都调走了，有可能调走的老师也在拼命寻找机会，这里的偏僻与落后，早留不住人了。在人心远离的那一刻，学校早就像一个荒芜的所在，而我分明是被扔进荒芜里的最后的那只羊，同类们都已经另择水草丰茂的他乡，只有我一个人被遗弃在了这里。

我也想着要离开了，脚跟还未全部站稳，我就想着要离开了。但我咋能离开呢？调走的老师跟领导都是有关系的，在寻找机会调走的，也还是跟领导有关系的。而我，扳开十指仔细数算，掘地三尺使劲寻找，都无法找出一个跟领导沾边的亲戚。所以我很快就更沮丧了。一棵草的身影，再一次跃入我的眼帘。小镇之上，我每天看着太阳从我头顶升起，然后又从我头顶落下，时间在这一升一落里大把大把地溜过，除了千篇一律地往返于教室外，我几乎没有收获什么，即使是一声互相的问候都没有。老师们始终各自埋在自己的角落，没有谁会在意谁，更没有谁会关心谁，似乎每个人都在忙着离开的准备，或是在不可更改的宿命里顾影自怜。我也终于接受了这一现实，只在夜里一遍又一遍地读着普希金的几句诗：“在穷乡僻壤，在囚禁的阴暗生活中，我的岁月就这样静静地消逝，没有神性，没有灵感。没有眼泪，没有生命，也没有爱情……”每一次，我都会觉得这简直就是为我量身定做的诗歌，都会觉得翻江倒海般的寂寞与孤独，都会控制不住地把自己投入夜色弥漫的操场上，一边不断地奔跑，一边让那夜色一层又一层地把自己围裹，一边细数那操场的漫无边际，直到那夜色如坟场般把整个小镇的声音全部淹没为止。

没有人知道我不断奔跑的缘由。也不会有人愿意知道我奔跑的动机。只是，随着奔跑的不断深入，我越来越咬牙切齿地决定要离开小镇。但如何才能离开呢？一棵草，它真能离开原本属于它的原乡么？担心归担心，疑惑归疑惑，很快，我就像个猎人一般把目光盯住了从市里到小镇挂职的一个乡领导的身上。“假使你要离开这块荒野的地方，你应当另寻一条小路”（《神曲》），我想我的这条小路或许就在这个猎物的身上。我接近他的办法是，有一天我凭着听来的故事，想象着为他写了篇人物通讯，文章很快在市报上发表，之后我如愿得到了他的约见。他无疑是高兴的，面对我的吹捧文章，他分明有着无法掩饰的喜悦和兴奋。后来，因为这篇文章，他挂职期满回市里后就得到了提拔。但一直到他离开，都没有帮我实现想要调离小镇的梦想。当我最后还想紧紧拽住他这根救命稻草时，他却是一去不回头，即使一个电话也没给我留下。我也终于确信，作为一棵草，原本就不该心生妄念的，一份安分守己，或许才真是属于它应有的本分？

四

离开小镇却已经是后来的事。也是意外中的事。

就在我决定用一棵草的方式在小镇上度过一生时，奇迹却发生了。大约在我来到小镇七年后，县教育局的一纸通知将我打捞了出来。那时我已经在报刊上发表了不少文章，让县教育局的领导看中了我。一直到多年后，我都还会对着自己的文章心生感激，如果说命运里真的有第三只手的话，我以为我的文章便是那第三只手，我正是靠了它的牵引，才抵达了内心的上帝所在之处。其场景就好比“但丁迷途在一个黑暗的森林，遇见豹、狮、母狼，诗人维吉尔的灵魂来救护他”（《神曲》）一样，迷途中的一份拯救，总是充满着神秘的美好。

再之后，我又调到县委宣传部，继而再调县委组织部，曾经小镇上的一棵草，俨然已经被移植到了那人世的繁华锦簇处。这对我而言是个意外，对我的父母而言更是意外的意外。在他们看来，他们早年栽下的这棵草，真的不亚于一个奇迹，在所有的草都只能待在原地时，我却能一路抽身离去。只是他们并不知道，作为一棵草，即使走得再远，它也还是一棵草，一棵草的秉性和命运，对我而言，几乎就是宿命般的与生俱来。一方面，我挤在尘世的中心，并努力地去适应它需要的一切；但另一方面，我作为来自角落的一棵草，其不合时宜的诸多表现也让人们为之失望，直至把我抛弃。

我想要说的是，无论是在县委宣传部，还是县委组织部，由于我自身的局限，当其他人都如鱼得水时，我仍然一直远离于尘世的中心；当很多的人都陆陆续续地从我身边走过，走到更高更好的位置上时，我仍然像一棵原地不动的草，一直就待在那里。很多次，我都能感受得到他们回过头来看着我的充满善良同时又满怀安慰的目光，我知道他们是多么地希望我能彻底摆脱一棵草的命运，只是，在对他们的友好表示感激的同时，我却也能清晰地知道：一棵草，从落在大地上的某个角落开始，即使几经移栽，但在生命属性上，它依然还是原来的那棵草，一棵草的属性，原本与生俱来，人世的风雨阳光，原本与之无涉……

因此，当我再一次有机会可以移栽时，我就绝然地拒绝了。后来，我在一次公开招考中考取了市委组织部的正科级领导，用人们的话来说，这是一个准副县级的职务，只需再过三五年，在地方上便可成为一个像模像样的领导干部了。可是，就在人们的祝贺声中，我却悄然选择了放弃。没有人能理解和明白我放弃的缘由，很多要好的朋友都在电话里大骂我，骂我不可思议，骂我不懂得珍惜，骂我没出息，骂我神经病，说别人梦寐以求的东西，我却像扔一块破布般随意丢弃，总之都是疑惑，还有点痛心疾首。我的父母更是不能接受，一方面他们安于一棵草的命运，另一方面，当一棵草发生奇迹时，他们也渴望那奇迹如春风一样荡漾枝头，并绽开出一场绚烂的花事。那时候，父母不解地望着我，长时间都没有说出一句话——我知道他们已经有了沉沉的埋怨，甚至是恨意和忧伤，他们其实很渴望我能把一棵草的命运，书写出别样的色彩；他们渴望一棵草在我的身体里，能长成一棵枝繁叶茂的大树……

我能理解父母的心。但我的父母，你们又能真正懂得一棵草的内心么？一棵草的无助，远比人世的繁华锦簇要苍凉得多，也要落寞得多。

五

此后，我主动申请调到了文联。相对于其他单位，文联已经是最边缘的部门了，除了没有财权和人权外，县委政府的文件永远天高皇帝远不会抵达这里，县里有个别能写点文学类文章的也不敢拿去刊物发表，其理由是如果被领导发现，一旦被对号入座调到文联就完了。文联在人们心中，显然就是一座荒原，生命与前程的不毛之地。但当我经历人世的辗转迁徙后，我却越来越确定，只有在这里，我这棵草才能最终找到适合的土壤。一棵从荒原走出去的草，最终也还得要回到荒原上来。

初到文联时，只有一间狭窄得不能再继续狭窄的办公室，远远地躲在一幢上个世纪五十年代就修建的木楼深处，而且里面堆满了各种杂物，县委组织部长把我送到时，文联唯一的一个干部，那个已经宣布退休的前任文联主席，一个人坐在那杂物之间，就像一个拾荒的老人，几分荒芜，几分落魄。而他之所以还没走，就是等着要为我举行一个欢迎仪式。在他看来，虽然单位破败了些，虽然仪式简陋了些，但一份人生与文字的庄重毕竟不可或缺。看见我们，他微微地站起来，但由于被杂物挡着，他的身子显然无法全部撑直，然后就是他对县委组织部长的抱歉："真不好意思，地方太窄了……"然后是一副不安和羞愧的样子，仿佛一切都是他的过错。因为找不到坐下去的空间，县委组织部长只好平生第一次站着宣读了任职文件……

文联原本还有两个干部，但因为不甘于这样的冷清，早就主动找关系借调出去了。剩下我一个人孤零零地坐在这里，杂物无法清理，也不想清理，置身其间，没有谁来看望过我，即使偶尔有曾经的同事想来看我，也因为没有坐处而告吹。每天，我独自面对一堆杂物，时间长了，竟然就恍惚起来，眼前的杂物似乎变成了一棵棵草，一棵挤着一棵，秩序混乱，内心狼藉，没有人知道它们来自哪里，要到哪里去，唯一可以窥见的只有近乎疯狂的沉沦，在一节节无休止地拔节，一寸寸地蔓延，直至把这个角落覆盖……

不过，在这里，我终于找到了能让自己安身立命的处所。狭窄就狭窄一点吧，寂寞就寂寞一点吧，孤独就孤独一点吧，每天，就像吴姓朋友说的，我只需读自己想读的书，写自己想写的文字即可，我不用在意谁，尘世的一切均与我无关。一棵草的秩序，原来也可以如此随心随意。

再后来，我还在家里布置了一间书房。于是退避到角落里的思想倾向就更加明显了。在我偏僻的书房里，除我之外，再没有第二个人踏进来过。每天，我只一个人静静地挨着那些挤满了两壁书柜的大师们，静静地在他们的思想里沉潜，就像一尾深埋水底的鱼，尽管世事变迁，时光不再，我依然不为所动；尽管窗外花红柳绿，窗内枯色遍野，我亦不心生悲凉。红尘万丈之外，一切都可以放下，一切都可以独自寂寞，一切都可以像那个不断推巨石上山的西西弗斯，日复一日、年复一年地守着一棵草的命运，在自己的角落里数望花开花落和似水流年……

艾略特面对他心中的荒原时这样发问：“什么树根在抓紧？什么树根在从这乱石堆里长出？人子啊，你说不出，也猜不到。”所以很多时候，我也会忍不住问自己：“在自己的荒原，在一棵草的世界里，究竟是什么东西，一直在牵引着我对于角落的妥协与服从？”答案则是后来才知道的。后来的某天，在书房的不远处，我不经意发现一群蚂蚁，它们排成长长的队列，正在玫瑰花和美人蕉投下影子的墙壁上有序地行进，它们显然在为着某个神圣的目标忙碌，它们热烈而且安静。就在那一瞬间，我突然发现，在角落的深处，原来也可以有生命的宏大的宫阙可以垒砌，在乔木不愿意屈身的地方，野草也可以成为生命的希冀……也正是那一瞬，关于“角落”的解释，我突然就背道而驰地想，除了位于偏僻的地方外，除了那满盛的孤独与寂寞外，或许它也有着生命的华美与热烈？只不过，它一直是以荒芜的形式呈现而已。

第二辑

光　影

孤独者说

一

我越来越确信，孤独一直向我靠近，并潮水般汹涌。即使是很多欢愉的场景，在散去的那一刻，孤独也会快速地把心围裹。我曾惊疑于这样的无常——是生活多变的使然？抑或是精神原本的脆弱和虚妄？生命的窗口在打开的那一刻，事物深处的不确定性总能引人怅惘。“谁此时孤独，就永远孤独”（里尔克《秋日》）——此时彼时，甚至一生，孤独似乎就在那里，孤独始终不曾离开我们。

孤独仿佛与生俱来。我不知道当我第一次睁开眼看这个世界时，是否就显出了孤独的面目？只是在后来，当人世的孤独一次次向我靠近，我仿佛就真切地感知到了我跟孤独已然深重的夙缘。当然，我亦不敢说我是为孤独而生的，“孤独”这个词，貌似只能是那些精神无比强健者才配拥有，比如出类拔萃的思想者，所谓“孤独”，几乎就是他们高扬于世的旗帜，是区别于一切凡夫俗子的灵魂标志。凡俗如我，还没有资格跟孤独结缘。但现在，我却很愿意把“孤独”从那“神器”的位置上拉到每一个平凡的肉体和日常里，——我宁愿相信，在我生命的最初，关于“孤独”，就成了一生的某个胎记了（尽管我不可能确切地弄清那一个细节的真相）。

最早带给我孤独的，则是两个始终不曾出现的硬币的影子。那一定是某个无比寂静的午后，父母均不在家，村里没有叫卖的货郎来，我并没有任何可以置换的东西，两个硬币的存在与否，对那个午后的我并没有实质的意义。但不知为什么我突然就有了拥有两个硬币的渴望。多年后我一直在想，从两个想象中的硬币的身影里，我究竟看到了什么呢？也许我什么也没有看到？也许我鬼使神差地看到了隐喻在两个硬币上的某条小路，它一直引着我去叩响某扇不可知的人生之门？总之我是那样的决绝，我把父亲的抽屉和母亲的红色小木箱翻了个底朝天，属于父亲的笔墨纸砚以及母亲的针头线脑凌乱了一地，但始终没有出现硬币的身影。我不知道自己是怎样结束这一场孤独之旅的，只是那两个硬币的影子却一直影响了我多年，多年后我一直背道而驰地对金钱怀着某种不在意，虽然这无疑是一种反差和悖论，虽然这对两个不曾出现的硬币而言，对最早让我体验的孤独而言，都在意料之外，但它们一定都是从两个硬币的影子里生长出来的，它们跟两个硬币一定有着某种暗喻般的最直接的关联。

也许，从两个不曾出现的硬币的影子里，我亦不自觉地学会了淡然？但仔细想想，又觉得这是不可能的。因为一直多年之后，每当孤独再一次向我靠近时，我都会忍不住为之惶然，至少是为之情动。还需特别申明的是，多年之后，我还无数次地情不自禁地要在一张纸上反复地写到孤独，正如这一次，在秋风渐起的这个夜晚，我又再一次想起了两个硬币的影子，它们就像被施了魔法似的，咒语一般缠绕着我。事实证明，多年后那种背道而驰的一厢情愿，一定有着不为人知的秘密，一直在暗处导引着我的人生。

只是有一点可以确定，那就是当我的目光落在两个硬币上时，我跟这个世界就已经建立起某种关系了。一直多年之后，当我读到

“无穷的远方，无数的人们，都和我有关”（鲁迅语）这样的充满诗意和哲学气味的句子时，我都觉得了前所未有的熟稔，总觉得从很早开始，我就已经隐约看到了我跟这个世界之间有着千丝万缕的联系了。从两个硬币开始，我跟这个世界就已经不可避免地要有或爱或恨的关系了——尽管这样的意识依然是模糊并懵懂的，但我始终相信，从两个硬币的影子出发，我的人生便正式开始了。

我开始梦想拥有一支钢笔。这个时候，我已经学着超越自己。从两个硬币的影子里抽身出来，我隐约看到了物质之外的东西。尽管那时候我还不知道什么是精神，但当我梦想着一支钢笔时，我就隐约地感觉到在这个世界上，除了物质，也一定还有其他存在。这样的认知在多年后也得到了有效印证。多年之后，我整个的人生地理几乎就是一次次的精神接近，在一次次向文字靠近的同时，我最早对一支钢笔的梦想，就像某个被说中的预言，一次次证实我最初的所想绝非一时一地的无意识，它们其实一直被某只有形的手紧紧拽着，并一直朝着某个既定的方向一路前行。让我颇感意外的是，父亲很快就真的让我梦想成真了。父亲很快就给我买来了一支黑色的钢笔。或许是父亲也隐约看到了我梦想的严肃性，所以当他把钢笔交给我时，亦是一副郑重的表情。虽然父亲始终没有跟我说到有关一支钢笔的话题，但从他深锁的眉头和凝重的双目里，还有从口袋里掏出一支钢笔时的小心翼翼，我完全可以感觉得到被父亲隐藏在一支钢笔里的风暴。我无疑是惊喜的，尽管我对父亲酝酿的那一场隐约的风暴已经有了明显的感知，不知是好是坏的感知，但我还是因为梦想的实现而感到惊喜无比，相对早先两个始终不曾出现的硬币的影子而言，我第一次真切地感到了梦想贴着现实的亲切和美好。

我飞快地朝着田野深处跑去，最后在某块岩石上坐了下来。田野的深处很安静，没有人声，只有风吹动稻浪的声音，独自在安静的深处。我很想在这样的安静里一个人好好地端详属于我的这支钢笔，总觉得在这样的安静里，就能真正走近一支钢笔的内心，就能进一步看到我跟这个世界的关系。我就这样把自己坐成了一尊雕塑，一动不动地独自在某个午后的秋风里。独自不断地摩挲着一支黑色的钢笔，双目随着双手不断转动，就像朝圣路上的端庄与肃穆。一直到太阳在风中完全止息，一直到黄昏里虫声四起，我都还舍不得离开。只是让人沮丧的是，多年之后我才蓦然发现，在那一刻，我其实已经把我一生所要经历的孤独提前描绘出来了——当我不断摩挲着一支钢笔时，它并没有把我真正地带入这个世界，相反，当我在多年之后企图沿着一支钢笔的指引去寻找自己跟世界的关系时，世界并没有彻底地接纳我，甚至是在一次次给我以拒绝。一支钢笔，除了一语成谶地暗示着我生命的某种走向之外，它跟我所谓的精神坐标之间，始终隔着遥远的距离。

二

“死并不是生的对立面。死是生的重要组成部分。”（村上春树《挪威的森林》）这是多年后，我认定我所读到的最为孤独的句子。对俗世而言，死即是空，死即意味着生的结束。但在这里，死却被认定为生的一个环节，甚至是生的一种表现形式。生死的界线了无痕迹，生死似乎都是花开粲然——看似清淡从容的身后，其实更是一种透彻的孤独。而这样的孤独，其实早在多年前，从一张安静的脸上开始，我就隐约地感觉到了其中的深意。当村里一个孤独终老的老人死亡后，在人们将其收殓准备装入棺材时，我就看见了他安静的脸，两眼微闭，面部虽然皱纹丛生，却依然柔和一如往常，他似乎只是安静地入睡了，等一觉醒来后，他还会安静地在尘世上行走。他安静的表情，丝毫看不出死亡的恐惧，只觉得那不过是生的另一种表情。又一次，当人们第二天醒来，就发现另一个孤独终老的人安静地像某只动物一样蜷在门前的石阶上悄然死去，他的身躯虽然僵硬了，但那如某只动物一般蜷着的姿势，那一道美丽的弧线，却似乎让人看到了某扇通向柔情的往生之门——人们都一致传说一个人死时的姿势，就是他（或她）前世的真身；还说能找到前世真身的人，一定是有福气的人。把一份死亡说得似乎也有暖暖的阳光流淌。但在我而言，在那举重若轻的诗意的粉饰之下，始终感觉到一种风吹脊背的寒凉。

由生死带来的孤独，还让一把红色的刀子永远地进入了我的记忆。事实是，曾经有好几次，当我被一场经久不息的疾病淹没到窒息时，我便理所当然地想到了死亡。我再一次想起了先前那一张平静的脸庞和那个像某只动物蜷着的姿势——死亡不仅仅是解脱，它更是灵魂在孤独里的精神飞升！于是我终于举起了那把红色的刀子，我渴望划向自己的手腕。只是在快要接近时，刀子竟然迟疑地停在了空中。好几次我都在最关键的时刻败下阵来，好几次我都在最关键的时刻发现自己原来并不想死——只是在多年之后，落在一把红色刀子上的生与死的决绝，都毫无例外地像另一把孤独无比的刀子，每一刀都能准确无误地刺得我心痛，每一刀都像生与死的隐喻，在生与死的讲述里显得无助而苍凉。

而他，又是以怎样孤独的形式出现在我的视线里呢？在一直向我靠近的孤独里，在那潮水般的孤独的裹挟中，他的影子分明已经席卷了我多年。每一次，我似乎都看见了落叶纷飞的时刻，看见了时间向我们最后的某种逼近。而确凿地说，就在我写作的这个夜晚，我不见他已经很长时间了，甚至是，他是不是真的选择了死亡，也不得而知。我只是确凿地相信，关于他的孤独，不管他在或不在，都一定是我在孤独的言说里绕不过去的话题。我只是确凿地记得他曾无数次地对我说过一句话，他说他早就该死了，说与其孤独地活在这个世上，还不如死去算了。每一次，他都把双手紧紧地抱住自己的头颅，目光躲进自己的身体里。他已不敢再看向这个尘世，即使是一眼一瞬的热闹，都会刺得他心痛。自从他的妻子和唯一的儿子被一场突如其来的泥石流所掩埋后，他就已经认定这个尘世的一切热闹都已经跟他无关。我相信他所说的一切，包括死，对他而言都是最真实的内心。然而他终究还是有可能地选择了活着，有可能地选择了在某个尘世所看不到的地方，独自一个人在生与死的边缘不断地折磨自己，不断地在一块巨石滚落的寓言里跟时间相耗。

而他，那个我每天早晨都会准时看到的拾荒的老人，他所呈现给我的，又是怎样一种孤独的言说？老人已经很老了，虽然不能准确地判断他的年龄，但从他佝偻的腰身，以及瘸了的左腿来看，从他光芒消失的双眼和已然干枯的脸庞来看，时间在他身上，已经只能用“剩下”这个词来形容了。每天早晨，当我赶早走出家门，便一定看见他一瘸一拐地攀爬在我门前的斜坡上了。他右手上简易的一根拐棍一点点落在斜坡的水泥上，跟瘸了的左腿相互呼应，一点点地映衬出那行走的艰难。他左手往往提着一堆纸壳之类的，背上还驮着一大堆瓶瓶罐罐，用一根绳子捆好勒在肩上。他一直往上面攀爬，每走一步，身子往前倾的同时，又被肩后沉重的物品死死地往后拽，每一步都似趔趄，每一步都摇摇欲坠；每走几步，他总要停下来，很艰难地立住，人在斜坡上，仿佛一棵颤巍巍的树，立在那瑟瑟秋风里。每一次我都不敢跟他打招呼，因为左右邻居都知道他的身世——他其实有着一个很好的家庭，几个儿子都已成家立业，而且生意也都做得风生水起，按理他是完全可以不用经受这样的苦的。但邻居们还知道，他的儿子们都不孝，在赡养的问题上，你推我我推你到最后一起把老人给抛弃了。邻居们都不愿说出这一事实，包括我在内，每次看到老人时，我亦不愿跟他说话，我怕一旦说出，会触到那个只要稍稍揭开便有可能浩荡千里的痛点。但我无疑看到了老人的孤独，在靠拾荒换取“剩下的时间”的过程里，我相信老人一定看到了漫向他生命的潮水般的孤独，只是那孤独，没有人也不可能有人跟他一起承受。

“她本不想以这种方式打破孤独，相反，想以这种方式来保持孤独。”（马尔克斯《百年孤独》）我不敢确定我以及他们，是否可以在这样的叙述中寻找到对孤独的理解。但我始终确信，对一个渴望保持孤独的人而言，孤独一定就是最后燃放的精神旗帜，一定就是一个人跟尘世最后也最执着的对话，就像多年后我无意中读到的一首诗：“上帝！你看哪，我已倦于复活；甚至也倦于死亡、倦于生活。拿走一切吧，但要留下这朵红玫瑰；让我再一次感受到它的鲜艳。”（阿赫玛托娃《最后的玫瑰》）这鲜艳的玫瑰，我相信它一定就是那最后的自我的温暖和慰藉。

三

再一次想起了里尔克。但这一次，我是想起了他孤独的爱情，再确切一点说，是想起了他跟女诗人茨维塔耶娃的孤独的爱情——对了，关于爱情，我认为它一定是最接近孤独的路径，沿着它，我们总能最大可能地去发现孤独的真正的面目。

据说里尔克跟茨维塔耶娃终其一生都未曾见面。并且是，当茨维塔耶娃跟里尔克取得联系时，距离里尔克离世仅仅剩下七个月。就在这剩下的时间里，里尔克却燃起了炽热的爱情，“我所有的话题都骤然向你涌去，每个词都不愿落在后面……”显然，一段因为诗歌燃起的爱情，并没有被剩下的为数不多的时间所阻隔，相反地，它却像蓬勃的春草一样生长起来了，甚至是，它显然把那就要暗淡并熄灭的生命之灯重新照亮了。但多年之后，我不得不说，当我再一次打量并审视诗人这“最后的爱情”时，我内心的孤独感亦像那蓬勃的春草一样漫无边际；尤其是，当我进一步读到在里尔克离世后茨维塔耶娃仍然深情地为他写下的情书时，内心的孤独就不可避免地流淌到了极致。“亲爱的，爱我吧，比所有人更强烈地，与所有人更不同地爱我吧……”孤独流淌到隔世，还有什么比这更清澈、更纯粹的质地呢？还有什么比这远远高于俗尘的情愫更能让人为之沉重？

同样属于诗人，同样牵扯我的孤独的，还有仓央嘉措。一边是藏佛界的活佛，一边却是他对俗世爱情的不舍，“好多年了，你一直在我的伤口中幽居；我放得下天地，却从未放下过你”，信仰与爱情，始终成为他的双重煎熬，也始终成为他的双重孤独。据说他白天以密法佛徒出现，夜里则以一个俗人的身份潜游在酒肆街头；而更引人津津乐道的是，有好几次，他穿着火红的袈裟溜过绿树掩映的小树林，甚至趁夜偷偷依偎在姑娘的怀里，只可惜他慌乱的脚印被一场突如其来的雪所暴露……无需再继续复述下去了，在这个被传说了无数次的故事里，多年之后，似乎只剩下了是活佛也是诗人在雪地上留下的声音：“一个人在雪中弹琴，另一个人在雪中知音。而我独坐须弥山巅，将万里浮云一眼看开。”而真正看开的，在我看来，其实便是那空茫的孤独，那能笼罩并让人窒息的孤独。

在诗人们的爱情里，孤独好比秋日的一枚落叶，往往在你不经意的时候，一下子就撞着你的额头并轻轻落在了你的面前，它原本就是有意要让你拾起的，尽管它知道邂逅的同时便意味着某种陨落和失去，但它还是渴望在这最后的时光里拥抱缱绻，渴望一瞬的心与心的相互颤动。一枚落叶在秋日里呈现出来的所有路径，在繁华就要褪尽的时刻，我们总能看到孤独的影子，以及影子里仿佛贯穿前生后世的寒凉……

不过，真正让我为之孤独的，并不是诗人们写在诗歌里的爱情，虽然那爱情很美，但它毕竟不是长在俗世，毕竟离我们的肉体和灵魂有着遥远的距离。真正的孤独的爱情，它其实是从尘世长出的一株植物，在历经时间的遗弃之后，仍然独自在那里仰望岁月。譬如我的姨祖母，是的，我不得不说，当我从一首诗歌里的爱情转过身来，我的姨祖母，这个一生孤独到破碎的女子，她为之孤独地守望的爱情就不期然地击中了我。我的姨祖母，这个四十岁上下就失去丈夫的女子，从民国起，为着“一嫁便是终生”的信仰，便一个人守身如玉，独自在一份不可得见的爱情的守望里过活，直到如今，仍然以近九十岁的年龄重复并坚持着。我曾无数次想要窥探她的心灵，我甚至还在另外的文章里这样来还原她的守望：“一个人的漫漫长夜，已经重复第几千第几万次了？姨祖母真的是数不清了。时间在那些孤独和寂寞的夜里，从一开始就已经变得斑驳不堪，从一开始，一切事物对姨祖母而言，都已经旧得不能再旧了。姨祖母一个人坐在那里，一边是漫漫长夜，一边是一灯如豆，再一边是跟着锈迹斑斑的心灵。只是偶尔，姨祖母就会抬起头来——如果是灯花绽开时，姨祖母就会忍不住抬起头来，痴痴地看着那灯花灿烂地开放，一直要到油尽灯枯、灯花零落才罢，似乎更残漏尽，也似乎地老天荒，总之都是幽怨，总之都是从始至终就钉在那里的生死两茫茫的眷恋……”我总是相信，那长在俗世的孤独的爱情，一定就有着这样的荒凉的细节，一直在言说着尘世的某种况味……

而我自己呢？在我对那些孤独的爱情的恋恋不忘里，我是否也看到了照耀在自己身上的爱情之光？只是，那照耀着我的爱情，它也是孤独的吗？——关于孤独，我多么希望它就像漠漠荒野里的一抹绿色，在背道而驰的方向里，释放出让人温暖让人充满希望的生命之光。

四

一个人的孤独究竟有多少表现形式？藏在我心底的那些孤独的影子，究竟有多少需要我去提及？——我是想说，当我再一次提到孤独时，我不得不还要提到一直没有机会说出的他们，总觉得在他们那里，关于孤独，关于尘世的真相，似乎更显得真切，更能让一个人的精神发现，最大可能地贴近尘世与心灵。

我最先要说到的应该是我的舅舅。舅舅至今仍然居住在逝去了多年的外婆留下的老屋里，而更关键的是，老屋周围的房屋，如今都已人去楼空，能搬走的人家都搬走了，不能搬走的人家也都失踪在外了很多年，曾经无比热闹的一个村庄，现在就只剩下了舅舅一个人；野草和芭茅迅速地不可抵挡地从四周一路疯长过来，并很快就要蔓到台阶上了。舅舅总是呆呆地一个人坐在空荡荡的老屋里，偶尔也拄着双拐(舅舅前两年因为车祸导致双腿残疾)勉强站起来，再或者就是点燃一支烟卷，然后双目迷茫地望着远方，陪伴他的，除了他斑驳的视线外，就只有自己狼藉的内心……我一直在想，生活对我的舅舅而言，一定是残酷的，在那一个人的残席之上，一个人，似乎就像某个最后的季节，在一点点耗尽剩下的时间与岁月，而那一点点耗尽的过程，一定便是那真实的孤独了，便是一颗心留在尘世与心灵上的疼痛了……

还有就是，在上班的路上，我每一次都会把目光投向一个小小的补鞋店，总觉得在那里，亦有让我始终不能释怀的孤独如水流淌。说是小店，其实并没有专门的店铺，那只是相邻的两堵墙壁留下来的一个狭窄的空间，店主（一对四川夫妻）便恰到好处地将其利用了起来，店内摆放着一架老式的补鞋机，还兼营一些鞋垫之类的。但我想说的其实并不是这些，我想说的是，我还在儿时随母亲到县城赶集时，就已经看见他们以及他们的补鞋摊了，若干年后，他们依然还在这里，在已经很少有人还需要补鞋的今天，我不知道他们是不是真的只靠这一个摊子过活？也或许，他们之所以一直守在这里，并不仅仅是缘于生活，也还有对补鞋这一手艺以及一段曾经的时光的眷恋？就好比虽然美人迟暮，但仍然要有一份不离不弃的相依相偕？

还有就是我自己。许多年了，从两个始终不曾出现的硬币的影子开始，在一支黑色钢笔的指引下，我总是一个人躲在某一隅，一个人悄然写下一篇又一篇的文字，我写我的村庄，写自己灵与肉在日常里的位置，写自己对于生死的思考，对于爱与恨的贴近与远离，对于时间岁月的亲近与抵制，我总渴望以这样的方式，不断发现和寻找我跟这个世界的关系，总渴望沿着这样的精神地理，寻找到尘世中的自己。再确切地说，我总是躲在自己的写作之夜，独自一个人蜷在只属于自己的书房里（书房在本质上也是孤独的），书房里只有一盏孤零零的台灯（台灯从本质上也是孤独的），窗外围墙上的植物暗影朦胧，我亲手栽下的四朵红色的玫瑰总是显眼地在那里摇曳，仿佛在呈现一个人所可能具有的象征和隐喻。我一个人在黑色的键盘上（现在是键盘代替了钢笔，但都是黑色，仿佛神祇有意的安排），一个人安静地望向这个世界，并企图打开一扇又一扇隐秘的生命的窗口。但我最后还是为之沮丧了，在这样的写作之夜，我最后就感到了自己的孤独。不单我是孤独的，就连我写下的所有文字其实也是孤独的。那些理想与欲望，生与死，爱与被爱，一直到生活琐碎的每一个日常，它们始终都以孤独的面目一直向我靠近，再靠近；那些以文字构筑起来的所谓的“精神堡垒”，到最后统统都显出了无力的面目。对于尘世乃至个人的心灵而言，它们均显出了于事无补的脆弱与不堪。我并没有在它们这里寻找到我所想要的东西，倒只有对孤独的不堪重负的沉默。

雪莱是这样描述“孤独者”的：“在芸芸众生的人海里，你敢与世隔绝，独善其身？任周围的人们闹腾，你却漠不关心。冷漠。像一朵花在荒凉的沙漠里，不愿向着微风吐馨。”每一次，当我为之沉默时，我就会情不自禁地想起这首诗，总觉得在诗人描绘的关于孤独的残忍和苍茫里，我已经确信，那些向我靠近的，如潮水一般汹涌的孤独，真的就是我的宿命了。只是我又隐约觉得，这样的宿命，或许并不仅仅是我一个人的；因为在那里，我无数次真切地看到，除了有我自己的影子外，也一定还有其他人的影子；这样的孤独，不单是我的，也是你的，也还是他的；不单是我们的，也还是他们的，在不可计数的孤独的影子里，世界正以其诡谲的面目，在想要掩盖某种真相的同时，又似乎在毫厘不差地呈现着一切来自尘世的秘密。只是那秘密，或许永远都不会有人愿意说破。包括我在内。

旅　途

经常，噢旅行者，这片苍白的景象

凝望着你，你这同样苍白的人

不知道是谁的诗句，只觉得喜欢。那紧紧的凝望，那目光里的苍白，我一直以为说出了我某一段某一时刻的内心。

关于对旅途的描述，在多年后，我以为这两句诗，也只有这两句诗，真正让我为之心动。至少，在我曾经的旅途上，我从中看到了我以及自己的影子，苍白的影子，相互凝望。

一九九三年暑假，我去昆明看姐姐。姐姐在昆明打工，因为放心不下，我便去看她。这应该是我人生中的第一次旅途。我在320国道等客车，却等来了从成都送新车到昆明的车队，我坐上了其中一辆，用司机的话说，车子空着也是空着，遇到顺路的，就顺便“捡上”，还可以赚点外快。那时还没有高速公路，320国道弯弯曲曲，路途凭空增了许多，加之车队走走停停，边玩边走，时间又凭空增加了许多。所以到昆明时，已是凌晨一点左右，无法到姐姐打工的地方住宿。司机问我要在什么地方下车？我几乎不用思索就说客车站吧。其实我为什么要去客车站呢？大晚上的，我分明也不用在那里买票赶往下一站；而我也分明不是赶往那里去投宿——那里我也没有熟人可以依靠，偌大的夜晚的昆明，无论哪一处对我都一样，都充满陌生，都没有任何一间房子可以像家一样迎接我。多年后我想，那个不用思索就浮上心头的决定，或许只是那时候我觉得，在一个陌生的城市，车站较之其他地方，对一个突然闯入的陌生者而言，要多有一份接纳的理所当然。

我已记不清那个客车站站名，但实际上记得或是记不得并不重要，甚至是我压根儿就不知道那个客车站站名。在深夜的昆明，我只是那个司机先是在路上随便捡上车然后又随便把我扔下来的某件物品，把我扔下之后，他说他要去酒店了，接车的一方早已为他订好了酒店，说完后他便消失在了夜雾茫茫的昆明。凝望着他消失的方向，孤独便如水浮了上来——我无法确定当时我自己像什么，在没有一间房子可以熟络地为我打开的陌生之地，在深夜里，所有的比喻都已经显得苍白。一个车站的站名，对我已经并不重要。重要的是当我像一件随意的物品被司机扔下来后，我该走往哪里？车站冷硬的水泥地上，坐满了很多旅客，他们三个或是两个一起，把那鼓鼓的行囊放在地上，然后就靠着那行囊睡觉。他们为什么不找家旅馆睡觉呢？他们是怕错过明天早晨的一张车票，还是为了节约一点钱？——多年后我一直都还会回忆起那个场景，那么多的人，在那么冷硬的夜晚（四季如春的昆明，即使夏季，夜晚也总是冷冷的），就那么靠在水泥地上过夜，旅途的一份苍白，连同我为之苍白的内心，在这里展露无遗，就像某段沉沦深陷的音乐，一直萦绕在我关于旅途的描述里。

一九九四年暑假，我突然想去坐坐火车。在我有限的经验里，总觉得火车就等于远方。那时候，青春的身体里总裹挟着一些躁动，就像在惊蛰时分醒来的虫子，怀着对春天一切萌生的新事物的强烈渴望。总觉得在通往远方的旅途上，总有一些风景会植入自己的内心。尽管在去昆明的那个夜晚，一份旅途的苍白感强烈地冲击着我；尽管在此前，我不止一次地听常年出门在外的父亲说起他印象中的危险四伏的火车——父亲印象中的火车上总是人满为患，甚至就是一个弱肉强食的原始世界，上车要使劲挤，拼命地挤；挤上车之后即使你有票，也不一定就能坐到你的位置上，总有没有位置的人要来跟你抢；不想吃东西也得吃，总会有随车的小贩强迫着你要吃；总会有人把你逼到某个角落……但我分明还是渴望着一辆火车，我不惧怕那危险四伏的秩序，相反，我总觉得在那样的秩序里，或许更能让我青春的身体在春天里像一株植物丰沛地成长。

也没有什么计划，关于旅途的目的地，旅途上要做什么，出发的时间，何时返程，一切都很随意，就像很随意地在春天里打一个喷嚏。也不告诉家人，在某个早晨醒来之后，把刚刚领到的工资如数揣入兜里后，一个人就跑到了贵阳火车站。到了火车站，也还没有计划要坐哪趟列车，要站到哪一个窗口前排队购票——青春就像一次没有计划的旅途，青春的秩序便是这样的盲目和潦草。

火车站售票大厅前排满了长长的购票队列，好长时间都挪不动一步。不断有人从后面加入进来，也不断有人强行在前面插进去，插进去的都是些强横的人，也没有人敢拒绝，警察就在队列之间来来去去，警察也分明看见了不按秩序强行插队的人，但一双眼睛却只盯着那些按秩序排队的人，嘴里不停地喊着“按秩序排队，按秩序排队……”一种滑稽不断上演，一种匪夷所思也在那里起伏，但就是没有一个人敢于去与之对视，每一个人都只低着头，逆来顺受一般只注视着自己的脚下。社会的道德秩序跟青春的道德秩序一样，都只是纷乱，从灵到肉的纷乱，就像这售票大厅前，就像我们脚下的水泥地，冷硬，丝毫看不到柔软温润的质地。

排队的正常秩序还在不断地被打乱，不断地听到火车进站和出站的声音。“又一列火车走了，在纷乱的苍白之中走了”——我想，在这纷乱的苍白的秩序里，每一个人是否都能坐上他们想要乘坐的火车呢？会不会有人从此错过？而我也会跟一辆火车错过么？而我究竟要乘坐哪一列火车呢？——说来真的不好意思，就在那一瞬之间，我开始动摇了，紧接着我那一次盲目和潦草的青春之旅就结束了——我一下子就从购票的队列里退了出来……

终于有了一次有计划有目的的远方之行。几年之后，我因为会写点文章改了行，从乡村小学进了县委机关。单位组织到苏州学习考察。名单确定下来时，我忍不住激动。我仿佛又看到了一列火车，仿佛又看到了我所错过的那一列火车——我一直有种固执的想法，人的某些固执的想法，更多时候就像潜伏在身体里的某种顽疾，即使多年的风吹水洗，亦无法使其散去。我总觉得每个人都应该有属于自己的一列火车，有属于自己的一个远方，即使纷乱到苍白，那依然是他灵与肉的风景，那种弥补遗憾的渴望，让我接下来的几日都处于兴奋状态。但我很快就失望了，此次苏州之旅，乘坐的不是火车，而是飞机。飞机当然比火车来得更奢侈，但在我看来，一列火车却是多年来留在心里的某种情结，较之于飞机而言，更能有亲切的情愫驻入。

以至于当乘务人员提醒飞机就要起飞让系好安全带时，我便显出了略略的慌乱。尽管我极力地想要掩盖自己的慌乱，但那慌乱还是很明显地显露了出来。虽然没有坐过火车，但关于火车，却可以有一些贴着地面的经验可以帮助自己想象；但这飞机却不一样，这个远离地面的事物，让我总觉得有一种远离根系的慌乱——你想想一株失去了根系的植物，会是什么样子呢？一想到没根的植物时我的慌乱就被邻座的女同事发现了，女同事是有过乘坐飞机经验的人，她冲我笑笑，并很轻松地就为我系好了安全带，她一边为我系安全带的同时一边很轻松地说，其实这安全带系不系都不起作用，如果这飞机真要从高空坠落下去，这安全带系不系都真的不起任何作用。女同事说得云淡风轻，也笑得云淡风轻。一直到多年之后，我都能看见在她的云淡风轻的映照下，在我脸上所汹涌而出的窘迫与羞愧——是的，所谓“汹涌而出”之说绝不是夸张，就在她云淡风轻的微笑以及表述之下，我感觉到了作为一个大男人的那种面子丢尽后的慌乱，比对乘坐飞机更没有把握的慌乱……

而我以为还需要补充的是，后来在苏州，我和女同事一起去游园林，一起去看寒山寺，一起在张继那首著名的诗歌里听寒山寺的钟声。偌大的学习和考察队伍里，我和女同事总会落在一起，除了说不完的话外，女同事还一直追着要跟我合影——我再一次显出了窘迫与羞愧，女同事长得漂亮，真的长得很漂亮，我总觉得在我自惭形秽的容貌里，会被她的漂亮照出那些猥亵的尘埃。我一直不安着，也不好意思着，但最后还是在留园的楼台亭榭和那假山假水里跟她合了一张影，我站在前面，她则把自己的身体隐去，只从一簇夹竹桃的背后探出头来，那灿若桃花的笑容一直就在我身后灿烂地笑着……

后来我结婚了。后来她调走了。后来她总会给我打电话，跟我说起苏州的旅途。再后来她一直没有结婚，一直到今天都没有结婚——她为什么不结婚呢？一直到今天我都还在想：她为什么不结婚呢？甚至还会想，她的不结婚，是不是也缘于某一次的错过？而那错过，是否亦有我的影子？再后来她的电话号码就一直躺在我的电话簿上，我几乎没有去惊动她，但实际上很多时候我也想轻轻按下那个号码——我承认，在看着那个号码时，我总会想起那一次的苏州之旅，总会想起那株夹竹桃背后的灿若桃花的笑容，我知道这样的想法或许有悖于我现在的生活秩序，还知道这样的想法更多的是于事无补，但我承认，我一直将其视为我苍白旅途上的另一种颜色，那颜色，温润养眼，尽管她于事无补，但她一定程度上让我看到了我自己的某种内心，真实的内心——她在一定程度上让我看到了自己隐藏在现实之下的某种渴望，虽不能至，甚至很多时候都仅是毫无意义的凝望，但你还是忍不住要去凝望……

现在，我已经很少出门。随着年岁的增长，亦随着身体的逐渐破碎，很多事物都已经在心里渐至止息，已经没有了旅行的强烈渴望。除了工作需要，去不远的安顺开会；除了偶尔想去不远的安顺看看朋友，我已经很少出远门了。我现在的旅途，更多的只是从关岭到安顺。而且要不是公车改革，我从关岭到安顺的不多的行程，或许还算不上旅途？所谓旅途，我以为必得要看得见车站，看得见行色匆匆的人群，甚至看得见一间旅店之类的，这样的物象组合在一起，才能构成旅途的概念。甚至是，还必得要看得见如古人所描述的一条古道、一截西风、一匹瘦马以及瘦马之上那个落魄失意的诗人，这样的旅途，才能尽可能地勾勒出我一直以来为之挂怀甚至是为之情动的那所谓苍白的意境。坐公车出行，来去都像是被人捆绑着的，车窗外的事物，都是被遮蔽着的，你的眼睛压根儿看不到这个世界，压根儿无法跟属于你的旅途相互凝望。所以我要感谢公车改革，是公车改革，将我再一次送回“旅途”的路上。

关岭汽车站是个很小的站台。但在那里，仍然能看到众多的匆匆赶往远方的脚步，他们从不同的地方来，一起拥进车站，然后又从车站走向不同的远方，他们每天都在那里重复着，不断地重复着，就像一场永远不谢的戏剧，亦像某句永远被人们重复的台词。跟以往不同的是，现在的我已经有了明确的目的地，我现在的旅途再也不像青春时期一样的随意、盲目和潦草。从关岭到安顺，或者去开会，或者去看朋友，简单、明晰——每每购完票后，我都会有一种释然和轻松；想想一种简单明晰的人生，还真的能让我们的灵与肉放松，再放松。还有车辆就那么几辆，司机也就那么几个，乘坐的次数多了，就都认得了——乘坐在这样的车上，旅途似乎就变得熟络起来，即使是在赶往并不属于你的陌生之地，你亦并不觉得有半点的疏离。

住旅店也是必需的。无论是去开会还是去看朋友，都必需要住旅店。我很喜欢“旅店”这个称呼。我觉得“宾馆”这个词真的是个很失败的词，这个词它不属于旅途，这个词更多的只属于尘世的一份浮华，它从来无法贴近作为“旅途”的内心。这让我想起很多一样失败的新事物，譬如网络，网络大了，世界却小了；又譬如水果蔬菜不分季节了，其实季节就已经乱了，人心也跟着乱了。很多新生的事物，其实真的都很失败，失败到苍白。所以在安顺，我几乎是不住“宾馆”的，我更多时候都只是住进街道边上某个不起眼的“旅店”，那矮矮的房子，矮矮的屋檐，简单到简陋的一床一椅，我却觉得它们就像我们内心的某种坚持，或者说是一直坚持在真正的“旅途”之上的某株植物，即使时间沧桑巨变，它亦在那里仔细地抚摸着一个旅人的内心……

常常还会在别人的旅途里驻足凝望。朋友 S 说他是个有强烈的“旅途情结”的人，隔三岔五，他就要打起行囊出门而去，一段时间不去，他就会觉得整个身心都在枯萎，就像盆栽植物，因为水分渐至干涸而逐渐失去生命的颜色。为此几乎全国的景点都被他走遍了，或可说他的生命几乎都用在了“旅途”上，“旅途”让他感觉到了生命的圆融。但突然有一天，朋友S却很郑重地告诉我，说他自从遇到某女子后，他那种强烈的“旅途情结”不再那么强烈了——我没有仔细问询其中的原因，但我大抵能猜到，他一定是在她这里寻到了心的停靠地，她的心一定就是他所在的远方。我也不想求证我的猜测是否正确，但我敢确定的是，朋友S的强烈或是不再强烈的“旅途情结”，一定都藏着心灵的某种渴望，生命的虚空与丰沛，均能从那“旅途情结”的变化寻觅到那苍白的底色。

还常常会在QQ空间里看到朋友们在旅途上的照片，以我的观察，在QQ空间里晒旅途的照片，似乎已经成了一种时髦，而“旅途”本身似乎也已经成了一种时髦。换句话说，到如今，只有在“旅途”之上，生命或许才能更加精彩！我还想到的是，或许如今的灵魂，都是些不安的灵魂，现实脚下的风景往往让人麻木，而别处的风景却能把灵魂从麻木中拯救，在一种熟视无睹的日常里，人们都渴望着“生活在别处”，渴望寻找到真正属于自己的灵魂的那条路，于是就有了那么多的“旅途”，那么多的对于陌地的凝望……

而每一个在“旅途”之上的人，他们均能找到那条因为有了他们存在然后才存在的路么？

> 旅行者行的那些路，他们一开始走上，就想象它们一直等着他来走。换句话说，人们可以肯定，这同一个旅行者踏出一条路，没有他走的话，那条路显然不会存在。

说这话的是卡夫卡。他说得感性了点，也主观了点，还带着一定程度上的一厢情愿。但我倒愿意将其作为我对于“旅途”的所有描述和凝望的期待，我想，在这样的期待里，虽然那旅途仍然是苍白的底色，但毕竟就有了灵与肉的温情流淌——“路因旅行者而生，旅行者因路而安慰”，我替他们祈祷，也替自己祈祷。

破碎的风景

荒野小寺

墙倒了，只剩下半截破壁挂在风中；楼顶早就不见了，只剩下天空和野草；菩萨和香火都不见了，只剩下一只黄鼠狼在曾经的大殿里出没；就连进入寺庙的石阶，也被蔓生的荆棘遮住了，一座寺庙的过去全都被遮住了。说到底就是，一座寺庙，它已经不再是一座寺庙了。

不过，虽然看不到了一座寺庙的影子，但人们仍然称之为寺庙，作为一种事物，一旦存在过，毕竟就留下了回忆，即使再如何卑微，终究也不好否认。更何况，作为一座寺庙，它毕竟跟一般事物不一样，跟人们的日常走得很近，所以虽然现在走得远了，但那两颗彼此呼应的心，却一直保持着联系。

寺庙很小，真正的荒野小寺。因为小，又置身于荒野，所以就显出了有点寂寞的味道，至少也是远离于尘世中心的。可以想象，即使是香火鼎盛时，在它周围，也只是花鸟虫鱼草木竹树跟它搭伴，还有可能会有一只自荒野而生的狐狸，隐在草丛里瞧着它，一份荒芜，早在一双诡异的眼睛里如草般早早地就生长起来了。不断往返的香客，热闹也不过是表面的，他们到寺庙来，无论是来祈福还是许愿，都一定是人生出了岔子，都是内心的无助般的荒凉。总之是，景与人，都寂寞，从一开始就寂寞了。

“万籁此都寂，但余钟磬音”，现在是，即使是钟磬之音，也隐入荒草丛中了。寺庙一路走过来，走着走着就像一棵草凋谢了，只是它到底都没有弄明白，究竟是时间使它凋谢的？还是它自己原本要凋谢的？还有就是，它因何要来到这个尘世？因何又要从这个尘世消失？一切都像个秘密，即使是那只狐狸，也不可能知道答案。躺在一堆荒草丛中，一座寺庙最后的心事，当然就更寂寞了。

好在寺庙毕竟也还留下了一些东西。譬如寺名的传说，尽管有些模糊，有些不确定，想象起来却都是美好的。说是石牛寺的，总会想起寺庙门前的一头石牛，到夜里变成真牛到山下小河饮水的场景；说是灵龟寺的，总会想起这寺庙或许便是一只乌龟的化身，月圆之时，就会有一只灵龟在那里吞吐月色；说是腾龙寺的，总会恍惚看见在寺庙上空正有祥龙盘绕；说是狐仙寺的，总会想起某个进京赶考的书生在此经历一场美丽的人妖生死恋……总之都是美好，都暗喻了一座寺庙在日常里的位置。又譬如遗物，或者是一对石狮子，或者是某块石头雕砌的香案，再或者就是一些砖瓦碎片，虽然都残缺不堪，但曾经的庄严和威仪，还隐约地透出微光，提醒着某种不可小觑的存在。

好在寺庙虽然小，毕竟也还算人世的遗迹。尽管几多破碎，但在偌大的一个荒野，大凡有人走过，尤其是精神上有点别异之处的，都必定要被其诱惑到此站一站，甚至还会有多年后某个人生同样出了岔子的人特地来到这里想要寻觅精神的慰藉，于是，较之于那些草木，一座寺庙终究显出了它的与众不同——不论如何说，它的荒芜都因为再次沾染了俗世的气息而有了光芒。只是，到这里的人并不会知道，此时他们更像那只一直隐藏在荒草背后的狐狸，在那忽闪忽闪的眼睛里，一座荒野小寺的前世今生越加扑朔迷离起来。

河边断桥

“驿外断桥边，寂寞开无主”，说的是孤独花自开，无人赏识。一朵花，独自在驿路上，在断桥旁，生命破碎的景致，让人堪怜惋惜，也让一截断桥的意象，几多婉约，几多惆怅。

当风雨过去，世事难觅，河流还在，桥却断了，并且断了很多年，有一截被流水卷走了，剩下的一截，一直都还在。又或者是，两截都断了，只隐约地留下桥的痕迹，恰似两双隔世的眼睛，一直隔河对望，一直幽怨至今。

一截断桥，或者位于名山大川里，或者置于荒野小河边，前者因为生前的名声，往往余音尚在，即使如今折断了，仍然能以一己之枯色点染那山川锦绣；后者生前寂寂无名，折断后亦寂寂无名，好在虽然落寞，却也自有代谢，自有古今。

不过，既然断了，就是被废弃了。作为弃物，就好比明日黄花、美人迟暮，即使有很美的意象留存，毕竟也都是破碎，都是荒芜。即使再如何淡定从容，再如何去留无意，都有来自时间的沧桑，引人叹息。还有就是，不论是曾经的风生水动还是默默无闻，现在都入了寂寥，入了时间的泥潭；是非成败，转头皆空，皆成为虚无。

一条河流亦如此，或者有名，或者无名，但它一直都在，人世于它，可有可无；一座桥在或不在，都跟它无关。桥在时，它最多是抬起头，看一看桥上的风雨，看一眼后便又低头赶路而去；桥不在时，最多落下三两声叹息，一转身便又离这总是阴晴圆缺的尘世而去——似乎是人世的决绝，又似乎是尘世之外的淡然，总之是，一条河流，就这样一路走来，又一路走去，总之是无惊无险、宠辱不惊。

不过，不管它是否曾经拥有辉煌的历史，是否只有贫瘠的一生，一条河流终究紧紧吸引了人们的眼睛。有历史的，可以抬头想一想那千秋风雨的瑰丽，没历史的，就看看两岸的苍苍芦苇，或是低头拾起一枚光滑圆润的石头——一条河流的人世修为，总是离心最近，最能靠近我们的肩头，较之于那空洞无物漂浮不定的风，更能贴近我们的肉体和精神。

而一截断桥，似乎也因为一条河流获得了不朽。甚至是，在桥身折断后，这一份精神的皈依就越加清晰了。或许在繁华和热闹褪尽时，一座面目全非的桥，突然就在一条河流的世界里看清了人世的真实——在人世的尽头处，并无一物，并无丝毫的挂碍，一切的念想与执着，都是作茧自缚，尘埃之累。

这不，一截断桥，不论风雨轮回，不管世事变迁，都紧贴着一条河流，作为河流的某个精神标签，风不可以改变它，雨不可以改变它，一切时间都被它视为过客，它只默默地立在那里，在内心的原处，当你看见它存在时，它早已经不在，早已经身无一物，心无一念。

这样一想，便觉得关于破碎，并不一定都是衰败、都是祭奠和挽抚，它更有可能是对于人世和心灵的某种提醒，提醒我们要静静地安放自己的肉身和灵魂……

村头弃井

多年后，水还在，作为“井”的概念却已经消失。随着人迹远去，道途湮没，一口废弃的井，就远在时光和人世之外了。

一口水井，它原本要跟一个村子一起生死的，有井就有村子，有村子就有水井，水井是村子的根，村子是水井的魂，彼此相依相偎，经历生死，共看春秋。原以为这便是时光里的“死生契阔，与子成说。执子之手，与子偕老”的静好岁月了，原以为这便是“山无陵，江水为竭，冬雷震震，夏雨雪，天地合，乃敢与君绝”的有情有义了，谁也没有料到，多年后，这一切竟然都像一张薄薄的纸，只经时光之手轻轻一揉，就皱了，就目光暗淡，好梦成非了。

现在是，村子在一头，水井在一头；水井被村子抛弃了，村子被人抛弃了。水井没有人迹，村子也没有人迹，只有一簇簇的荒草，从井沿边，从瓦檐上，从每一块石头下生长起来，仿佛约好似的，一上来就以流水汹汹的架势，把所有关于人的记忆淘洗得一干二净。于是，在这一头，水井望着村子；在那一头，村子望着水井，彼此都唯有怅惘。在于事无补的目光里，一切都已经破碎，不再有拾掇的可能。

一只乌鸦落到井边，“呱呱”地叫几声后，便飞走了，清寂的声音落在水上，仿佛掷下的小石子，似要敲打沉寂的往事和梦境一般。一只乌鸦也知道这里只剩下荒芜了，已经无济于事了——这不，它分明是仓皇似的逃离了，在林木森森处，我们只看见它摇晃不已的一节尾翼，仿佛断了线的风筝，失控的情感如树叶般凌乱。

杂草从四周包抄过来，每一棵草都充满恨意。只不知那恨意，究竟因何而生？是缘于情与情之间的罅隙？还是受制于时光的胁迫？抑或是愤恨于自己同样荒芜的命运？总之是说不清了，一切事物到这里，都只剩下混乱和迷茫。光滑透亮的石板路，也早已经苔痕遍布，变得暗黄。古井两边的树林从高处层层叠叠地紧逼下来，从来没有谁发现它们有如此的不顾一切；树叶之间，藤花缠绕，似乎生死不离的缠绵，又似乎纠缠不清的闹腾。

清凉的井水，却依然静看天地风云，甚至是，它们比以往任何时候都更能靠近一个乡村的质朴的颜色。虽然被一层层的荒芜紧紧覆盖，但在不曾改变的容颜里，在某个刹那，我们一定能感觉到时间似乎又退回到原初，一定能触摸到一个村子和一口水井曾经一起经历的人世温情。

不过，这些似乎都是假象；尤其是，当你一抬头，竟然就看见了一只兔子，它正蹲在杂乱的藤条上，一双蓝色的眼睛在金灿灿的夕阳里飘浮不定，一双长长的耳朵竖在风中，像是在凝听什么——它甚至并不在意你的闯入，你突然就觉得，果真所有的一切都变得迷离斑驳了，一个村子和一口水井的故事，正被一只神秘的兔子以寓言般的形式说出，并从十指之间滑落，觅不到踪影了。

旧时屋基

房屋早不在了，雕龙画凤的门窗和石栏不在了，即使是一堵残剩的墙壁，也在风中下落不明。就只剩下空空的屋基，也被泥土深埋着，要不是那几个固执地要从荒草丛中抬起头来的石础提醒，压根儿就不会发现这里曾有人世的气息荡漾。

没有什么人证物证可以证实这屋基的生卒年月，也许它们就在离我们不远的民国，或者稍远些的清代，再或者更远的明朝，再更远的就不敢妄加猜测了，毕竟一切都已经无迹可觅，再加上时间越是遥远，越能映衬出人世的脆弱，所以我们宁愿就停在不远处，唯愿那走远的一切，还在离我们并不算远的地方。

沿着荒草寻过去，一排排屋基一字排开，依稀可见昔日的繁华，只不知在这里住的是达官贵人，还是布衣平民，但不论是谁，都一定是人世的欢喜热闹，一定是如今“陋室空堂，当年笏满床；衰草枯杨，曾为歌舞场”的叹息，是人世的不堪和破碎。

屋基上面，还伫立着一长排坟墓。昔日红罗烛帐处，如今已是荒冢白骨，人世最强烈的落差，在此如火如炬，灼灼分明，真正的“荒冢一堆草没了”，让人近距离地触摸到生死变异间的脆弱。

倒是还有一棵古树没有离去。一棵古树的岁月，已经不着痕迹。可以猜想的是，它一定见证了从繁华走向零落的过程，又或者是，它便是曾经的人世所留下的魂魄，在此守候曾经生死相依的时光？

那么，在这里上演的人世，又是因何走失呢？又最终走向了哪里？——人世疼痛的话题，当它落在这旧时屋基上，似乎就有些沉重了。这破碎的、满目疮痍的人世景致，当它切入到人心的疼痛处，它就是你于荒芜的时间里慢慢打开的一扇窗，在那里，似乎有生命秘而不宣的真相呈现，又似乎没有，总之都是空茫，都是缥缈。

残砖剩瓦亦是有的，只是远远地看不到，必须要走向荒草的深处方能踩踏。它们也早破碎了，立于飞檐翘壁上的时光，已经从梦境里消失——我相信它们一定在做着一个破碎的梦，当一切都如齑粉一样散碎，我相信它们的梦境，一方面如覆水难收，一方面却又美好难觅，它们不仅仅是身子破碎了，心也破碎了，所有的都破碎到无影无踪，并心伤情怯了。

风从一开始就停留在屋基的上空了。风比那棵古树还要老，当这些屋基还没出现时，风就在此等候着一场人世的繁华，然后又目送一场人世的零落了——风早就先知先觉了，人世的来去早在它的眼里一览无遗。

风吹过屋基，吹过坟墓，吹过那棵树，还不断地吹向那些荒草，风吹物动，尘起叶落——我相信，这一定是风自始至终的姿势，一种拥抱众生也漠视万物的悲悯和冷酷，在这里，生命可以诞生也可以凋谢，人世可以繁华也可以零落；在这里，所谓的荣枯代谢，更为奇诡，也更为接近尘土，一丝一毫，朦胧难辨却又历历分明。

更奇诡的是，看似尘埃落定的坟墓，有一天因为一场新的拆迁突然就消失了，人去楼空的旧时屋基，一下子又耸立起了新的高楼，重新迎来了人世的繁华，生与死的交换更替，直叫人心生喜悦的同时，更多的便是恍惚，而关于屋基，旧时今时，似乎便是那恍惚中的一座灯塔，仿佛要照亮尘世与时间一直隐藏着的某个秘密了——尽管那秘密，直到现在仍然没有被说破。

看得见的河流

一

一个族群、一个家族的源头，往往都会伴随着一个神异的传说。或者是一匹孤独的老马，或者是一匹孑孑的苍狼，或者是某只美丽的豹子和温驯的老虎，再或者是其他，这些灵异的动物，总是在最危难的时刻，将他们引向一个平安的处所。一直多年之后，这样的精神虚构仍然能成为心灵温暖的加持。在我家族所能追溯的初始，同样生长着类似的传说。只是在传说中出现的却是一条河流。据我的祖父说，当年他的曾祖父为了躲避仇家的追杀，凄惶之中前路难辨，只能沿着一条河流胡撞乱行，在穿越莽莽山林和荆棘后就落脚在了这黔地山野。从那时起，一条河流似乎便成了我们这个家族的图腾，在看得见河流的地方，似乎便是我们从肉体到灵魂的皈依之所。

“河流的方向，便是家的方向。沿着一条河流行走，你就会看到村子，就会看到家。”这又是我的祖父在多年之后告诫我的。祖父说这话的时候，关于一个家族的传说，已然显得有些缥缈。但一个可以凸显河流存在价值的现实是，整个黔地山野里还是地广人稀，山川阻隔。一个人在荒寂野地里行走，往往百十里路上还遇不到人家。

但祖父却从不会迷路，祖父眼里始终有一条河流作他的指南针，沿着河流的方向行走，在那些孤独的白昼或是夜晚，在陌生的路上，祖父往往便找到了歇脚的人家。一条河流的方向，其实就是祖父内心的自我照亮。

祖父一生都没有走出过黔地山野，甚至只是其中一隅便是他全部的世界。但就只在那极小的版图上，他却已经精准地发现了蕴藏在大地深处的生命密码，并凭借着这密码，顺顺当当地走完了自己的人生。我也曾不止一次地猜想，当祖父始终沿着一条河流行走时，当他将自己的心魂紧紧地贴着一条河流时，他或许便找到了生命最熨帖的部分，人生的一切便在一条河流的方向里显得温润起来。

仿佛家族的遗传密码似的，多年之后，每当我看到任何一条河流，我都会在某个瞬间涌起无限的温情和暖意，并想起关于河流与生命互相纠结的话题。

这样的冲动可以追溯到一首诗歌的源头。记得在读师范时，第一次读到唐人张若虚的《春江花月夜》，当“春江潮水连海平，海上明月共潮生。滟滟随波千万里，何处春江无月明”的诗句在那花簇缠绕、水月共生中跌落眼底，一条孕育生命最初的宁静的江河，就在第一时间伴随着我家族遗传的密码，深深地击中了我。从此我更加笃信，一条河流的源头，一定就是生命的源头——不单是我们这个家族，就连所有的族群，其实都完全可以在一条河流里寻找到自己的来去。在色彩缤纷的宁静之下，一条寂静无声的河流，早在默默中说出了生命的一切。

记得我还一边捧着一首关于河流的意识形态的诗歌，一边仔细地注目流过黔地山野的一条物质形态上的河流。我不得不承认，尽管我的家族来自远方，但当流淌到我这里的时候，我已经把这里当成了我的故乡，甚至是一缕浓浓的情结已经融入了我骨血的深处。

但因为一份对于生命源头的好奇，在一缕关于河流的形而上的诗意里，我仍然会忍不住地抬起一双多少还显得幼稚的眼睛，一次次望向一条河流的苍茫遥远之处。但我看到了什么呢？一条从远处流过来，流过我们所居住的村子后，又向远处流去的河流，无论是其源头还是最终的归宿地，我其实都看不到。也或许是刚走到半路，一条河流便走失了，便失踪在了命运为它设计的陷阱里，并从此沉沦不知所终？那样我就更看不到了。在强大的时间面前，我们肉眼的可视范围毕竟有限得可怜。但我依然不甘失败地一次次固执地抬起我后来就跟着变得苍茫遥远的双眼，一次次把自己带进一条河流的深处，一次次在那里把自己的心灵交给一条河流。

好在我很快发现了一个秘密，或者说有效佐证了祖父言说的某个方面。我发现，在一条河流流过的地方，总是有一个个的村子像植物一样在沿河两岸不断长起来，先是一株，再又是一株，再下去便长成了一簇簇一片片郁郁葱葱的丛林，跟一条河流相互映衬。族群因为河流而生，在一条河流的滋润之下，族群最终也流淌成了一条河流，彼此都生生不息。就像爷爷的曾祖走了，爷爷却来了，就像爷爷多年之后也走了，而我也来了，沧桑变化的是时间和岁月，不变的是一条始终生生不息的河流，以及河流之上始终安放的家。

二

在读完《春江花月夜》之后，我还继续翻开了整整一卷诗歌的源头——《诗经》，在那里，我再一次看到了一条河流的源头，“关关雎鸠，在河之洲；窈窕淑女，君子好逑”，又“蒹葭苍苍，白露为霜；所谓伊人，在水一方”，在一条河流开始流淌的时候，我真切地看到了一个尘世的风吹水动——从一场浪漫的爱情开始，尘世便从一条河流里获得了它所应该有的颜色和质地，尘世在一条河流里，从此被赋予了生命的灵动和诗意。

也正是从一首诗歌开始，多年来我对一条河流的源头始终心怀神祇似的敬意，总想看一看蕴藏在那源头里的秘密，也终于怀着朝圣一般的虔诚，几乎走遍了黔地山野里的所有河流，但我终于是失望了。每一次，我都只看到了一条河流的一小部分，或者说我只看到了河流所呈现给这个尘世的一朵浪花，任何一条河流，都是以其博大和深邃映衬出了我作为一个窥视者的渺小和微不足道。直到二零一三年秋天，我才有幸目睹了一条河流的源头。只是，那条河流却很小，还没有名字，唯一可以进入谈资的，就是在它流经的地方，却是黔地山野里生长起来的一座古镇，古镇的名字叫“旧州”。单是从名字上，就涂染了极为厚重的时间的颜色，透过干净清爽的阳光，甚至能嗅得到时间在古镇发酵的味道。还有更重要的是，这个名不见经传的古镇，据说还曾经孕育了若干朝代的军界及政要人物，以及许多被时光淹没却又被记忆传诵的才子佳人，曾经明艳的风尘流光一度照亮了一座古镇以及流过古镇的这一条河流。朋友信誓旦旦地指着一堵山崖下的出水口说，这就是河流的源头，虽然肉眼看去没有惊涛骇浪没有波涛汹涌的气势，甚至只像山野乡间随处可见的一口山泉或是水井之类，但它的确就是一座古镇武运绵延和文采风流的滥觞。就在那一瞬间，我竟然有些莫名地激动，尽管这样的源头似乎“小”了，尽管这样的源头跟一首诗歌里的“源头”相去甚远，但作为第一次看到一条河流最初始的部分，我还是很愿意将其视为我生命中的一次奇遇。

只是我很快就觉得了沮丧。关于一条河流，我们真的能看到它的源头吗？或许一条河流真正的源头，其实还藏在那地底深处，藏在那千山万峰深处，一条河流的源头，或许终其一生，我们其实都无缘窥见其真正的秘密？黑人诗人兰斯顿·休斯在写到对一条河流的窥望时这样说："我了解河流，我了解像世界一样古老的河流，比人类血管中流动的血液更古老的河流。"——其实，我一直怀疑诗人是将自己的洞察力夸大了。一条比血管还要古老的河流，一条比人类血脉都要丰厚和神秘得多的河流，又岂是我们的一双肉眼所能看清的呢？

一条不可得见的河流的源头，使得一条河流从尘世和生命里流过的时候，确乎就被赋予了神祇般的地位。在此，我不得不再一次提到一条河流在我们家族传代中的重要位置。至今我还清晰地记得，在我还只有七八岁的时候，爷爷便迫不及待地把我引进了一条河流，一边是清波荡漾流淌不息的河流，一边是一枚红彤彤的夕阳对整个山野的照耀，一边是爷爷为一头刚耕完田土的黄牛清洗身子，再一边就是我站在河流里的耳濡目染——时间流淌到这里，一条河流的图腾早已经跟泥土和庄稼密不可分，早已经将一条河流的原初意义推向了日常；这样的场景一直被爷爷认为是我们家族传代中走进一条河流的最早的洗礼，也携带着某人成年的标志。顺带说一声，在走进一条河流的生命旅途上，我们家族的"成年礼"总是在七八岁时就已经开始，比一般约定俗成的"成年礼"要提前了许多，许多年后我总会想，除了生活艰辛的原因外，或许还来源于对一条河流的宜早不宜迟的深情崇拜？在所谓家族的遗传密码上，及早地对一条河流的认识和亲近，显然已经成了一个明显的精神标签。从一条河流开始，我们的家族便这样一代又一代地走了过来，家族里的每一个人，便也这样获得了对生命的认知和诠释。不单是我们的家族，其实那些所有像植物一样在沿河两岸生长起来的家族，又何尝不是在这样的物质和精神的地理里寻觅到自己的位置呢？

只是，我们就真的因此而懂得了一条河流么？一条河流，当它在山川大地里波汹浪涌、翻云卷雾时，当它以其博大和深邃让一切都相形见绌时，一条河流在我们的心里，终究是一个不可知的秘密。

三

赫拉克利特说："人不可能两次踏进同一条河流。"孔子指着一条河流说："逝者如斯夫。"两个国籍不同、种族不同的先贤，在不同的时间、不同的河岸上却说出了相似的话，同时说出了一条河流所蕴藏的时间的本质和属性。

一条河流，它从时间里流淌而来，又向时间深处流淌而去。当我们站在河岸，试图要读懂一条河流时，除了那大面积的空茫的时间的逝痕之外，我们两手所能抓住的，连风的影子也早已空空如也。

不过，时间本身就是一部厚厚的历史。尽管在时间的所过之处，一切都将变得空茫，甚至是一切都将如流水一样了无踪影，但站在时间的面前，我们仍然能清晰并隆重地感觉到时间所呈现给我们的某种训诫。我跟我的祖父一样，虽然我曾经有幸走出过黔地山野，但毕竟也只是缘于某种偶然，而且这样的"走出"也只是绝无仅有的两三次，也还没有目睹到真正的大江大河，对隐藏在一条河流里的历史，我至今为止还只是停留在祖父的层面上，还不可能有像黑人诗人兰斯顿·休斯"当林肯去新奥尔良时，我听到密西西比河的歌声，我瞧见它那浑浊的胸膛，在夕阳下闪耀的金光"一样的铿锵的感受。但我不得不说，我却有幸在黔地山野里遇到了这样一条河，河的名字叫"格凸"，它就流淌在那崇山峻岭、绿树环绕之中，它其实也不过是一条普通的河流，但我敢说，正是这样的一条河流，却让我在初见的刹那就已感受到了扑面而来的关于河流与时间与历史的厚实绵密的气息。

现在，请允许我来具体说一说这条名叫“格凸”的河流。在这条河流的两岸，至今仍然居住着某个族群，跟我的家族相似的是，这个族群亦是因为某种逃避，在前路难辨的情况下一路凄惶地沿着一条河流的指引来到了这里。只是跟我们家族不同的是，当我们的家族在一条河流上定居下来后，我们便没想着再走了，一个明显的特征是，从爷爷的曾祖开始，大凡死去之后，都无一例外地埋进了泥土，一条河流之上的泥土，就已经是我们永远的家园。但格凸河上的族群却不一样，他们虽然在格凸河上定居了，但他们世世代代都想着要重返故里，他们的人死之后，绝不会埋进泥土，只在河流的某一段，寻了某个人迹罕至的山洞，然后将棺材放进去，总盼望着有一天能重返故里的时候，还带着这些死去的人一起沿着这条河流回去。千百年来，代代如此，人人如此，一具具不曾入土的棺材，一个个未曾安息的亡魂，一份沉沉的乡愁始终萦绕在一条河流的上空……我不得不承认，这是一个沉重并且无限悲情的故事；我更相信，在这样的故事里，一条河流的历史，已经将流淌在其间的时间涂染到了苍凉。而一条河流，它真的能安放我们的家么？在一条河流之上，我们真的能找到那回家的路么？

不过，作为一条河流，真正让我为之激情难抑的，还是后来我无意中所窥到的流淌在那时间与历史里的家国情怀和生死大义。后来，在我寻觅一条河流的旅途上，同样是在那黔地山野里，我竟然就遇到了这样的一条河流。河流的名字叫“灞陵河”，但“此灞陵”却非“彼灞陵”，“此灞陵”所吸引我的，亦不是来自“彼灞陵”上“年年柳色，灞陵伤别”的诗情画意。此灞陵河吸引我的缘由是从刻在河流上的一副对联开始的，对联是：“以死勤事，如史阁部遗爱长存，抔土葬衣冠，二分明月扬州路；对宇望衡，此关将军大名不朽，河山留姓氏，千秋风雨灞陵河。”无需去追问曾在一条河流里发生过的是哪场战争，是什么朝代什么时间，也无需追问在一条河流里马革裹尸的是哪一位将军，甚至无需去追问这一场战事的真实性，只需看一眼那关山峻岭以及千秋风雨，就足以让我对一条河流心怀敬重、豪情顿生。我甚至想，较之于我的祖父，我其实是幸运的，在一条河流的时间和历史叙事里，我的祖父毕竟只看到了泥土和庄稼，只看到了日出而作日落而息的日常，我虽也没有比他太多的人生阅历，但至少从一首诗歌出发，我已然看到了他所不曾看到过的关于一条河流的别样的精神质地。记得去灞陵河是比二零一三年还要晚一些的秋天的黄昏，两岸山寒水瘦，芦荻萧萧，唯有一河的水依然奔涌不息，唯有一轮从古至今的月亮早早就挂在了那河水之上，暮色渐起中，我独自站在灞陵河上，尽管同去的朋友紧紧催促，但我就是不愿离去，一颗心，总随着那一河的水风起云涌，我总是想，日常之外，我们是不是确乎地还需要一些铿锵的叙事呢？从日常到精神的攀援，是不是就是肉体与灵魂的诗意飞升呢？……就在那一瞬间，我第一次觉得在原来，我以及我们的家族对一条河流的理解毕竟是浅了，也局促了。也就是在那一瞬间，我再一次想起了我的祖父，再一次想起我们家族的那一句遗传密码，只是若有可能的话，我想稍稍修改一下，我会对我的孩子说："河流的方向，不仅仅是家的方向，还是精神的方向，它跟我们头顶的星空一样，时常照耀着我们。沿着它行走，就可以寻觅到尘世和生命的真正的秘密……"

梵净山记

共去过两次梵净山，一次在夏天，一次在秋日，时隔三年。夏天遇着一群蜂蝶，秋日遇着一场雾。同一座山，不同的风景；同一个身子，不同的心境。恍惚间，时间与尘世，似乎就有些迥异了，就像风吹水动的瞬间。

还有不同的人。跟我一起去的，在那里遇着的，都已经不同。在同一个地点，时间与尘世已不知拐了多少个弯。拐弯，再拐弯，这或许就是路了？而通往一座山，是不是就是通往一条路呢？

遇着蜂蝶时，还遇着一个女孩，约十七八岁，青春明媚，笑靥如花。她在蜂蝶中上下翻飞，尘世对她而言仅是一片浅浅的云。蜂蝶绕着她旋转，她绕着蜂蝶旋转，微步轻盈，长发如风，一如画中。后来下山时，又遇着她婉立河边，河水清亮，她的眸子同样清亮，看见我时，她终于盈盈一笑，然后各自走过，各自消失于茫茫尘世。

雾起的时候，我则是一个人坐在承恩寺的门前，看到一个中年女子自庙里而出，脚步匆匆，一脸疲倦。一边急速而去，一边给一个人打电话。她说："我正遇着那个大师开光，就给你要了个平安符，你会好起来的。"电话那边大约是个身患重疾的人，是个需要抚慰的人，但我更愿意那是她的爱人，或是她的红尘知己，在那里，尘世尤其动人，也尤其温暖，尽管温暖有时候近似于苍凉。

三千米高度上的蜂蝶，让人疑似梦境。它们在寺庙里飞出飞进，仿佛一些旧时精魂，前来寻找自己的前生后世。尤其是三年后的秋日，当我在相同的地点不再看见它们的踪影时，我就更相信它们在这里已经历了无数的轮回。

这让我想起半山上的那座石塔。两次我都去看了，在塔前站站，身后是万里空山，浩浩长风，一片幽寂。用不着知道塔里埋骨的是谁，也用不着知道一座坟墓起于何时，历经几世几劫，重要的是我相信尘世在这里一定是有些不同，比如梦，在这里，蜂蝶似梦，石塔似梦，你自己似梦，时光似梦；比如轮回，我相信一座山与一个人，在一份等待里，或许就是彼此的前生抑或后世?

三千米高度上的雾，凝重，密不透风，万木退去，神祇隐约登场。那时候，我一个人痴痴地仰望金顶，季节和时间均有些清凉，黄昏像黏稠的墨点，泼泻下来，依然有几个游客，拾级往金顶攀爬，向佛的心风吹不改。在他们身后，一切都跌入某种禅意，似悟非悟。我两次去都没爬金顶，倒不是恐高，而是觉得梵净山真正的神祇，一定就居住在那里，在那最高处——而神祇与凡俗如我是需要保持一定距离的；当然，也有可能是我每次都故意留点遗憾，因为遗憾有时也是诱惑，真正的风景，或许就藏在那里。

一个信佛的朋友曾经在金顶过夜，他把自己想成若干年前的某个高僧，企图在此印证菩提。但后来他很快下山，很快又重入尘世。他只是一时兴起，他终究只是个俗人。我比他还俗，因为我知道在天黑之前，我就必须下山，必须回到人间烟火里去。但我相信，在一份故意留下的诱惑里，我一定程度上会在那里暂时宁静，暂时获得一份心的出世。

这是否就是我们常说的殊途同归？

两次去梵净山，我都去看了蘑菇石。两块石头，不知从何处飞来，合为一体，生死不离。两块石头，在这里地老天荒，就像一段传奇，诱惑世人。但在我看来，石头是不幸的，甚至是决绝的，它们在这里，一定是情的不堪——那么多世人，那么多镜头，纷乱如潮；那么多各自不同的心事，有谁真会懂得石头的秘密？

还有万卷经书，据说就散落在那层层叠叠的岩石里。多么美好的传说，经书无言，神祇自澄明如水——在那里，风吹梵净，如山风在耳，如清泉滴胸，眼睛是清净的，耳根是清净的，鼻子是清净的，舌头是清净的，一切都是清净的，尘世的沟壑，似乎被抹平于瞬间。

再次想起尘世。无疑，尘世是个很俗也很重的词。但在梵净山，可不可以把心稍稍放下？把身体的重放下？不能承受之重，是针对尘世而言，在梵净山，如果按照我的想法，你完全可以将其忘记，给自己腾出点空间。

两次在承恩寺，我都看见一个中年和尚。想来他们应该是同一个人。但他们却不是我想的那个人。他们虽然一身素衣，却光鲜照人，并且满脸欢喜，而且还打手机，在手机里春光明媚——他们与尘世还隔得很近，近得只有一层纸的距离；我甚至想，以他们如此的轻薄，一定还会跟某只月亮下的白狐在传说中勾搭成奸，辱没佛门。我想的那个人，应该是芒鞋破钵，无人识，无人问；他应该是满脸的荒芜，尘世在他那里，深藏不露；他应该在那里了无踪迹，只需拈花一笑，尘世就纷纷退在身后。

我甚至觉得有点假。现在的僧人，恐怕都是假的。素衣素食是假的，披肩袈裟是假的，尘世更是假的——我突然就有了几分凄清的感觉，想想多年来自己身陷疾病与人事纷争的泥潭时，也曾萌生过出家为僧的念头，设若我要真来这里，我会是我所想象的那个人吗？我似乎有些后怕。

还需说的是，以前在更多的寺庙，我跟着很多人磕头，烧香，花钱，许愿。到后来，我发现这无疑是一种沦陷，寺庙的沦陷和众生的沦陷。其实，心若在，你自己就在，佛说：“一念心清净，莲花处处开。”我现在更相信，自己就是自己所渴望的那一朵莲花——多么好的感觉，就像艳阳高照，满心生辉。

还要说到草木。在梵净山，那种绿是蓬勃的，却也是寂灭的。

绵延几百里的原始森林，像一群汹涌的绿，越天际而来，越天际而去。万山空茫，没有人影，即使有阵阵鸟声，也只让人想起一双被尘世遗弃的操琴的手，在那里空自花开花落。一切都是幽静的，它们隔着尘世，在尘世之外。

尤其是，我竟然牢牢地记住了一棵树，一棵枯树。

树身已经完全枯萎，你早已分辨不出它究竟是何树种，就像一个老去的人，那些消失的气味与记忆已经让你不可能知道他是谁，他究竟都经历了什么？他从哪里来？还要往哪里去？一切都已坠入暗黑，时光就像一团模糊的黑点。

两次我都看见了那棵树。万木葱绿中，它独自在那里枯萎，但它并没有消失，就像死而不倒，倒而不朽的胡杨，它在那里，让人想起某种内心的坚持——在尘世的路上，一棵枯树再次接近佛身，宛如奇遇。

当然，由这棵树开始，我还看见众多枯去的草木，它们就夹在那茫茫的一片青绿里，没有遭到斧削，也没遇上火焚，它们只是在那里独自荣枯——如果要真正领会春秋更替、自生自灭的生命嬗变，我想，在梵净山，也许你会找到一个确切的答案。

去梵净山，有人乘坐索道，有人徒步而上。

乘坐索道的，轻便，路短，而且舒适，而且还有一种错觉：仿佛置身于众草之上，有点像检阅——我想更多的世人或许都喜欢这种姿态，就像某个王者，置身众生之巅——这是另一种世俗，超越寻常，超越柴米油盐，根深蒂固，不可救药；徒步而行的，像个苦行僧，也像朝圣路上的等身长头，拥抱尘埃的同时，也拥抱佛祖，虽然路远，虽然艰难，但心似乎近了。

两种不同的风景，两种不同的心念。

不过我想，这些都仅是一种虚拟，无关真实。

真实的情形是，你上梵净山，然后又从梵净山下来，一上一下，你很快就会没入尘世，除了眼前层层叠叠晃动的绿，生与死的思考早已抛在身后，一切都只剩下一个影子，恍若前尘旧梦，虚渺无痕。

这是一种真实，生活的真实与肉体的真实。

梵净山有一块小木牌，上面写着：一花一净土，一土一如来。智慧，直指尘世与人心。

小木牌放得很低，也很随意，就在道旁，就在草木之间，低得让你不会去注意，随意得让你随时都可以忽略，就像这些轻而贱的生命。

两次去我却都注意到了它，都在它前面的石阶上坐了下来。我固执地相信那里有我想要寻觅的东西，就像众多的世人，他们纷纷爬到山的最高处，然后大声呼叫一样，他们想要的是站在某个最高处，喊出自己心中的块垒；我则是想要在某个最低处，去寻找我自己的菩提；不同的高度，不同的指向，但我想我们的出发点都一样，都是向着自己的内心走，尽管有时南辕北辙，但我们毕竟都是惬意的，或许还是从容的。

一花一土，均可立地成佛。茫茫尘世，我们不一定要成佛，但各自的佛，在某个念想开始时，就已经悄然现身了。

值得一提的是，两次去梵净山都拍了一些照片，但都随意，有时还是别人强迫的，内心并没有想要留下什么——我想，留与不留，对尘世而言并不重要，重要的在于心念升起的刹那，所以事后也就忘了，就连照片也弄丢了，也不知丢到了什么地方。

倒是前些时日，突然遇到某女子。她是第一次跟我一起去梵净山的人，她说起跟我在那里留过影，并问我是否写过有关文字，我摇摇头。于是她就说是否因为跟她一起没有灵感，故而迟迟不作？她很认真，显然还有几分怅惘，以及真心的期待。我突然就觉得，是应该写下些文字了。只是，时隔几年，荏苒光阴之下，斑驳世事之间，她与我，斯时斯景，恐怕早已面目全非，并不可记忆了？

好在我还是记下了梵净山。只不知，我心中的梵净山，会是她想看的梵净山么？我的梵净山，是佛，是通往红尘又远离红尘的一段距离；她的梵净山，或许仅是一段俗世的情缘？不知道。当然也不好意思去问她。

有些事还是不弄清楚更好。

寂寥红螺寺

先前并不知道红螺寺是京都名刹，至于“南普陀，北红螺”的美誉，亦是游览红螺寺归来后才在网上搜寻得来的，想想真是愧对了一座名动南北的寺庙。在对一座寺庙的忽略和不经意里，是不是也隐藏着心的漠然？而心一旦变得漠然时，世间之上，灵魂之下，所有的事物是否就空了远了？

这样一想，便似乎觉得红螺寺是有些寂寥了。

去红螺寺是五年前。五年的时光足以改变一个人，包括心，即使变成齑粉，亦在情理中。只是让我觉得奇异的是，五年来，尽管我的生活时而天涯，时而咫尺，所有的表情早已面目全非，但心上始终如一地挂着一座红螺寺，就像放不下的某段情缘，甚至是幽居于伤口之上的某朵落花，花落情犹在。想来，变与不变，有时候也并不全是时间的作用，时间最大限度亦只是为你提供了某种可能。

当然这并不仅仅因为愧疚。其实愧疚亦不过瞬间的事，愧疚不过是一缕云霞，只在风中一吹，就散了。之所以放不下，仔细想想，或许是寂寥红螺寺，真有一些不经意的情愫，不经意地留在了那里？

而那些情愫，是否也真是寂寥的一群花蕊？只需轻轻地喊出声来，便可落红纷纷？难忘处，一个人与一座寺庙的俗缘，或许早已注定，从前生开始，一直到后世？

去红螺寺刚好撞着两个时间节点：深秋和黄昏。我一直以为这是来自冥冥中神祇的安排。没有早一步，也没有晚一步，俗世的邂逅在这里，往往更能惹人遐思，当然，也更能让人空留怅惘。为什么这样说呢？邂逅之后，便是离开，离开才是真正的永恒。而来自深秋和黄昏的苍茫，总能将永恒引入寒彻之境，让人徒发悲戚之声。

只不过，这些均是后来想到的事。

真实的情形是，在那个深秋的黄昏，当我一脚踏入红螺寺，我便分明觉得，于一座寺庙而言，我已经进入了——从肉身到灵魂，我均已经远离了滚滚红尘，只在这悄然的相遇里，我便已经自觉或不自觉地抵达了一些不曾到过的内心。

同去红螺寺的不止我一个人，所以周遭虽然寂寥，但一份喧嚣终究在那人群里若明若暗，即使有意地想要掩藏，也很明显地浮出了水面。这不，刚入寺门，便有人迫不及待地购买了硬币，不断地掷向特地设置的某个钟鼓，据说一旦投中，便意味着你将有好运气。这其实只是某个世俗的心理，甚至是谎言。但接下去，几乎每一个人都参与了进来，于是你终于明白，那俗世的气息，原来就如同野草，只要稍稍提供土壤和空气，便能在每一个人的身体里显山露水，甚至是一览无余。

不过，这些均无可厚非。想想人世原本就是沉重的一张壳，置身其下，每个人均不堪重负。而我们到寺庙来，不也就是想要暂时卸下这张壳么？——且不管能否真正卸下，但作为小憩，也总算某种安慰了。而所谓人世，不也是在这种疲惫的缝隙里一次次获得美好么？

这么想的时候，红螺寺在我眼里，竟然就开始明媚起来。仿佛不远处的红叶，还有淙淙流水，不单是点缀了寺庙，也连带在我的心上绽放了。而顷刻之间，万里浮云，也似乎一眼看开了。

而我此来，却是为了寻觅什么呢？

从遥远的贵州高原，来到这遥远的京都之地，难道真的就只为了寻觅心灵的小憩？绝对不是。那么是为了求证菩提与生死的大理？更不是。严格地说来，踏入红螺寺，纯属误打误撞。此前，我只是随了一行人去爬慕田峪长城，在我此来的梦里，倒是关山明月、秋风白马、英雄美人、弯刀胡琴之类的意象充满了诱惑。只是从长城上下来后，同行中有人说就近有个红螺寺，可以顺道去礼佛，于是就走了进来，说是被挟持，当然比喻得有些过了；说是有备而来，却也不符合实际，总之至少是有三分懵懂，七分无从。

所以当我从那些纷乱的投掷硬币的影子里抬起头来，当我一抬头就看见立在泉水中的红螺女神的两尊塑像时，我竟然就怔在了那里——是需要顶礼膜拜吗？抑或是视若无人地走过去？好长一段时间，我只是静静地看着女神出神，至于究竟以怎样的方式走近她们？乃至于有关她们的传说，一座寺庙的前世今生之类，从一开始便忘在了脑后。

但五年之后，我不得不说，红螺女神在我眼中，更像一个俗世的女子，至少是，从她们的一颦一笑里，我更希望她们刚从俗世的烟火里走出来，作为一个美丽的妻子，抑或一个精神相通的红尘知己，她们站在那里眺望和等待，均是贴紧日常的一次次飞翔——作为尘世，或许这样的姿势更能贴近肉身与灵魂？

而红螺女神，是否也显得有些寂寥了呢？在神祗与俗世永远无法靠近的距离里，是否也会有如幽怨之类的词，在那里丈量？

而佛也是寂寥的吗？

在红螺寺，在众多的佛像之前，除了我们几个游客之外，几乎再看不到其他人影。甚至是，连那只从佛像背后悄悄伸出来，悄悄地为佛灯添油的手也不曾出现。虽是佛灯通明，却多的是人去灯孤的景象，时间的颓败感，也如那汹汹潮水，淌满佛堂。

好不容易看见一袭袈裟飘过，正待细看时，却已不知隐入了哪扇木门之内，再接着就是还了先前的一片孤寂。心内忍不住失落起来。其实每一次踏入寺庙，我都盼望着能跟某个高僧之类的相遇，并在那里窥视到俗世的秘密。但我始终没有达成心愿——我知道这应该是由于我缘分的浅短，所以在目睹袈裟忽然飘来又忽然飘去的那瞬，虽然愁郁，却也有几分自我安慰的释然了。

倒想起了我的一个朋友。据说有一次他跟着一群人刚一到达某寺庙，住持便轻衣飘至其跟前，笑容满面地说等他已经很长时间了。只可惜这个朋友终于没有留下来，他说他尚离不开红尘——我一直深以为羡，尽管这只是一次并不完美的相遇，但只在那一留一去之间，关于佛，关于俗世，便可看见落叶纷纷或是春水涌动了。

而五年之后，直到如今，我依然会想起某个佛影，我知道，无论有无缘分，无论绽放还是凋零，堪堪尘世，均可在那里获得一切烛照的可能。

而帝王留下的足迹呢？在红螺寺，帝王亦是为之寂寥的吗？

作为京都名刹，据说从东晋建寺起，尤其是明清两代，许多帝王均来过。他们来的时候，肯定是车辇相随、众僧出迎，单是那一份威仪，已足够热闹了。但我总是想，在内心，他们却一定是寂寥的——或许是为了渐显飘摇的江山社稷，或许是为了某个隐入此地的妃子和公主，总之尘世在这里一定是出了问题，至少是，内心已如月盈亏无序。总之是他们此来，一定有秋风萧瑟，草落摇黄。

至于红螺寺是否如他们所愿安慰了他们，隔着时间的重重帷幕，已经不可寻觅。我亦无心问向蔓草荒烟，倒只是有些庆幸，略带着几分自私的庆幸——总觉得在时间面前，帝王也罢，平民也罢，到最后均是寂寥，一错再错的其实只是一厢情愿的欲望，所有的美丽最终都将零落成泥，只需轻轻一碰，俗世便都归于平静。

而平静亦是寂寥的吗？在红螺寺，平静的背后，又藏着几多生生死死的故事？

且看那株植于唐朝的雌雄相依合二为一的银杏，时令虽在深秋，却依然满树鹅黄，一枝一叶，似乎刚从春天的暖风里走出来。而鹅黄之外，却是萧瑟的秋风与北方早早飘落的雪子，一边是生，一边是死，生与死在这里泾渭分明却又模糊不清。我倒不相信这一奇异是因为绵延千年的香火祭祀的结果，我宁愿相信，生命原本是扑朔迷离的，生与死，其实我们永远都摸不着，看不透；生与死，总是默默地跟时间一样奇诡难测，不可预知。

只是无论生死，却都一定是寂寥的。岁序更替，时移代易，生与死的永恒，其实都是某种程度的被抛弃。这不，你且看，唐过去了，宋过去了，元明清也烟消云散，只有这一树的鹅黄，依然从唐朝一路葳蕤而来——热烈是热烈了，但在时间与故旧纷纷远去的那一端，是否也有一双幽怨之类的眼睛，如水漫漶？甚至可能是，某个前朝的妃子和公主，虽然早已香沉玉埋、红颜渺渺，但至今仍在那里为着被抛弃的幽怨，浅吟低唱，泪染俗尘？

花开花落，生死永恒之类，不过是一句风的说辞。风过处，除了真正的寂寥，又还有什么呢？

不过，倒有几个小摊和几个不愿离去的人，似乎就置身在这生死之外。

沿着一长排竹林过去，我们终于就发现了他们。其时，黄昏已渐入暮色，刚才还能隐约可辨的物事，现在已经就要在暗黑中陷落下去了。即使有长明灯的照耀，佛影也终究越来越模糊。但那摊那人却始终舍不得离去，而且分明在巧舌如簧地拽住我们，想要我们购买他们摊上的东西了……

我们都知道这是真切的俗世，较之于刚才所有生生死死的情愫，我觉得唯有此时此地，更能让人感到站在地面以及被风吹过的感觉。俗是俗了，但是否也俗得更为切近心灵，并有几分温润和可爱的气象呢？

因为，此时此地，北方深秋的风越来越紧，刚才的雪子，已经飞舞成一朵朵雪花——北方的雪为啥就来得这么早呢？才是深秋，却已经是冬的景象了。也或许，这雪，只是专为红螺寺而落？专为这个黄昏，专为来自俗世来自遥远异地的这个人而落？若如此，那我亦算有缘人了？有缘即是美丽——但是，不知怎的，我分明是从那所有缥缈的想象中，渴望获得一份俗世的实在与温馨了。

残剩的古道

一匹瘦马，一簇枯藤，一株老树，还有一只黄昏的乌鸦，以及一卷瘦瘦的诗歌，在西风中一起向着天涯踽踽独行，这便是一条古道留给人们最深的印象了。此外，还有比如“长安古道马迟迟，高柳乱蝉嘶”，“客情知古道，秋梦知长亭”等一条古道的意象，都让人忍不住向往。但我说的并不是这样的古道，我要说起的古道，它并不在一首诗歌里，它只在乡野山间，它似乎并不知道这尘世之外，还有离愁别恨，还有缱绻缠绵；尤其是现在，它就只在落日荒山、荒草萋萋里，一切只是剩下，一切只是最后的狼藉。

它甚至没有时间的概念。也许是从唐朝，也许是从宋朝，再近一些，或许便是从明清两代，一条古道便铺展在那山岭上了。它并不知道自己的前生，更无从知道自己的后世。时间在这里只是永远的模糊不清，风霜不断飘过，雨雪不断落下，一年比一年荒芜的草和芦荻不断长出来，虫鸣和鸟吟都更像历经了几世几劫似的，加之又没有什么遗迹可以佐证，虽然偶尔也会有一棵古树或是某座残存的寺庙似乎想要证明什么，但也由于没有充分的证据而作罢，时间在这里终究成了一个永远的疑问。

古道似乎还没有名字，倒也不是被风吹落了，也不是被时间丢弃了，而是从一开始就没有名字的，或许是时间知道一条古道要遗失的宿命，所以就没想着要给它取名，一个注定要遗失的事物，倒不如让它自生自灭、寂寂无闻还要好些。我相信时间是睿智的，时间总能恰到好处地安排一切事物所处的位置。

古道一直就落脚在那里，没有抱怨，更没有跻身于繁华的奢想。当然，如果真的有繁华从那里照落，我想它亦不会拒绝，但亦不会欣喜，只默默地看一朵花落花开。包括多年后，当一切都只剩下了蔓草荒烟，当只有我一个人在这里寂寞地伫立时，我看到的，似乎也还是一条古道的宠辱不惊和去留无意。

时间已经大把大把地滑落，即使是曾经温润饱满的手掌，现在也是十指漏风，山寒水瘦。一条古道，尽管它再淡定，再如何地怀抱一颗出世之心，在这满目的破碎里，终究明显在一寸寸地坍塌，甚至在以分以秒为单位快速沉沦。这不，先前一条在山岭间绵延起伏的古道，如今竟然只剩下了中间这一截，而这一座山岭，显然也早在多年前就被遗弃了，早就已经没有人迹了，时间在这里，更像某种荒芜的存在。

古道前面隔着一条河流，河流上面原本有桥的，但后来桥断了，不知是焚于战火，还是原本那桥，因为不堪于那人世的承载而自己坍塌了，总之就这样把一条古道，生生地斩断了。古道后面，则是被一座新生的城市堵住了，说不定有一天，这中间剩下的，亦要被城市所占据，所谓鲸吞蚕食，正越来越成为时间君临万物的方式。

古道很险峻。尤其是连接着河流的那一面，一级级的石阶从山顶上垂直地坠落下去，河流那边便又是高耸入云的群山耸立出来，似乎除了河流能从谷底穿越而去外，就连飞鸟，亦会因此生怯的。古道四周，林木森森，遮天蔽日，想那些曾经的森森岁月，也一定会有声声猿啼，一直在映衬出一条古道的幽深和遥远。但这并不意味着古道就是与世隔绝的，相反，就在对面群山的半坡上，一直就散落着星星点点的村寨，一直就有人的气息在这里出没——一边是荒野，另一边却又是人世的中心，两种背道而驰的景致，很奇异地在此相依相融，相生相息。

只是后来路终于还是荒了。后来，当一条古道不再具备作为路所应有的优势后，人们还是将其彻底地抛弃了。一份曾经想要的生死相依，终于在时间里显出了它的脆弱甚至荒诞。四周的林木开始汹涌起来，曾经被一双双脚掌踩踏得光滑圆润的石头，也被青苔和野草覆盖，一切终于都停在了从前，一切都显得旧迹斑斑，即使是某颗一直固执地要在往事中坚持的内心，也终于都像那些生锈的颜色，在对一条古道的凝望里而满目愁郁了。

这样的古道，从本质上说，它更像山野里的一枚叶，风起风落，始终都是阒无声息，始终都是顾影自怜。即使不说穷愁潦倒，即使不说美人迟暮，但一定都是芳华自开自谢，堪堪一份人世的被抛弃和被辜负。

有意思的是，就是这样的一条古道，却被后世的人们编出了无数传说，其中还不乏金戈铁马、英雄美人之类，最铿锵的，竟然还跟某个朝代的某个帝王扯上了关系，譬如说某个帝王在知道这一条古道的险峻之后，就欣然在京城里（其实是想当然）挥毫为其命名等，但真要拿出只言片语的证据，却又无从寻觅。好在人世懂得并能宽容这一切，一切日常中的生命，在骨子深处，其实一直都向往着一份壮怀激烈。尤其是，当一切都成为过往，当传说更像传说，一切是是非非的愿望，就更加有理由给予原谅了，并且，那生命的热度，毕竟也还能在一次次的传说中让人涌起无限的温情和暖意。

这样的古道，它还注定要成为某种荣耀的表达。不管传说是不是真实发生过的事件，也不管一条古道现在的命运如何地零落，当时间的帷幕落下，尤其是，在除了一条古道之外，再也寻不出其他稍稍可以指点的风物时，一条古道显然就成了人们精神的坐标。只是这样的内心景致却也透出了人世的悖论——一方面，人们似乎是珍惜古道的；另一方面，却又是对其不断的忽略和破坏，终于使得一条古道，只以残剩的面目在时间里独自斑驳沧桑。生命的真相在这里就像时间模糊的面孔一样，清浊难辨、黑白交织，直至引人惶恐，引人迷失。

当然，在这样的古道上，也一定会有一匹马的身影在那里定格。但那马，一定不会是西风劲吹、夕阳映照天涯的那匹瘦马，也肯定不会是长安古道上马蹄迟迟的那一匹，最多就是一群赶着生活与日子不断上路的一队马帮，在他们的额头上，更多的还是来自地面与尘埃的凝视与抚摸。一队队马帮从山岭下的深谷一步步爬上来，不断地从这里翻山越岭，它们嗒嗒的马蹄声，一声声敲打在古道上，人们一次次目睹它们越过白天黑夜，然后在一阵阵的烟尘里绝尘而去——说到底，一条古道所给予他们的最多就是有关日子与生活的某个梦境而已，如果真要说起诗意，最多是在多年后，当我一个人寂寂地在此伫立时，会恍惚觉得它们一定是从梦里走过的——它们从梦里来，转身又回到梦里去，它们把一个时代、一群人的生活烙印在古道之上，就消失了，就像眼前，风吹尘走，芦荻苍苍间我始终无法握住一缕飘过的轻烟。还有就是，我可能会深入一点地觉得正是这样的梦境，让一条古道，不论世事如何变迁，都能恰到好处地寻觅到灵与肉在记忆中的最美好的位置，我想，这已经是对一条残剩的古道最大限度的精神虚构了。

不过，在这样的古道上，有一种生活却一定是不用怀疑的。虽然往事已远，虽然时间之痕迹已经模糊重重。但我始终相信，在那些曾经的岁月深处，一定有一群群的贩夫走卒和山民不断地从这里走过。只不过他们无论是跟诗意还是梦境都无关，他们或负重前行，或且行且歌，虽然他们也渴望一份人世的精彩，但我相信，当那个念头还没有完全明朗清晰时，就已经被这古道上的日升日落给湮没了。他们从这里走过，头顶上的日子便是那一步步的拾级而上和拾级而下，稍稍有点精神质地的，便是站在古道的制高点上，清干净嗓子猛猛地甩上几句，但那也仅是关于肉体、关于生活与日子的宣泄而已，诗意永远不会向他们靠近，至于秋月春风与是非成败之类的铿锵，那就真的更是传说般的遥远了。只是我又深切地相信，在这里，作为一条古道，它似乎便贴紧了地面与尘埃，似乎更能让我们看清时间与生命的某种真相，因为，能让肉身觉得真切的时时的疼痛，毕竟便是人世的真实与妥帖。我还想，或许也只有这样的场景，才是我们的顿悟，就好比那拈花一笑，就好比菩提树下笑看滚滚红尘的美好一刻。

不过，如今这一切都被风吹散了，“风往尘香花已尽”“物是人非事事休”，一条残剩的古道，秋草落黄之间，万叶秋声里，只寂寂地落寞于时间的深处，一切的悲欢离合都已隐入蔓草荒烟，一切的不甘或者从容都只交给风去诉说，一切的对于生死的了悟都已经彻底坠入虚无。只是在另一方面，我却又似乎相信，那些曾经活泛的气息一经荡漾，便一定揳入了古道的深处。譬如一个深深地凹进石头里的马蹄印，我就固执地觉得它一定是一条古道有意地留在灵魂深处的记忆；又譬如一块石头上青苍的颜色，一定就是一条古道醒着的眼睛——这样想的时候，眼眶便忍不住有些潮湿了，一切残剩的事物，或许它们真的都有着自己的坚持？只是在面目全非的时间里，它们已经没有任何想要表达的冲动？只是在熟视无睹的日常里，我们已经习惯了对一切事物的忽略？

清寂，红尘花自开

有一个影子，他清寂，在尘世的深里独自花开，而后花落；他干净，就像一泓山泉，万里无云，空山无语，澄明悠远；他更孤独，钟鼓梵音，红颜情爱——他从遥远中走来，又向遥远中走去，他让你觉得世事薄凉，让你想要抓住他的手，却又不忍——这个影子原来是你心底最柔弱的那一抹，甚或是你的前世，只需轻轻一碰，那些花，那些云，那些水就兀自不知处了。

这样的影子，只适于在夜晚阅读。在夜晚，灯光是狭窄的，一袭素笺是狭窄的，一纸诗歌的通道是狭窄的，一个人的内心更是狭窄的，狭窄的世界，让你，想要轻轻靠近那个人，试探他的怀抱，看尘世在他胸里，是怎样的花落花开？

譬如苏曼殊。他就是这样的人，这样的影子，就像一朵莲花，在我一个人的世界里开放，宛如菩提，凄婉，却又不失粲然；如幽幽禅香，只一嗅，整个尘世，整个人，就佛心弥漫了。

无缘看他的真容。我来之后，他已远走，缘分注定。但我想他一定是清瘦的，就像一朵霜菊，铅华洗尽，世事淡薄。在那里，繁华与零落，有情与无情，均已置身季节的深处，不能回头，也无需回头了；在那里，我始终相信：形单影只的身后，你不用询问，只轻轻一眼，就知道了那清瘦背后的容颜，以及那颗恍惚如梦的心。

你就会觉得这尘世有些不同了，也有些让人怅惘了。

曼殊从那里飘过，芒鞋破钵，无人识，无人问，尘世只在另一边，热闹只在远处；就像一缕风，一去之后便杳无声息。但在一首诗歌的背后，在多年之后，我却看见在那一瞬：樱花纷纷绽开，又纷纷零落，一座座空落的桥，在片片花絮中只为等一个人，等一个繁华落尽、人自飘零的时刻。

这是另一种缘分。不论来生，不论隔世。让人心动。

一座桥，它在等曼殊；而曼殊或许是在等我？等百年之后，我来阅读他的诗歌，阅读他在尘世那个孤独的影子。流水深深，一定有一只经年的白鹭，在河之岸，望穿秋影，萧瑟，落寞中如琵琶呜咽。

夜色沉沉，我读曼殊，就像开启一片苍茫。一轮明月之下，我总想象一个独倚刹角危楼的僧影，那里沙鸥明灭于天际，海风逼人于千里之外，一个孤独的灵魂，苍茫之中扫叶焚香，迎送流年。尘世是一层厚厚的幕，情生情灭间，眉心上却是薄薄的一层纱，如水凉透，如月凄清。

这就是曼殊。一孑清影，一袭袈裟，一截残梦。

芳草天涯，碧桃花下，尘世如烟似梦，曼殊如烟似梦。

在尘世，曼殊飘零已久。出生之初，生母便离他而去；十五岁，遇第一个恋人，家族反对，恋人投水自杀；十六岁，断却红尘，投身清灯黄卷；三十五岁，芳华凋谢，一切有情，都无挂碍。自始至终，曼殊像一枚叶，飘零天际，只一转身，便没入尘土。

匆匆，一声鸟语之后，空山悠悠只剩愁。

那么，且将一腔愁郁为舟为桨，划向曼殊孤独的深处。

曼殊有情，为僧却难舍红颜；曼殊无情，难舍红颜却偏要远离红尘。赠君一钵无情泪，恨不相逢未剃时——有情无情，花自飘零，水自流；“不可无一，不可无二”，这是谁说的？说得如此绝妙，如此切近那份不堪！

不堪，不堪，这就是真实的他了。这样的人，他就是他，不可复制；他只是他的影子，只是他的世界；他在那里形销骨立，似乎又清新脱俗；他在那里恣纵迷醉，似乎又冷峻如醒。他以他的意韵，让这个尘世多了几分不同，多了几分念想。

无出其左，无出其右。

他像一根经秋的芦苇，在情与思的岸上，遗世独立。

很多个夜晚，我都想象着那样的一个影子：蒹葭苍苍，白露为霜，一个清瘦的背影，在水一方，被时间与尘世所抛弃；目光深沉安静，肉体与灵魂却在那里风起云涌，波澜起伏——一边是真放下，一边是真放不下，尘世与佛，在这里无限凄迷，也无限诱人。

那个影子，我想一定就是曼殊了。

曼殊写小说，写断鸿零雁，一声愁郁，几点清泪，尘世远在万里，这又何尝不是他真实的自己。东瀛寻母，巧遇佳缘，却不得不错过红尘——心如木石，弥天幽恨，正未有艾，一切均现孤独，一切均如寂如灭。

如茫茫暗夜里的一只鸟，不知边际，不知何枝可倚；如春天飘下的一片花叶，残红迟暮，即使心事纷飞，终究零落成泥；即使暗香，也幽寂如怨如愁了。

很多个夜晚，当白昼隐去，尘世的真慢慢浮上来，我便会忍不住要在曼殊的文字里不能自拔，宛如荒村风雪，萧萧彻骨。亦如他的身世命运，曼殊的文字，极尽飘零萧瑟，一如雁影横空，蝉声四彻；又如鱼塘堤畔，盈眸廓落，沦漪泠然；一切均是枯色，一切有情，一切无情，均是尘世的深重与寒凉。

曼殊写诗，亦是孤独如舞，“九年面壁成空相，万里归来一病身”，一袭泪眼，一孑残病之躯，如寒梅带雪，如影落疏钟，一切有痕，一切无痕，一切均似秋风裹挟，万相如朽；“契阔死生君莫问，行云流水一孤僧”，纵有欢肠，已是冰霜，秋色渐重，孤窗黄昏，那孤独，又如何能说尽？那愁怨，又怎一个愁字了得？一阕断肠之词，有谁能怜？一枚秋叶摇落处，有谁相知？

曼殊的文字，生来寒凉，瘦如寒枝，如“尽日静卧，四顾悄然，但有梅影，犹令孤山邓尉，人无魂梦”。即使写景，亦是清冷如秋，如“旁午至一处，人迹荒绝，四瞩衰柳微汀。草径甚微，徐步得小丘，丘后有湖，寒流清径……”曼殊眼中，尽是萧瑟之气，满目经霜，一根枯草，风起风落。

读曼殊的文字，你觉得尘世在沉陷，人在沉陷，情感在沉陷，一切均在沉陷。尤其是在夜里，你觉得那孤独，就像漫漫洪水，一寸寸将你淹没，将所有的事物淹没；到最后，一切就入了梦境，一切均成灰成烬。

我读曼殊，读他的文字，最难忘两句：“踏遍北邙三十里，不知何处葬卿卿。”总觉得这两句，其实就是他一生的写照，有些寂寞，更有些忧伤。经年之前，他独行荒丘，不知红颜知己埋骨何处；经年之后，世人不知曼殊埋骨何处——就像一句谶语，亦像某种轮回，彻骨地冷，彻骨地让人怅惘。而关于曼殊，最让我怀想的的确就是他的坟墓了——据说曼殊死后，有朋友将其葬于西湖，并与名妓苏小小为邻，后来遭到破坏不复存在，仅存一个空空的遗址。我没去过西湖，心上却始终悬着一座曼殊的墓，总觉得那更像一个荒芜的传说；我想终有一天，我会前去，在那里站站，一边是秀美的湖光山色，一边是生也飘零，死也飘零，身前身后，唯有孤独成行的慨叹；站一站，关于曼殊，关于尘世，一切情境，皆如梦影。

曼殊孤独，孤独得凄清，孤独得没有任何依靠。

曼殊的孤独，还在于他想承载却不能承载。

且看他作画：“花柳有愁春正苦，江山无主月自圆。”家国飘零，亡国之痛溢于纸面；渡湘水，他凭吊屈原，长歌当哭；他甚至曾想以死警醒国人：“海天龙战血玄黄，披发长歌览大荒。易水萧萧人去也，一天明月白如霜。”——如果有可能，我是多么想亲自回到当年的那一孑清影之前，轻探他的怀抱，看一个孤独的曼殊，柔弱的曼殊，血管里流淌的是怎样一种汹涌的温情？

只是这温情流淌在曼殊的身上，越发地让人觉得冷寂。

萧萧身骨，红尘之外，如何载得动这沉沉的爱与愁？

不过，你还是分明觉得，在那夜的深处，似乎有一个灵魂，瞬间绽放，馨香覆盖，虽然最后消失，但他分明让你握住了什么——有点温暖，更有点苍劲；而那黑夜，也分明有了一丝亮光，并逐渐开阔起来；有某种力量，也终于如歌如吟，如漫如漶了……

想起一种小花，名九米光，黄色，有点像菊花的前世，开在春天的门槛上。往往是，还在残雪铺地时，一朵朵的黄就已爬满了地坎，山野抖抖瑟瑟，万木还未挣脱去冬的萧瑟，唯有那星星点点的黄，在那里伸出靓丽的身姿，像一些细微的光，照耀尘世也照耀心灵。尤其让人觉得诧异的是，当你想着它们春天的模样时，它们却已在第一阵春风来临前悄然隐去，一切均是短暂的，短暂得寂寞，短暂得不堪，就像神祇降下人间，有意填补一段空白的花事；亦像某种象征，呈现和消失在某个时间的临界点上——而曼殊，你也是那一朵九米光么？——烛照尘世，在某个刻度之上，瞬间呈现，瞬间消失，然后孤独，直至寂灭。

曼殊，说一千道一万，有谁真能懂你？——芒鞋破钵，尘世万里；春雨楼头，半树秋声；岁月更迭间，真懂你的，也许真的只有那孤独，那一朵在红尘里独自开放又独自零落的花了……

第三辑

流年

季节乱

玉米棒肿红了双眼

突然间就看到了那些眼睛，尽管四周一片吵嚷喧嚣，但我还是一眼就看到了它们。它们肿红的双眼，似乎刚刚经历了一次长长的失眠，以一种黯然的姿势，一起挤在某个柜台上等待出售。按理，作为一种商品，这也是它们该有的常态，甚至还应该为此感到欢欣，正如一朵花终于迎来了开放，生命在此刻该属于美好的抵达。但关键这是冬天，并非它们生长的季节，它们到这里来，完全是被迫的，这不，只一眼，便可看见它们暴露无遗的窘迫和凌乱。

我说的是在冬天里被煮熟的一群玉米棒。

它们被一块冒着湿气的毛巾盖着，热腾腾的水蒸气从身体各部不断地渗出来，仿佛弥漫着的忧伤，一点一滴地在忧郁与落寞里洇开来，跟四周五彩缤纷的热闹形成强烈的反差。它们刚从冬天里一个名叫“大棚”的地方长起来。按理，这也算是它们在季节里迎来的第二次生命。生命能有第二次，该是多么美好的一件事。但关键是，这样的“重生”却是人为制造的，无论是生长地还是生命的颜色和质地，均已远离了泥土和阳光的属性。作为玉米棒，当它离开秋天，其生命的芬芳就已经谢幕，即使零落，也在此刻获得了圆满。

它们其实并不希望在属于自己的季节之后，被人强逼着再来一次，生命的芬芳原本不可能重来，能重来的，亦不可能是先前的自己。

而我分明就有几分惶恐了。这个世界什么都能制造，不分时间地点，不论季节规律，春天可以结出秋天的果，冬天可以开出春天的花，自然秩序被切割和颠覆的背景下，是一切都有可能——但关键是，一切都有可能的背景下，是不是也意味着生命的迷乱与虚妄呢？譬如现在的这一群玉米棒，肉身还在，灵魂却已然被抽空了；就像春天，一旦被抽掉绿色，该是怎样的不堪；就像此刻，它们肿红的眼睛，失神的眼睛，分明就是形与神的相互剥离，彼此走失。

“渴望回到属于我们的秋天”——此时，我分明听到了来自灵魂深处的声音，只一声，便喊出了生命的怅惘与孤独。我原本一直往前的脚步，也不得不停了下来。我必须停下来，不单是我必须停下来，所有的脚步都必须停下来，就连周围所有的吵嚷和喧嚣都要停下来，停下来，在一双双肿红的眼睛里，仔细想一想这个世界的乱象，想一想生命置身其间的彷徨和哀怨。仔细想一想，或许我们便真的能懂得一群玉米棒在这个冬天里想要说出的暗示和隐喻了？

一块稻田被栽上了树

稻田原本是用来栽种稻子的，就像一棵桃树，原本是用来结出桃子的，就像爱，原本是用来温暖心灵的。但我现在所看到的稻田，却被栽上了树，而且还不止有一棵，而是一片；而且还不是规范有序的，而是挤挤挨挨，纷乱不堪。一块显然已经迎来了命运错乱的稻田，正被一片混乱的树木说出。

一块被栽上树的稻田，就像一棵结出梨子的桃树，错乱的不仅仅是结果本身，还有面目全非的生命属性。可以闭上眼睛想一想，如果一棵桃树结出的是梨子，一棵梨树结出的是苹果，一棵苹果树结出的是杏子，一切都继续错乱下去，一切都黑白颠倒，是非混淆，这个世界肯定会不堪重负，肯定要爆裂，要破碎。

回到一块稻田。我想一块稻田肯定也会是迷茫的。一块稻田，它原本是用来亲近和接纳稻子的，就像一颗心，只有在爱的光芒里，才会无比的晶莹剔透一样。回忆也是靠不住的，对往昔的回忆，往往只能徒添虚无。所以我们可以得出一个结论，当一块稻田开始回忆走失的稻子时，它一定会是迷茫的，过去的美好一旦在细节里复活，现在和未来就会更加缥缈无依。

我们可以不用追问一块稻田为什么会被栽上了树，也不用追问为什么一棵树就被栽到了稻田里，其实一棵树跟一株稻子都属于迷失的对象。当然我们也不能责怪谁，包括亲手制造了这一错乱的那双手。我想，或许是那双手因为年老了无力一年一次栽下一株稻谷，所以只好一劳永逸地栽下了这一片树；或许是那双手迫于生活的压力，想要在拆迁中用一片树木去换取一笔触手可得的资金，总之一切的理由都可以得到理解，总之我们绝对不能责怪谁。如果真要责怪，最多只能把责任推给时间，我们可以推说是时间制造了错乱，在时间的蚕食鲸吞下，一切错乱，不可避免，也无需避免。

只是，当我再次打量一块被栽上了树的稻田，我希望它能是坦然的，一直到安静，我希望它能在命运的嬗变中快速找到合适自己的位置——其实合不合适也不再重要，重要的是它要能明白，当一切事物跟时间相遇，包括看似不朽的爱，都注定要有疼痛落下来，而且从一开始就落下来了，就像落叶纷飞，就像一直奔跑在季节深处的某句偈语。

泥浆弄脏了河流的容颜

我从没想过一条河流的容颜会被弄脏，我相信一条河流也没想过自己的容颜会在某天被弄脏，一切都有点意外，甚至匪夷所思。一条河流，原本看中了这深山野壑的僻静，相信即使世事变迁，一隅僻静亦不会遭遇污染。也就是说从一开始，我们就已经相信一条河流，一定会永远的清澈和明媚。

我们都没有意识到从一开始就犯了错，我们并不知道在时间中一切都是靠不住的。时间就像一台粉碎机——这个比喻其实并不高明，但一定真实到残酷。时间之下，即使坚硬如铁，不仅可以被切割，还可以被粉碎，“让一切都散如齑粉”——这不仅是一切事物最后的际遇，更是时间面对并君临一切事物的断言。

现在，我们可以具体描述下被弄脏的河流的容颜了。就从河流的外围说起吧。河流四周的稻田，已经被石头和沙子覆盖了，水泥和钢筋暂时倒还没有来，这一片区域还刚刚被征拨，还在建设的初步阶段。但是，原来的安静有序已经变得纷乱不堪了。河流虽然还没来得及被填埋，流水也依然在流淌，流水里裹满了浑浊的泥浆——跟我一起来看流水的堂弟说，这样的水就连庄稼也养不活！堂弟的话显然很好地描述出了一条河流此时的情态，就连我的情绪也分明被感染了，也为这样的说辞悲凉起来了——一条连庄稼都无法养活的河流，它还是一条河流吗？

至少是，此河已经非彼河。突然想起了一句很经典的话：人不可能两次踏进同一条河流。我想，说这话的先贤，一定是站在某一条清澈的河流之上，一定是看见了“逝者如斯”的生命场景后就发出了的感叹，他一定没有目睹一条被泥浆弄脏容颜的河流，却预先看清了一条河流的未来。他告诉我们：一条永恒的河流是不可能存在的。只是我对这一真理的知晓，似乎已经很晚了，也因为晚点的缘故，现在，一份灼痛的感觉，分明就格外真切和透彻了。

此外，我还想起了佛家的一句话：此岸彼岸。佛家的意思我不大明了，但有一点我能隐约地感觉得出，关于此岸彼岸，至少是牵扯着人对于希望的理解，至少亦包含了从此岸到彼岸的人世沧桑。但一条被污染了的河流，从彼岸到此岸，从曾经的清澈明媚到如今连庄稼也养不活的不堪，是否还可以列入佛家眼中的河流？佛家眼里的河流，即使再沧桑，毕竟也会有一份清澈与明媚荡漾其间。

只是有一点可以确定，当我再次跟被泥浆弄脏了的容颜相遇时，我分明就感受到了一条河流沉重的思考，只是那思考，我相信一定是默默的，我相信谁也不会在意它们，因为在旁人眼里，一切正在发生的事情，好像跟他们都没有多大关系。这似乎已经是一种既定的秩序，或者宿疾？

一朵花找不到春天的位置

我大概要说到一朵桃花，或是一朵槐花。为什么要说是大概呢，因为我无法确定侧重哪一朵。两朵不同的花，都被我在春天里看到了；还有可能是，桃花被我说成槐花，槐花被我误以为是桃花，总之是你中有我，我中有你，总之是两朵花的影子，就这样纠缠不清。好在它们传达的均是相同的气息，均是作为一朵花在春天里的际遇，所以即使只是用大概的方式，也无伤大雅。

记得桃花开在一个厂房里，四周堆满了刚刚生产的石棉瓦，要不是一朵桃花突然冒出来，压根儿不会有人相信这里竟然还会有泥土的容身之地，一种身世飘零和坚守的寓意，引人唏嘘；槐花呢，则是开在马路边，马路往南原本看得见一条河流，东西方向能看见稻田和其他植物，也就是说，一朵槐花原本是开在那空旷之地，并有流水和稻花之香所映衬。现在，槐花被挤上来的房屋围了个水泄不通，马路也一年年地增高，人在路上走，不需伸手，就可以够着一朵花的高度，一朵槐花分明跌落到了尘世里，人世落寞的气息，堪堪可怜的一副模样。

现在我必须回到春天的话题。说到花朵，就必须要说到春天。春天原本是为一朵朵花摆放位置的，桃红李白槐花开，什么时间开放，谁先谁后，或者是一朵朵的花一起聚会，一起说出春天的故事，一切都有条不紊，丝毫不乱。但我说的是过去，是多年前的事情。现在，我要说到的这两朵，显然无法再在春天里寻到自己的位置了——它们此时的栖身之所，已无法被认可是春天的枝头了；真正的春天的枝头，早已经无迹可觅。

春天已经确凿地绕过它们而去了。与其说它们是在这里坚守，倒不如说它们是被遗弃了。不管是不是事出有因，它们显然都被春天遗弃了。很显然，春天在没有喊上它们时，就已经独自消失了。尽管春天也有可能是被迫的，也是情有可原的，但毕竟，当它们独自在此落寞地看着远去的春天的背影时，一份被遗弃的凄怆，再如何说都已经不可避免。

对了，说到被遗弃，其实连春天也被遗弃了。当钢筋水泥作为大地上新生的植物，当桃红李白槐花开的胜景不再来，春天也就被季节所遗弃了。对了，其实就连季节本身也被遗弃了，在看不到桃红李白槐花开的春天里，季节明显地乱了方寸。对了，其实就连我也乱了方寸——当我大概地说出两朵花在春天里的故事，有一缕慌乱甚至是悸动，就让我分明地怅然若失起来。

离开故乡的鱼

我已经尽了最大可能，在将它们从玻璃瓶内转到盆里时，我已经将它们当成一尾尾鱼了，我已经尽最大可能完成对生命的尊重了。想来它们也是因此而欣喜的，这不，一转到盆里，它们就自由畅快地游动了起来，有的还不断跃出水面，尽情地翻着斤斗，似乎还真有点回到河流里的感觉呢。

这些鱼，是我乡下的外甥从河流里捉回来的。我想我的外甥应该是幸福的，至少他目前还算拥有一个幸福的童年，至少目前为止还可以有一条河流让他捉鱼，还可以让他用这样简朴的方式来取悦我的女儿——他的表妹；我还想，当他在七颠八簸的车上紧紧用手保持着身子的平衡，努力不让瓶里的水泼洒出来，不让瓶里的鱼感到窒息时，我想他一定就感到了深深的幸福。一群瓶装的鱼，让他相信，这一定就是连接他这个乡村表哥和城里的表妹之间最好的礼物了。

只是有一点我不敢确定，我不知道这些鱼，不管是在玻璃瓶里，还是被我转到盆里时，它们是否知道自己已经离开了河流，离开了故乡？当它们在盆里尽情游弋时，它们又是不是把这里当成了故乡？错把他乡当故乡，一个“错”字，是不是就说出了我所看不见的一群鱼的内心？

怀疑和诘问基本是我每天的课题。每天，当我的女儿蹲在盆边欢喜地看着她表哥送给她的礼物时，我也会不动声色地望着它们出神。它们的身子很小，还不足以让一个大盆显得狭窄，一个大盆在它们的眼里，或许跟一条河流并无大异，因而它们似乎还是从前的欢喜，甚至忘情。它们并不知道我对它们的担心。因为我知道，再大的盆，盛的也是无根的水，无根的水能养活它们一时，却不能养活它们一世。它们不明白我看着它们的欢喜和忘情时，其实也看到了它们所面临的危险，看到了这一盆无根的水，会很快成为埋葬它们的墓冢。

一个人最大的悲情就在于不知道自己活在危险中，包括生命，包括情感。但我显然并没有要责怪这一群鱼的意思，毕竟它们都只是一群没有思考的鱼（它们真的没有思考吗？），它们并不知道世事无常，至于世道人心险恶之类，更无从知晓。它们就只活在自己的世界里，至于是玻璃瓶还是盆，以及河流，对它们而言，或许都是相同的人生风景。

也或许，它们原本是有思考的，也洞悉了此刻的危机四伏。只是，当它们明白一切都不可更改时，就举重若轻地放下了？就只愿抓住并紧紧珍惜这最后的时光？就也旁若无人似的让我无济于事的思考独自花开花落？

一切都只是猜测。只有一个确切的答案是，大约在一周后的某个早晨，当我再一次因为担心而去探望它们时，它们已经在我的意料中纷纷死亡了，一具具苍白的尸身，漂浮在水面上，像一片片无根的叶，在苍茫的天际里划过一抹抹触目的苍凉。

它们死在了无根的异乡。很触目，也很惊心。

落在广场上的蒲公英

一朵蒲公英，不知为什么就落到了广场上。我想它应该要往前飞的，也可以往前飞的。稍稍再往前，或许就可以寻到一抔想要安身的泥土了。它为什么就不再坚持一下呢？广场出去不远，我想应该可以觅到泥土的。但接着我又忍不住往另一个方向想了，我想，或许它是飞得倦了，对这个尘世倦了，对自己的生命也倦了，就随风落在了广场上，随风落下，让心亦落下——这是否便是一朵蒲公英想要说出的话呢?

一朵蒲公英，在它离开枝头的那一刻，就注定要为寻觅属于自己的家园而漂泊天涯了。一朵蒲公英的身世，最能接近飘零的叙事质地，就像一个终生没有家园的诗人，或者是一个终生都在寻觅家园的诗人，其行走的过程，一方面，是生命的绽放，另一方面，亦是生命从此凋落从此寂寞的时刻。

一朵蒲公英，不，确切地说，是一朵微不足道的蒲公英，微不足道地落在广场上，四周的任何一粒尘埃，都比它更能闹出声响。当然，这或许只是缘于一朵蒲公英的安静，历经世事之后的淡然的安静，能摄人心魄的安静，所以它能让肉身到灵魂为之停下脚步。包括我在内，包括我这个跟它并不相关的人，也分明感受到了那淡然的摄人心魄的安静，都忍不住要跟着安静下来，忍不住要停下我匆匆的脚步了。停下来，在跟一朵蒲公英的对望里，感受生命的一份安静，微不足道的却又是很显眼的安静。

广场上暂时还没有其他植物来到。这是一个新修的广场，除了石头，就是水泥，除了水泥，就是钢筋，作为一株植物，似乎跟它们并不搭界，所以我甚至猜想，当一朵蒲公英落在广场上时，所有的眼睛一定都在第一时间看到它了，也一定都在第一时间为之惊诧了——一朵并不搭界的蒲公英，为什么偏要落在并不搭界的广场上?

有点像生命的悖论。也有点像错乱。对了，我想一定就是错乱了，在这个尘埃四处乱飞，在这个泥土一寸寸地不断消失，不断地被石头、水泥还有钢筋取代的环境里，一朵蒲公英，它一定是从头到尾地感觉到了错乱，不仅仅是眼前环境的错乱，而且还是来自心灵的错乱，从肉身到灵魂，从前世到今生，都彻彻底底地错乱了。错乱了，再错乱下去，终于就觉得倦了，终于就随风落在广场上了，终于就把一颗心，也放在广场上了——且不要再问一颗心的何去何从，亦无需再追问一段身世的辗转飘零，总之是落下，落下了，便是停下了，便是尘埃落定。

当然也有可能是，这样的落下或许仅是一次偶然的停留，之后，一朵蒲公英，在旁人都还没来得及为之深入时，复又随风飞走了——但它究竟能飞到什么地方呢？在错乱的物象之下，真的还会有一抔可以让蒲公英安身的泥土么？

在街道上行走的牛

这已经是最后一头牛了。自从土地全被征拨，自从乡村就快要变成城市，自从所有的草场被推平，牛们或者被卖走他乡，或者被宰杀送上餐桌——如果我没有记错，这肯定就是整个乡村的最后一头牛了，至少是我看见的唯一剩下的一头牛了。不过，它是不是最后一头牛，其实无关紧要，紧要的是我看见它正行走在钢筋和水泥铺成的街道上，行走在原本并不属于自己的陌生的路上；紧要的是我看到了它此刻被钉在一条街道上的迷离和苍茫。

一头牛行走在街道上，独自行走在街道上，主人不知往哪里去了，因而也就无法知道它究竟从哪里来，要到哪里去。只可以确定的是，先前属于它的那些石子路，属于它的那些沟沟壑壑，属于它的那些草场，此刻都已经彻底消失。而它还记得以前的那些路么？对了，或许一头从街道上走过的牛，它并没有刻意地要从哪里来，也没想着要到哪里去，它只不过是随意地走走，最多就是想一想从前的石子路的样子，从前的沟沟壑壑的样子，从前的草场的样子。不过，想一想其实也没意思，回忆在此时早已经失去了意义，早已经无足轻重。一头牛，无论如何也不可能回到从前了。

接下来，我就恍惚了。我觉得此时从街道上走过的，或许只是一头牛的影子，甚至索性只是一头牛的灵魂，总之是有点恍惚了，一头牛和一条街道，就像前世与今生的相逢，恍惚，彻底的恍惚，就像一个梦境，正一点点地在一抹夕阳里铺开，正一点点地把一段时光揉弄得扑朔迷离。

一头牛，却仍然不紧不慢地从街道上走过，看得出它并不想一下子把这条街道走完，也有可能它知道自己原本就不可能走得出这条街道，一条漫无边际的街道，就像一河汹涌的流水，直至要将其淹没。尽管它有可能知道这样的结果只能是一步步使自己沉陷下去，直至万劫不复，尽管它知道从前野草的芬芳已经不再，但它依然不紧不慢地走着，甚至还迈着从前的脚步，仿佛什么事情也没发生，仿佛一切都还停留在从前的属于它的草场。但我还是不可避免地听到了它的四蹄跟钢筋水泥相互碰触后发出的金属般的回声，仿佛一声声沉闷的叹息，仿佛某种宿命一般的谶语，荒诞，还有几分奇诡。

它抬起了头，血红的眼睛刚好装进了西山上的那抹夕晖，它似乎也看见了落在夕晖里的自己的影子——迷离和苍茫，一瞬之间就呈现的迷离和苍茫。它再次抬起了头，它显然是想长长地叫唤一声了，就像从前在那些石子路上，在那些沟沟壑壑里，在草场上的样子，尽情地叫唤一声："——哞——"再尽情地叫唤一声："——哞——"尽情地喊出心中的块垒——我相信从前的喜悦一定也可以算作块垒的，或许是对它所迷恋的爱人的倾诉，或许是对它所迷恋的野草的芬芳的表达，总之那一声长长的叫唤，便是它生命的全部欢欣。但现在，它显然已经黯然失语了，它再次抬起的头颅，在自己迷离和苍茫的影子里很快又低垂了下去，它终于没有叫出声来，就像一朵瞬间绽放瞬间枯萎的花，一下子从枝头上很残败地垂了下去。

不过，我是否就已经走进了一头牛的内心呢？对一头在街道上行走并要一直行走下去的牛而言，我知道，再怎样深入的句子，其实都无法让它跟我们声息相通、心手相连了，在一头牛以及它的内心还未全部展开时，一头牛的秘密，也已经被那秘密本身所遮蔽了。

晚霞中的蜻蜓

尽管原来的河湾不见了，尽管河湾里的流水不见了，一簇簇的刺藜花不见了，一簇簇的阎王刺花不见了，一棵棵狗尾巴草不见了，一棵棵艾蒿不见了，就连某块一直矗立在流水里的高耸的石头也不见了，就连那么一件清洗干净后晾晒在石头上的很好看的衣裳也不见了，但那一抹晚霞却依然还是多年前的样子，依然从原来的时间地点落下来。它并不知道原来的时间地点早已经改变，所以当它落下来时，还是保持了如从前一样的颜色，如从前一样的物我两忘。

晚霞中的蜻蜓似乎也没有改变。它们依然还像从前一样在河湾的上空集体舞蹈，依然还留念于原来的时间地点，原来的华丽和热闹——如果要说地老天荒，如果真的有地老天荒，我以为这样的场景便是，我以为这样的情愫便是，原来的时间地点，原来的那个人，在原来的场景里一次次流连，一次次不舍。

只是，这样的静谧很快被一只降落的蜻蜓打破。其实也不是打破，确切地说，应该是这静谧里的虚幻很快被一只降落的蜻蜓发现。原因是当这一只蜻蜓仍然像多年前一样降落下来，仍然像多年前一样准备栖息时，它突然发现原来的刺藜花不见了，原来的阎王刺花不见了，原来的狗尾巴草不见了，原来的艾蒿不见了，原来一直矗立在流水里的高耸的石头也不见了，原来晾晒在石头上的很好看的衣裳也不见了，也就是说，它再也找不到了可以栖息的枝头。它低低地扇动着翅膀，刚才的忘情似乎就变成了仓皇，这偶然的发现让它第一次感觉到原来的时间地点早已经变化，原来的一切都早已物是人非。如果说到那一抹晚霞的没有变化，或许亦只是内心的一厢情愿？只是内心的一份不愿说出的执着的坚守？

于是，一只降落的蜻蜓，它再也不愿意重新回到那一抹晚霞中了，它或许是不忍心把自己发现的秘密告诉其他同类，不忍心把那个地老天荒的梦用一句话就说破，它宁愿只自己活在这破碎中，它只独自低低地不断地扇动着翅膀，它四处乱飞，飞过面目全非的河湾，飞过它在此刻所能回忆起的每一件往事，每一个曾经让它温馨和眷恋的细节……

只是，我一直不明白，一只无枝可栖的蜻蜓，它就这样永远地飞吗？一只只无枝可栖的蜻蜓，它们就这样永远地飞吗？它们会不会真的一直要飞在多年前的美好里？只是让我无比担忧的是，当它们一旦从那美好里跌落下来，一起跌落的，会不会还有来自心灵的不堪重负？

我不知道。我相信蜻蜓它们也不会知道。原来的时间地点也不会知道。一切都有可能不会知道。

被会议惊吓的燕子

燕子不知道会议是怎样一种新的物质，但燕子知道它们自己已经被会议所惊吓。就连我也似乎受到了惊吓，在看到一只只燕子受到惊吓的时候，我似乎也跟着受到了惊吓。

真实的情况是这样的，这里曾经是乡野，再确切一点说，这里曾经是一片水田，曾经也有小桥流水，杨柳依依。再确切一点说，这里曾经就是这一群燕子的家园。每一年，从春回大地的那一刻起，燕子们都要来到这里，在这里经历人世的生生死死。但现在，这里已经不是乡野，已经没有水田，没有了小桥流水和杨柳依依，一座新建的县城已经落脚这里，再确切一点说，一个新建的体育场已经取代了曾经的事物，再确切一点说，就在今天，一个大型的会议正在这里召开，所以就出现了一只燕子被惊吓的故事，就出现了我也被惊吓的故事。

会议上的麦克风不断地声嘶力竭，会议上的掌声不断地像潮水汹涌。燕子们一定听过雷声震震，燕子们却肯定没有听过麦克风的声嘶力竭，没听过潮水般汹涌的掌声，这两样的声音，比雷声还要雷声，比恐惧还要恐惧，比迷茫还要迷茫。雷声来了，总有停息下来的时候，麦克风的声音和掌声却似乎永远不会停息——这人世的喧闹，似乎原本就没有要停息的意思，似乎一直想要焦躁地喊出心上某道最热烈的风景。

燕子们先是只有不多的几只，后来又加入了几只，再后来，燕子们就已经铺天盖地，把整个会场上空密密实实地罩住了。燕子们在会场上空乱飞，甚至可以看到一只与另一只相撞了，一只又一只都在高声尖叫，一只又一只都分明找不着方向了。也许是先来的燕子给后来的燕子通了音讯，也许是所有的燕子都想目睹一下这种叫作会议的物质的新奇，也许是我被惊吓的心灵也想在这样的惊吓中切实地感受从未有过的惊吓，总之是，我相信能来的燕子都来了，不能来的，肯定也在远处的某一隅，很急迫地把这样的惊吓装进了心里。

为什么我能明显地感到燕子们受到惊吓了呢？为什么我也明显地感到自己受到惊吓了呢？以前的燕子们，当它们从乡野飞过，当它们从一块块的水田上空飞过，当它们从小桥流水和杨柳依依里飞过，我知道它们一直是井然有序的，绝不会以这样的铺天盖地的方式出现，它们最多是约上三两个，在那里酝酿暗香盈袖，或者是在梅花弄影里相对缠绵，静享生命和爱情的美好。当然意外与不和谐也是有的，总会有一只或是两只燕子，或者因为疾病，或者因为灾害，死在了这山野，死在了这水田、这小桥流水和杨柳依依里，但这毕竟不是来自惊吓，只是来自于生命的一份自然。生也就生了，死了也就死了，生死之间，都是宁静，都是安然。但现在，还没看见死，那一份生，却已经被喧嚣所惊吓了，还有什么比这样的惊吓更能让一只燕子为之惊慌失措呢？还有什么比这样的惊吓更能让我觉得忧郁与寂寞呢？

一块泥瓦剩下的时光

瓦是用泥巴烧成的，瓦还是用来盖房的，但这并不是一块泥瓦的关键。关键的是，一块泥瓦，如今已经落寞地躺在了某堵老墙下，一块泥瓦过去的时光，除了剩下的落寞，已经没有谁再会提及其他事情。

更关键的是，现在的房屋都已经用钢筋水泥来盖了，时光在这里已经快速地转了个弯，纵使一块泥瓦有些猝不及防，但时光确凿地是真的转了弯；纵使一块泥瓦还没有作好丝毫的准备——时光又怎会让一块泥瓦去作好准备呢？时光原本就是要在你猝不及防之时，就悄悄改变了时光里的一切。

老墙也很老了，老得只剩下了一截残剩的破壁，墙身内外，荒草丛生，一棵歪脖子桃树就歪歪地立在那草丛里，即使是春天，也看不出有几片绿叶光顾它的枝头。就不要说人了，就不要说曾经在一堵老墙内居住曾经借助这一块泥瓦遮风挡雨的人了，一切都在转弯的时光里被荒芜吞噬了，一切都只剩下了留在一块泥瓦上的落寞。

一块泥瓦静静地躺在那里，一层湿湿的青苔很快爬满了它的身子，甚至是有一丛青草，已经不知什么时候从它的身体里长了出来，时光在霉变的同时，似乎也还充满了泥土的芬芳，正如多年前当它从一堆泥土里破茧而出一样，眼里全是时光泻落的生机与活力。一块泥瓦静静地感受着这生与死的相互交织，相互迷离——我猜想时光在这里肯定也有些猝不及防，时光又怎会预料得到一块剩下的泥瓦竟然还具备言说生的可能呢？

一块剩下的泥瓦，在剩下的时光里，我始终相信它所剩下的心事一定是个秘密。只可惜的是，时光并不了解它，我们也并不了解它。包括我在内，我除了尽可能地去猜想它藏着的秘密外，我其实也没有真切地走进它。除了对它的不在意，除了对它的漫不经心，除了来自内心的一份隔膜，我落在一块泥瓦上的目光，其实一直都一无所有，一直都显得空空荡荡。

倒是有一只蝴蝶，却落在了一块泥瓦上。也许是蝴蝶错把一块泥瓦身体里的青草当成花朵了，也或许是那青草的芬芳原本就是一缕迷人的花香，当然也还有另一种可能，那就是这只是一只偶然落下来的蝴蝶，落下来的时候恰好就停在了一块泥瓦之上，至于它所有的心事，原本跟一块泥瓦无关。——但真的无关吗？一块泥瓦和一只蝴蝶，我始终相信在这剩下的时光里，一定会有一些剩下的事情，让它们在这个春天的午后，在这一次不经意的邂逅里，一起经历。

只是，剩下的究竟是些什么呢？我始终相信时光还在继续转弯，老墙也还在继续转弯，歪脖子桃树也还在继续转弯，甚至连我也还在继续转弯，一切都还在继续转弯，一切似乎都只剩下了不确定。“不确定”——是不是就是一块泥瓦剩下的所有秘密呢？

不确定。我真的无法确定。

疼痛的青春

一

多年后我想，青春于我，并不曾有过；我只是年轻过，但年轻与青春是两码事；年轻是一件外衣，青春则是外衣底下明媚灿烂的表情；对我而言，年轻甚至仅是一种摆设，青春则是置身其上的废墟。

事实是，正当我年轻时，青春却匆匆地谢掉；青春仅仅跟我打了个照面儿，就被疾病所淹没；疾病宛若一条毒蛇，缠住了我年轻的身体，枝头的花朵被毒液浸湿，直至一点点霉烂，在风中。一条毒蛇与一朵花，让人疑似罪恶与美丽的夙缘。

就像没接到通知的风暴，一直到疾病来临，你才会从满地狼藉的残枝败叶以及某只虫子的尸首里惊然回头——那时是春天，春花勃发，阳光如洗，大地明媚温暖，虫鸣自地底抬头而出，新生的热度充盈四野。某天夜里，我却觉得了身体的异样，到医院检查，说是肾脏出了问题——理由就这么简单，事物的转向仅需一个微小的岔口；由此，春天急转而下，一边是如火如荼的阳光与花朵，一边是我身体里阴湿低矮的天空；斑驳之下，深藏的时间之手如奇如诡，直至多年，仍余悸不息。

起初，我认为不过是青春跟我开了个小小玩笑，兜个圈子后，会再次跟我热情相拥；只没想到，疾病一经住进我的身体，就没考虑撤离，很多年，它始终住在那里，喋喋不休并且欲望泛滥，就像一个恶魔，搅得我不得安宁。

二

青春究竟该是怎样的表情呢？——或者像一河泛滥的春水，情势汹涌，碧波深处，是才下眉头，却上心头，无计可消除的忧郁？或者是遍野的草木和花朵，一夜间便绿色盈目，纷乱一如决堤的心事？或者是一袭月色之下，后花园深处，羞羞答答、遮遮掩掩的一声轻唤，一片清幽中，宛如古典遗落的两三句唱词？再或者裸露如恣肆的阳光，如汹涌的野草，一片爱意，无遮无拦……

不过，这些对我而言，仅仅是一种想象；更多时候，青春在我身上，就像一方小小的墓冢——寂静，像正待枯萎的季节；像一曲游移的音乐，心魂散失，不着边际。

疾病来袭的时候，我正临近师范毕业。那时候，同学们三天两头忙着在外聚会，我却只能一个人躺在寝室里；疾病所呈现的症状，还在一日日加剧；我能感觉到身体里的那条毒蛇，正一寸寸爬过，一点点吞噬我的肉与骨头，我像一朵冷风中的花朵，一点点凋谢；一个人躺在床上，呆呆地望着低矮白色的蚊帐——就像一个置身沉沉黑夜的灵魂，我多么渴望能有一首优美的音乐，一步步将我引出墓园，在那些阳光灿烂的青草地上，肉体出动，心灵飞扬。

从春天一直到夏末，一直到最后毕业，整整两个季节，我都把自己独自耗在寝室里，企图尘封自己。同学们都觉得诧异，他们并不知道其间的缘由，只是面对一段刚刚起步却已华发丛生的青春疑惑重重——那时候，我还没有暴露或是承认疾病的勇气，在我看来，疾病是与卑怯，甚至与羞辱联系在一起的，在一份脆弱的自尊里，我不想让我的内心一览无余。

只是我一直没有弄明白：自我的掩饰是否真是通向慰藉的路？这个问题我想了很多年，但每一次，都宛若问向风中的某个蛛网，在风一样飘荡的影子里，我企图知道的答案，早已在摇晃不定的风中无影无踪。

三

毕业不久，我很快就听到了同学们结婚的消息，不是一个，而是两个、三个……就像次第绽开的花朵，一朵接一朵，不到两三年光景，除我之外，都纷纷开放了。再看看自己，身体的疼痛始终没有好转的迹象，就像沉沉黑夜，将一朵正待开放的花朵紧紧遮蔽。在这样的对比下，一个个消息就像一只只不可抗拒的手，把我的寂寞越拉越长。

偏偏这时候，在一树浓烈的樱花下，在一堆人群里，村里一个老者缓缓地开口了，他说一个人的一生就像季节一样，该开花时就要开花，该结果时就要结果。他的语气不紧不慢，双目凝重，就像一个陷入沉思的智者，一点点切开繁华之下的秘密。我就在那瞬间被深深击中。我突然想，我是不是也到了爱情的季节呢？

像是一声魔咒，很快，我就不可救药地爱上了一个姑娘。

她很漂亮。早在患病之前，我就曾经设想过我心目中的姑娘：她可以没有文化，但一定要漂亮；她可以没有工作，但还是一定要漂亮。所以她的出现，让我一下子想起了爱情。

可惜这仅是我的单相思。爱上她，却不敢告诉她，迟迟不愈的疾病每每让我觉得自卑。倒是后来悄悄告诉了一个朋友，不料朋友

第一句话就说："你别做梦了，那种漂亮的姑娘，是你我能念想的吗?"他不单否定了我，还顺带否定了自己。记得那时候我跟他正行走在一个高高的山岗上，落日像一团红晕，就要从远山跌落下去；脚下的悬崖和峭壁间，盘旋着一只飞鹰，它独自在那里，像一片静止的云；它独自在那里，或许已经有了很多年；我猜想它一定也是孤独的，它独自在那里，或许是要向风和时间呈现某种心事?正如一个穷途之人，在寂寞的岁月里，独自面对一隅花开花落?

经此后，这件事很快成了秘密。在这一点上，我非常感谢那个朋友，能替人保守秘密的人，似乎不是很多，但他做到了。有很长一段时间，我甚至觉得他是在替我留着最是柔弱的一份面子。至于这个姑娘，一直到她恋爱、结婚，我才彻底忘记了她。许多事情就这样，往往要到最后，才会不情愿地放手。

四

曾经好几年，舅舅是唯一来看望我的朋友。

舅舅仅大我几岁，年龄的相近，一定程度上消弭了辈分的距离。舅舅来看我的时候，他已退伍好几年，但一直闲荒着。由于家庭贫困，舅舅一直没有恋爱。没有恋爱的舅舅，显得跟我一样的孤独与忧伤。

舅舅来看我的时候，我们就会摆出一盘棋子，紧闭门窗，然后是没日没夜地厮杀。我们几乎不说话，就像两个杀红了眼的对手，在宛如废墟的战场上不断放逐自己。这样的状态一直持续了好几年，好几年里，花开花谢之间，只有我跟舅舅两个人，独自在一张棋盘上消磨彼此的青春——多年后蓦然想起这一幕时，我突然为之惊诧，继而还有些战栗——这样的放逐，不就是另一种自我的杀戮么?

一直到有一天，一直到我还没有来得及跟舅舅说起我们的青春的时候，舅舅突然就患了脑膜炎，并因为无钱医治而死亡。我无语。我黯然。我悲伤。我始终在想，在舅舅跟我一起放逐自己的那些日子，他是否曾经想过青春的话题？也或许，他其实一直在等待，只是故意的掩饰而已？……现在，他的青春是真的凋谢了，一直到最后，他都没有品尝过爱情的味道，他会为此而遗憾吗？比起我，他的孤独与忧伤，或许更加痛苦和无奈？

舅舅去世后，我突然感到了恐慌。生命的脆弱，青春在年华流逝中的渐行渐远，让我总觉得有一种无助的漂流感——我不止一次想起《圣经》中那个随水漂流的孩子，我是多么希望我也能够幸运地漂到某张床榻之前，有一双手把我收留，并从此获得涅槃。但我能如愿吗？

答案显然是渺茫的。因为我知道，我身体的疼痛，还在不断地变本加厉，那个该死的恶魔，依然紧紧拽住我的双手；我甚至能分辨出它拽着我一点点往黑暗中下坠的感觉……

五

又一个春天来了，那些曾经走失的事物，眨眼间又回到了原来的位置；草木、花朵、虫鸣甚至是清香的泥土，再一次唤醒生命熟稔的情结——消失与永恒，倏忽与长久，熟稔与陌生，在轮回中界限消弭，仅剩下温暖的光，充盈内心。

我也不例外。几乎每个春天，我都盼望着身体里走失的部分能够回来，每一次，我都能从中感受到时间和心底最柔软的部分；但每一次，我更多的是触摸到了苍凉——身体的疼痛并没有因为春天的来临就此停歇，乃至后来，春天在我眼里，就像泛滥的洪水，一种被淹没的感觉，几近窒息。

我不止一次想，我疼痛的身体，恐怕已无法承载一份爱情的重量了？

我几乎不出门，只是经常一个人到山野里去走走，有时候还会在某块岩石上长久地坐下来，然后默默地看遥远的天空，看那风流云转、色聚色散；甚至看一只蚂蚁爬过一朵花枝，看风吹花屑、纷扬如蝶——它们均是美好而惬意的，我想，只有我是不幸和忧伤的。尤其是春天，在那些泛滥的颜色里，我还会认为，在每一棵草根和每一朵花上，一定都居住着一些神灵——有时我甚至想，也许一棵草根和一朵花就是从前的自己，在那里，她们是否能窥见我现实的苦难并赐福于我呢？

我多少显得有点虚幻，就像一抹流云飘浮的过程，远远的，像一些不着边际的梦呓。

但不久，我意外地遇上了史铁生——我读到了他的《我与地坛》。几乎每天，我都会走进史铁生的世界，遥想一辆孤独的轮椅和一个残疾者面对一座倾颓的古园的背影——最初是苍凉，及至充满诗意，再到最后，我恍惚就看见了一次精神强大的对话，在地坛及其上空流转的季节和永恒的残阳里渐次分明。在那里，我很快看见了一个重叠的影子，似乎是史铁生，又似乎是我，或者我俩都不是，或者是一种思想的幻影，一直牵引着我，牵着我走向那团闪烁在我上空的光亮。

于是就想，每一个疼痛的青春，或许都有一座属于自己的地坛？

六

虽然如此，我还是一年比一年急迫地想要结婚了。

自从舅舅死后，不单是我慌了，就连母亲也慌了。母亲总担心我会跟舅舅一样，说不准在某天就突然死去了。母亲希望我能给她留下个孙子，我也希望我能在这个尘世上留下自己生命的延续。

更何况，随着时间的流逝，我身边的那些姑娘，跟我同龄的姑娘，都纷纷嫁了人；我身边的那些男孩，跟我同龄的男孩，也都纷纷有了自己的妻子。就像季节中的花朵与果实，该收获的都收获了；就像那个在一树樱花下的智者所说的，仿佛谶语般的预言，举目四顾间，只剩下我一人，在青春的残枝上，被时间遗忘了似的。

到了二十八岁，我终于结了婚。不管怎样，总算给青春画上了一个句号。

只是让我耿耿于怀的是，一直到我结了婚，我都不承认我曾经有过青春，青春于我而言，就像一笔糊涂账，疾病、肉体的痛与潜藏的欲望夹杂其中，就像一些说不清道不明的事情；而当你正在为之疑惑的时候，时间一晃，你就像流水中的一枚落叶，被裹挟而去了。

唯一可以确定的是，面对这笔糊涂账，我先是痛苦，到彷徨，到不安，但最后更多的是淡定了。尤其是跟史铁生相遇后，我就牢牢地记住了他说的这句话：“死是一件无须着急去做的事，是一件无论怎样耽搁也不会错过了的事，一个必然会降临的节日。”——就连死亡也这般的诗意并富有思想，一段荒芜的青春又算得了什么呢？——只是我不得不承认，多年后，当再一次想起自己在疾病中走过的青春时，心就会一点点地疼痛起来。

冬天，身体与俗世

一

一到冬天，我就变成了一只虫子。当然并不是卡夫卡笔下的那一只，那一只充满奇诡和隐喻的虫子，我还成不了；我只是一只在冬天蛰伏的虫子，一只活在日常里的虫子。

蛰伏是因为我怕冷。经过多年的磨损，我的身体明显就像一台破碎的机器，一到冬天，所有的零件便难以正常开动，一缕冷风就足以使其停止运转。

“冬天了，春天还会远吗？”雪莱这样的描述对我破碎的身体而言，最可能的便只是安慰。我不敢奢望暖和会很快进驻我的身体，我只想尽可能让冬天的寒冷离我远一些，只想借助一些辅助手段，譬如打开一个电烤炉，譬如生起一堆柴火，我只想用这样的方式，让自己在冬天里好受一些。当然，还有一个不愿外露的想法就是趁这样的时刻仔细看看自己身体的本来面目。

季节暖和的时候，我的身体往往会被一些假象所迷惑。正如一个人沉浸在顺境中，往往看不到那已经悄然存在的危险。那时候，我上班、读书、写作，似乎一样都没落下，身体的各个部位似乎还跟暖和的季节一样充满花香和青草的气味，以至于就忽略了那些正一年年地被磨损的事实，正伺机寻找现身的出口。

冬天一到，那些出口便纷纷立在了我眼前。

从头到脚，我都感到了不适。一缕缕的冷风从那些出口灌进来，整个身体就像风箱一样不断抽动，那摇晃和迷糊的声音，就像季节搅动地上的枯枝败叶，“一堆杂乱、喧嚣的‘枯枝败叶’。冷酷无情，臭气熏天，既有皮肤分泌出的汗臭，又有隐蔽的死亡的气味”。（马尔克斯《枯枝败叶》）

除了必须上班之外，我几乎足不出户。冬天成全了我跟自己身体的对视。

常常会有电话打进来，说某某病死了，就死在这个冬天。隔几日，又有电话打进来，说某某又病死了，仿佛这冬天似乎成了死亡特有的一扇魔门，一经打开，便再也收不住。我想这一定都是些被假象所迷惑并已经被磨损到了不堪的身体，当冬天寒冷的利刃刺向他们，他们就真的成了这个冬天的“枯枝败叶”。

他们所散发出来的气息，让我足不出户的日子一下子显得庄重严肃起来。让我在对视自己的身体时，似乎也携带了某种世俗精神的意味。

二

下雪了，而且持续了很长一段时间，天地一直都是白色的。黔地很少落雪，一落雪，这个冬天就显得别致了许多。

我甚至计划到山野里去看看雪。一场很难遇到的雪，让我怕冷的身体也例外起来。按理，在城里也是可以看到雪的，我只需迈出三五步，便可站在院子里看到雪。但城里的雪，因为缺了草木山川的映衬，终究是缺了某种精神。一切事物，虽然外表可以好看到混淆是非的程度，但如果缺了精神的滋润，总是不能入眼入心。

只是终于没有成行。原因是爱人不断劝阻，她担心我的身体经受不住这寒冷。爱人相互的日常，其实亦可以没有波澜，但必得有一种时常的担心，并经某个小小的理由说出，爱便如一汪不远的春水般动容了。

既不能出去，就一边翻书，一边想着这漫天的落雪。雪落在书页里，向来都雅到极致。譬如烹雪煮茶之事，经那书页映衬出来，即便是再普通的日常，亦觉诗意盈胸，浊气全无。径直翻开《金瓶梅》，寻出几句："月娘见雪下在粉壁前太湖石上甚厚，下席来，教小玉拿着茶罐，亲自扫雪，烹江南凤团雀舌芽茶……"《金瓶梅》字字珠玑，在雪的照耀之下，更是圆润浸人，直让人觉得清香满室，身心畅达。一边读着，一边就觉得这古人真是奢侈到极致，平常一个雪天，竟然过得庸俗全无，朴拙消隐。

继续在《红楼梦》里寻找描写落雪的句子："宝玉忙忙的往芦雪庵来。出了院门，四顾一望，并无二色，远远的是青松翠竹，自己却似装在玻璃盆内一般。于是走至山坡之下。顺着山脚刚转过去，已闻得一股寒香扑鼻，回头一看，却是妙玉那边栊翠庵中有十数枝红梅如胭脂一般，映着雪色，分外显得精神，好不有趣。"宝玉这是赶来作诗。每逢落雪，芦雪庵里便要作诗，诗落在雪上，跟雪煮在茶里一样美妙，都是人世舒展的底子。

我既不能煮茶，亦不能作诗。但我心底明白，此刻，我这只蛰伏的虫子，怕也是渴望于那破碎里觅到些许优雅了——优雅之于我们的身体，乃至俗世，或许都是暖暖的安抚？它甚至像一把手术刀，能把那些被磨损到破碎的身子修复，至少，亦能让那破碎稍稍缝合？

三

我的身体还是出了故障。尽管我尽可能地把所有的寒冷都堵在了门外，但我的身体还是再一次被磨损了。

落雪不久，一颗瘤子便从我的左腰部被取出。医生说这颗瘤子至少在我身体里潜伏了五年之久。只是它一直不动声色，所以没有暴露出来。

其实医生并不知道，五年前，在我的右腰部，也有同样的一颗瘤子被取了出来。两颗瘤子此消彼长的时间，恰好在我的身体里实现了无缝对接。而医生更不知道的是，五年前，也是在同一张手术台上，也是他的同一只手为我取的瘤子。五年的时间，也许他手中的手术刀运用得更娴熟了，也许他只是在他的病历本上又记下了一笔，但他并不知道我已经把经他取出的两颗瘤子，把他以及他的手术刀，把五年的时光一起拉回来了，它们一经我的身体作为媒介，所有走失的线索便都一起回来了，一起集中到某个场景之中——这个场景，似乎也在瞬间迷离起来，并也有了奇诡和隐喻的色彩。

我告诉他，我说五年前也是他为我取的瘤子。

他先是惊讶，继而笑笑，最后不再开口。

他估计没必要开口。我的关于一颗瘤子的所有想法，跟他无关，也跟他所需要的病历记录无关。

瘤子在爱人眼中，却是贴着地面的紧张与慌乱。爱人说，在她看到从我身体里取出来的瘤子后，她一个人躲到卫生间悄悄地哭泣。一个女人的哭泣，让一颗瘤子在身体里的位置，一下子显得重要起来；而一个女人的哭泣，亦让我感受到了尘世的底色，尘世如果去掉那一声哭泣，或许便只剩形容枯萎的河山？

然而，我们已经有很多时候都忽略了这一声哭泣？

也或许很多时候我们都未曾遇到这一声哭泣？

总之，那一声哭泣，此时，她就一直落在我的心上，滴露一般。

四

一个人坐在书房里。时间时而像冬天湖面的凝滞，时而又像丝绸之上的柔顺。

书架上所有的灵魂似乎都已悄然睡去。从医院回来，我便没有惊动“他们”了。那些整齐地排列着的秩序，我已经不愿意去惊扰“他们”，那些不安之魂（是的，我相信在整齐的秩序之下，隐藏的都是些不安之魂），总让我有一种拾不起的力不从心。

但我相信，“他们”一直都在看着我。

窗外的雪还在不停地落下来，万物已经彻底沉寂，暮色在落雪中仿佛织成一根根无形的栅栏，似乎想要锁住什么。疲倦的目光一次次落下来，时间陷入某种虚无。

觉得有种子般破茧而出的声音，落在心上。仿佛里尔克栅栏里的豹子一般，决绝，尽管有点南辕北辙，却一定跟这个冬天的某种精神邂逅有关。

——我像一粒种子吗？答案是肯定的。不知从什么时候开始，我其实已经把自己当成了一粒种子，深埋在我的书房里。我喜欢跟书架上始终整齐地排列着的灵魂对话，在他们的不安之魂里，我一次次看到了能让种子抽芽开花的土壤，并始终相信只有在那土壤之上，自己的灵魂亦才能生长得枝繁叶茂。

我一直深信浮躁是一切时间与灵魂的本来面目。时至今日，浮躁依然笼罩并裹挟着这个尘世。只有书架上的那些不安之魂，一直以一种醒着的姿势，一次次想要拒绝这些浮躁，一次次在那里拒绝实现自我的突围。

很多次，当我的目光从那虚无中抬起来，一抬起来便总会看到书架上的“他们”。“他们”始终用冷峻深沉的目光看着我——已经很多年了，“他们”在用这样的目光看着我的同时，也一直在看着这个世界，冷峻深沉的底下，便是“不安”，便是对这个世界的忧虑。不是“他们”过于忧虑，而是这个世界原本就要让“他们”忧虑，让“他们”不安。“他们”的忧虑和不安，还原了世界在灵魂里的某种真相。

“你去年种在花园里的尸首，它抽芽了吗？今年会开花吗？”（艾略特《荒原》）

——仔细听听诗人的这一声问询吧，或许你会看见那些来自身体里的、来自雪地里的、来自一切时间里的关于美好的期待？

五

睡眠倒是比往年深了些。在我所能忆起的年月，睡眠就像一头凶猛的怪兽，常常在夜里跟我对峙，睡眠一次又一次被搁置于浅滩。在长达二十多年的时间里，我一次性的睡眠往往只有几分钟，几分钟之后便只能睁开眼睛看着天花板——但实际上更多的时候什么也看不到，夜的虚无和身体的荒诞，就像一种遮覆剂，滴上几滴，这个世界就变得模糊不堪了。但二零一五年的这个冬天，我却欣喜地发现，跟我对峙的那头凶猛的怪兽，它先行败退了。我一次性的睡眠已经可以达到两小时，这个明显的信号显示，让我看到我磨损到破碎的身体不断愈合的过程——我或许也是那个跟身体和世俗对抗而最终的胜利者？

时间和日子其实就是一个不断对抗的过程。

身体与疾病的对抗、精神与世俗的对抗、暖和与寒冷的对抗、陷落与上升的对抗，还有就是不断唤醒和找回的过程，譬如唤醒我们被日常淹没的爱，譬如找回跟我们失散多年的睡眠，再譬如让我们在唤醒和找回的过程中看到自己——对了，我终于一下子想明白了，在冬天，当我仔细地跟自己的身体对视时，我其实一直想要在对视中看到自己——看到自己，它其实也是我对抗寒冷之外想要收获的某个秘密，只是一直到现在，它才显山露水，才让我明显地触摸到它对我所有的用意。

我觉得自己一下子安静了许多，真的安静了许多。

就像庭院里的那些植物，此刻，虽然还有断断续续的雪落下来，虽然它们经历了好几场雪的覆盖，但每一次把雪抖搂后，便又面目安静地立在那里了。植物中有玫瑰、玉树、夜来香、茉莉。玉树不会开花，夜来香和茉莉是明显的季节花，只在某个季节短暂地开放；只有玫瑰不受时间限制，它们一直就在那里开着，不管春夏秋冬，都一直开着；即使大雪覆盖，它们也还开着——如果不是内心有一份强大的安静，这样执着的开放，或许早已消失无痕了？

也难怪会有人把它们比喻成爱情。

所谓爱情，或许便是这样的花开不败？便是这样的生死不渝？

当然，这是不是说得远了一点？也或许，在冬天的夜里，我这一只蛰伏的虫子，就在那被唤醒和找回的安静里，看到了自己深藏的某些愿望？一直以来没有说出的愿望？

六

在冬天的夜里，我偶尔还会怀想春天。

这时候便忍不住再一次想起了雪莱所描述的“冬天了，春天还会远吗？”——其实，抛开对身体的安慰而言，所谓“等待”，的确也是人生的某种温润，甚至是某种精神认同后的愉悦。一个有所等待的人，一段有所等待的时间，无疑就像有了根系的日子，即使不是云暖生香，也必定有了暖色流淌。

春天必定也是一个温暖的词。

坐在冬天的夜里，于万物的枯寂之中，我总希望春天是从冬天启程的，我希望在冬天的路上就能听到春天的声音，譬如一粒种子穿破寒夜和冰冷的土壤的尖叫；譬如地底深处草木的涌动，嘈嘈切切中，还有那些蛰伏的虫子在冬眠里一点点苏醒过来的声音——无论是身体还是俗世，我固执地相信在这样的声音里，都会迎来必要的释放——所谓“心为形役”，更多时候“心灵”都是自我的枷锁，“心灵”其实一直都在渴望那最初也是最后的出口，就像在沉寂了一冬之后，终于挣破那黑暗的地底而抽芽开花的植物，终于可以畅达地立在那新阳底下。

按往常的经验，春天一来，我破碎的身子便也会晴和起来。

先是腰部变得轻松起来，紧接着全身也变得轻松起来，仿佛揭开了紧紧压着的某块石头似的，整个身体一下子变得轻松起来，那些跟随冬天一起进驻身体的冷，以及那些阴暗与潮湿，已经明显地在一点点地潮退——那些关于死亡的消息，也渐至止息（再没有接到关于某某又病死了的电话），那扇一直收不住的死亡之门，似乎也经由温暖的一双手给轻轻地关上了。

春天及时制止了来自身体和俗世的多发事故。

一只鸟从雪夜里飞过，留下影子，就在我的窗外。

我忍不住抽了抽身，目光一次次掠过窗外的那些枯寂，“雪夜里我送走的是谁？那抛撒一地的白玫瑰。天亮时终于找到一间御寒的小屋，那心心相印的女子，她是谁？”（庞培《雪夜》）——爱情在诗歌的意象里，我更愿意它有着更为广阔的所指，爱情往往是促狭的，但沿着爱情的路径，我们总能顺利抵达身体和俗世所处的位置。所以当我在那些枯寂里突然想起这些诗歌，我甚至仿佛就看到了自己的影子——他就像黑夜里突然传来的某声声响，譬如一声鸟语，譬如某件硬物下落的声音，甚至是一只猫穿过夜色的响动，它突兀、尖锐，像某支轻骑夜行的劲旅，想要突破那茫茫心灵的重围；梦一般梦着，也梦一般醒着……

不过，确凿无疑的是，那梦，已经有了春天的颜色在流淌。

孤独，燃到灰烬了

“我是如此的感伤于身心的孤寂和身体的病痛

就像我再也无法恢复完整的自我……”

——凯瑟琳·曼斯菲尔德

一炷香，到灰烬了，灰冷了，故事结束，世事退去——这便是孤独了。这孤独，从点燃的那刻起，就如水汹汹，如风肆虐，世事于此，薄凉，并萧瑟如秋。

我的外祖母就是。一生孤独，燃到灰烬。

最明显的例子是外祖母没有名字。“人咋会没有名字呢?”在我的印象中，即使一个再普通的人，也都是有名字的。母亲也总是摇头：“我咋会知道她的名字呢?”就像面对某个秘密，甚至是高深的哲学论题。

外祖母留在尘世的符号，仅是多年后一块墓碑上的“刘母何氏”几个字，简单，潦草，被时间忽略，也被荒草和风忽略。在那里，我只看见，一个孤独的背影，踽踽独行，身前身后，秋风浩荡，岁月模糊，如梦，如忧伤。

母亲总爱说起外祖母，她一边纳鞋底一边说：“你们不要看外婆现在这样子，年轻时她可是漂亮过呢……”从鞋底冒出的针尖，往往会趁母亲顾说话时悄悄蜇一下她的指头，还带出点点桃花般的血。母亲不得不顿了顿，用嘴紧紧吸住那朵桃花，之后又说：“外祖母年轻时，五六月间，住在阁楼上，一边摇着扇子一边看窗外的风景……”

外祖母坐在另一边，白花花的太阳落在她白花花的头发上，牙齿早已缺席，满嘴漏风，一双浑浊的眼睛茫然地看着我们——她听不到母亲在说她，她的耳朵早在多年前失聪了；她看见我们笑，也跟着笑，她不知道我们在笑她——我们打死也不信，眼前这个像残剩之物的老太婆，怎会以一副姣好的面容在阁楼上轻摇凉扇？

这有点像个笑话。

一只鸟在外祖母的头顶聒噪，外祖母抬头望去，一望又望。“可能她能听到那声音？”母亲说。“可能吧？”我们说。“可能鸟唤醒了她的记忆？”母亲说。“可能吧？”我们说。但这些猜测都没有意义，在一个遥远的故事里，一切都显得无足轻重。

我记住外祖母时，外祖母就这样苍老了。

外祖母一个人住在老屋，老屋背靠一座土坡，挨坡的窗户终年不见光亮，外祖母从黑黢黢的里间走出来，脚步蹒跚，面容枯槁——最初时，我疑心她是从黑暗中走出的鬼魅，我从不敢正视她，甚至每每想要逃离。

老屋很静，“寂静”的“静”，没有人的气息的“静”，只有外祖母窸窸窣窣的脚步来回响动，另有一只棕色小猫，安静地卧在灶台上，眼里闪着绿光，像燃烧的火焰——更重要的是，当我跟它四目相撞，它突然发出了声音，“喵——咪——”瞬间呈现，瞬间消失，幽幽的，更是神秘的，仅一声，黑黢黢的屋子似乎又老上许多年——有点像墓窟，只剩下晃动的影子；有点像骨头上的磷火，肉体最后的微光。

一直多年，我都不敢迈进外祖母的房间。我怕被某个躲在暗处的鬼魅捉住。

老屋是外祖父跟外祖母一起修建的。

也该是许多年前了，外祖父一脸风尘地从外面回来，一回来就对外祖母说："我担惊受怕够了，我们修房吧，我从此不出去了。"

外祖母满含热泪。她不识文化，却懂得只这一句就是：岁月安好、执子之手、与子偕老的承诺了。作为一个普通女人，她并不需要什么金戈铁马、达官显贵的丈夫，她只需一份平实静稳的生活。

只是外祖母没想到，房屋刚刚落成，外祖父再次飘然离去，并且一去不回头，一直到她逝去，外祖父才回到老屋——只是她再也看不到这一幕了。我曾在另外一篇文章中写到这个细节，我把外祖父描写得有些绝情，还有一点点忧伤……但对外祖母而言，这已是后话，很遥远，也很荒芜了。

外祖父给外祖母留下三个子女：我的母亲、小姨、舅舅。三个子女一直跟着外祖母。外祖父始终像一朵不归的云，一直飘在妻儿的另一头。

我的母亲是长女。从七八岁起，母亲就跟着外祖母下地干活了。看着同龄的孩子们小鸟般叽叽喳喳去上学，母亲只能一边羡慕，一边问外祖母："我为哪样不能上学呢？""因为你没有爸爸！""我爸爸去哪里了？""你爸爸死了！"——说这话时，我想外祖母一定有切齿的恨，重重的尾音一定满含绝情的幽怨，只是那幽怨，又如何能对年幼的女儿说得清？

一直到母亲长大出嫁，她才知道外祖父的存在。外祖父托人送了钱来，说要给母亲定制嫁妆——那时候，母亲是多么激动啊，她自认为她的父亲一定会赶回来将她送上花轿。只是她失望了，一直到迎亲的唢呐响起，到她把花轿的帘子最后拉下，除了外祖母婆娑的一双泪眼，那个想象中的父亲始终没有出现……

“我的爸爸死了！”——从此，母亲跟外祖母一样，她们生命中的这个男人，已经千里万里，恍若隔世了。

一直到小姨出嫁，舅舅结婚，外祖父都没有回来，只是按他自己的惯例托人送钱来。多年后母亲曾替外祖母打抱不平：“要是换着我，我才不稀罕他那几个钱！”外祖母却总是很平静：“不管怎样，那是他送给子女的，他与你们，毕竟打断骨头连着筋哪……”

多年来，关于外祖父，外祖母始终不喜也不悲，甚至没有只言片语的怨恨——她只是默默地，每天在老屋里走出走进，任岁月一截截脱落，任人一截截老去。

我常会想起一朵独自的花，在荒野，无人处，它寂寞地开，寂寞地谢；甚至来不及绽放，就被风吹落枝头，“满地黄花堆积，憔悴损，如今有谁堪摘？”生命仅止于某个瞬间的来去——它多像外祖母的一生，一个也曾年轻也曾漂亮的女人，独自在一间屋子走出走进时，就已芳华凋谢，无人怜惜了。

只是我一直没问过外祖母，年幼时无法理解那份孤独没有问；年轻时稍有懂得那孤独想问却又觉得，有关情爱的话题羞于启齿；中年觉得可以问时外祖母却已谢世，所以一份猜想，一份错过的询问，就如铅般沉重，一直压在我心上，像一座坟墓，觉得沉沉的。

外祖母喜欢坐在那里，头顶是镂空的雕花木窗，定格着两朵桃红，虽然历经尘埃，却清新如昨。每天，外祖母都要将那里擦拭，终年不断。坐在那里，外祖母不断地在一对鞋垫上穿针引线，少顷，就会有一朵朵的桃红开放。一直很多年，外祖母始终重复着这项活计，一直重复得让我们不得不怀疑，一朵朵桃红上的细节，或许就隐藏着她不为人知的心事？

一直到双眼昏花了，外祖母仍要绣下一朵朵桃红；一直到看不清针线了，一直到她的手颤抖得拿不起一根针线了，才不得不放弃。但外祖母依然在那里坐下，一次次从镂空的木窗望出去——她已经看不见一朵桃红里的月亮寒凉如霜，看不见一截树叶落尽的枝条在寒风中寂寞地瘦去，但她依然如故，一直到她后来失忆，均未有一丝更改。

到这里，我才觉得先前是不懂外祖母的。先前她的一切隐忍，被淹没的一切，都不是真实的她自己——在她真实的内心，她一定也渴望爱情的抚慰，尤其在无数个长夜，她一定渴望有一双伸向自己的爱情的手；所谓寂寞深闺，望断归鸿，或许也是外祖母的内心写照？

有几分不堪，更有几分凄凉。

而我终于觉察到，当外祖母在那里坐下来，尘世最真切的痛，就一点点漫了上来，如水，如风，疯涨，不可收拾。

那个绝情的人，一去不回——很多年，我都忍不住想要问外祖母，想要问她是否知道外祖父在外面有别的女人？但如同想要知道她内心是否孤独一样，每一次我都按住了自己的话头。

母亲却是知道外祖父有别的女人的，母亲甚至想要去找外祖父讨个说法。但每一次都被外祖母阻止了，“算咯，都一大把年纪了，儿孙一大群，吵起来多害羞呵……”每一次，母亲的愤怒都被外婆的宽容平息了下去。

外祖母不想把事情闹大，一方面源于她的宽容，另一方面或许是她懂得，即使闹了，吵了，她也无法获得外祖父的心了——如果真是这样，我想，外祖母就不是一般普通的女人了，许多为感情寻死觅活的女人，是不可能抵达这般境界的——这已是一种放下，一种智慧，甚至是某种佛心了。

她让我想起那句经典的台词："你实在亲手造了独头茧，将自己裹在里面了。你应该将世间看得光明些。"……也或许，外祖母一直就将自己放在那光明处？

灰烬处，一种坚持，让人肃然起敬。

灰烬处，外祖母越来越老了。

外祖母从屋子里走出来——不对，此时的她已不能用"走"描述了，她双手扶着拐棍，从床上慢腾腾地爬下来，先站稳了，又慢慢地挪着脚步，一寸寸地，颤巍巍地，她必须努力保持身子的平衡。但她还是跌倒了，她在一片暗黑中不停地摸索，终于摸到了掉在一旁的拐棍，双手再次扶着，再慢慢爬起来，爬过门槛，最后来到了前屋，来到了雕花木窗下……

外祖母终日坐在那里，我们去时，她跟我们说话；没人时，她就跟自己说话——这让舅妈很不高兴，"从没见过这么唠叨的老人……"舅妈开始嫌弃外祖母，先是觉得不可理喻，再是为之心烦，后来觉得简直就是她生活的累赘了。

舅妈甚至驱赶外祖母了："你真是烦死人了，你快点去你两个姑娘（指我的母亲和小姨）家住吧？"外祖母先是听不到也不明白舅妈的意思，到弄清后，一向隐忍的她终于发火了："你要撵我去跟姑娘家住，除非你两口子死了！你们不要脸我还要脸呢！"

母亲和小姨跑上门跟舅妈吵起来了，舅妈一副无赖的样子："你们有孝心就接她去吧！说白了我就是烦她！”但外祖母始终只有一句话：“我死也要死在自己的家里……”

外祖母越来越老了，也越来越不想活了。

“活着简直就是受难”——尤其是当外祖母不止一次跌倒在那黑黢黢的屋子里，跌得血流满面时，求死的心越来越迫切；她不断地唠叨：“老天爷啊，你就快点把我收走吧！”她甚至常常跪在神龛前，又烧香又烧纸钱，说的其言铮铮，其情殷殷，总之是只求菩萨保佑她快点死去……

一方面是渴盼死神的来临，一方面则是死神迟迟不肯现身。在这样的消耗中，外祖母早已不再往雕花木窗上擦拭，一朵桃红上的心事，如深秋叶落，早已斑驳无痕，纷纷湮没。只有一群鸟雀，每天在窗前飞来飞去；一群母鸡，整天围着一只大红公鸡在屋檐下乱窜，每天都是纷乱的景象——但外祖母听不到也看不到了，生命在她这里，仅剩下一个又黑又大的空洞；她看见的，就只有一片死亡的光，在她黑黢黢的世界里晃动，再晃动，她渴望那束光将她裹挟而去。

有好几次，我们接到舅舅的电话，说外祖母已不省人事了。待我们赶过去，经历一阵悲伤的煎熬后，外祖母又醒了过来——她甚至更清醒了，她开始说话，说我们，也说她自己，时间似乎又回到了从前……

时间在外祖母身上，似乎真停滞不前了，也有可能绕道而去了。

后来，就常常有哭声从外祖母的老屋里传出来。

那哭声，呜咽着，从荒芜里漫过，时断时续，有时像一声长啸，突地而起；有时像一滴眼泪，倏忽之间跌落，而后杳无声息，让人想起一匹身陷孤独的狼，在孤独里放逐自己。

外祖母原来的世界，已经大面积坍塌。

外祖母独自坐在那里，春花秋月越来越模糊苍茫——她只是不断地哭，只是不断地跟自己说话：“你这个老不死的呵……”还抽自己的耳光，责怪自己在世上的“赖活”。

外祖母已经不提到任何人，任何人的生活，均已在她的世界之外；在她的世界里，只剩下对于生的憎恨，对于死的渴望。她只独自挣扎着，怨恨着——有一段时间，她甚至想吃农药自杀。愿望落空后就不吃饭，但她还是再一次失败了，虽然好几次均已气息奄奄，但喝下我们强灌下去的水后，又活了过来，死亡之神就这样一次次从她身上溜走，似乎一去不回头了。

时间一晃又过了好些年。

比外祖母年纪大的，去世了；跟外祖母同龄的，去世了；比外祖母小的，也有一些去世了。只留下外祖母，独自坐在那里，像被时间遗忘了似的。

一直到后来，当我们突然发现外祖母已经失忆了，才惊愕地知道，在我们忽略的细节里，时间早已潜入了她身体的内部，并一寸寸地切割着她的肉身。

失忆了的外祖母，已经不认得那扇雕花木窗，更认不得其间的过往岁月，即使那些如火如荼的生与死的情愫，也被她忘得一干二净。

除肉身外，外祖母已经等同于死亡。但所有爱着她的亲人，却又痛苦了——一边是她彻底死去的记忆，一边是她依然残活的肉身；生与死的交替折磨，每每让我们觉得命运对于外祖母的残忍。

好在外祖母已经不知道这一切了。时间在她这里，再次只剩下一个黑洞，只是这个黑洞，已经变成一片空白，没有任何颜色的“白”。

又过了很多年，当我们几乎都忘记了外祖母的存在时，在没有任何征兆的情况下，外祖母悄无声息地死在了自己的家里。

外祖母死后，如我前面所说，外祖父回来了，这是他离开外祖母长达半个多世纪后第一次回来。

他回来了，那个人却去了，永远地去了。生不能相视一笑，死后他却来为她送别——我觉得这就是外祖母的大不幸，也是一个绝情男人的不可原谅处。所以我始终没有跟外祖父说话，我觉得在一个孤独的亡魂面前，我们已无话可说。

萧瑟的秋风在屋外翻滚，屋檐下的核桃树不断发出“噼噼啪啪”的声响，若明若暗的灯光下，那扇雕花木窗染满灰尘，一切似乎都在作最后的告别——终于，外祖母的灵柩被乡亲们抬起来了，这时候，我看见苍老的外祖父眼里闪过一丝泪花——我不知道那泪花的缘由，但我很愿意相信那泪花是歉疚，甚至是忏悔，尽管一切都已无济于事，但我还是宁愿相信：一个绝情男人最后的眼泪，是自我救赎，是对自我的安慰，也是对别人的安慰。

我是最后一个跟外祖母告别的人。那时候，我长久地跪在她新立起的墓碑前，一只乌鸦在不远处啼着，啼声哀怨；秋风一阵紧似一阵，湿湿的细雨不断落下来，我一边烧纸钱，一边凝视墓碑上那几个简单潦草的字，一边想起外祖母的一生，想起一个没有名字的普通女人，想起她的孤独——我哭了，一直到天黑，我才一个人回到家里。

晚上，我再一次看见外祖母——在梦中，她还坐在那扇雕花木窗下，一个人，在一朵旧年的桃红中目光苍茫；此后很多年，这样的梦境反复出现，在那里，我不断跟外祖母相遇，但即使在梦中，我亦清晰地知道，外祖母早已离世，她留在那里的，只有一份沉沉的孤独，就像一炷香的过程，到灰烬了，灰冷了，故事结束，所有的——关于尘世，关于一个人的身前身后，再谈论都已经没有意义了。

父亲的尘世

断 鸿 记

奶奶在世时，每年父亲的生日，她总要把一块猪肉烧熟，然后对着某堵石壁祭拜。奶奶说那是“石婆婆”，父亲的干娘。奶奶去世前，专门嘱咐我母亲，希望在她死后，母亲能来此为父亲祷告。只是母亲没有记在心里，也或许是母亲不信这套，总之自从奶奶去世后，再没有谁在父亲的生日为他祈福了。一个母亲的心愿，从此折断于苍茫岁月。

奶奶去世时，父亲已出了远门。有很多年，父亲忙完农活后就要出远门卖药。用父亲的话说，他背着一个草药包走遍了全国，说这话时他有点得意，尤其是面对村里从未出过远门的人，他总觉得自己要比他们高出一筹。早些年我不明就里，后来却感到了沉重，因为我发现了一个事实：当父亲再次出远门，他其实是被逼的，为了一家人的生活，他不得不将自己逼出去；尤其是当他再次回来，却再也见不着奶奶时，我就更加确信这个“逼”字，就是被生活所逼的“逼”。

奶奶去世将近两月，父亲才回家。此前，奶奶并没有任何患病的征兆，从身体不适到去世仅十余天，就像秋风卷叶，猝不及防，更防不胜防。回到家，随手丢下东西，父亲就奔向了奶奶的坟头，还未到达坟头，就已双腿跪地，整个身子软了下去：“娘，我对不起你……”接着就泣不成声了。我这是第一次看见父亲哭——父亲是个很刚强的人，即使艰难，即使打击，也从未哭过；即使伤心，也伤在心里，绝不痛在表面；但这一次他哭了，毫不掩饰地哭了，哭得像个没娘的孩子，那样真实与无助。

父亲是奶奶的长子，七八岁便跟着奶奶干活，这让奶奶很看重他；更重要的是，长期一起干活，让母子间颇有点相依为命的感觉。也因此，奶奶病重时，每天念叨的都是我父亲。最初的几日，奶奶问我：“你爸爸究竟在哪里？来信没有？”每次似乎都是随便问问，盼望父亲回家的心情还紧紧藏着。到她知道自己将要离世时，盼望父亲回家的心情就表露出来了，有一次她甚至生气了，她紧紧抓住我的手，怨恨分明裹挟其中：“你快给你爸爸写信，说我就要死了，他再不回家就看不见他娘了。”再最后，奶奶就不问了，只一个人不断地念叨：“小长生咋还不回来啊，小长生回来啊……”小长生是我父亲的乳名。这时候，奶奶只剩下了最后一点清醒，而唯一的清醒就是盼望我父亲回家。

奶奶终于没有等到我父亲回来，父亲也没能赶上看奶奶最后一眼：

> 我从红尘中率先早退
> 你却在因果间迟到

一切都错过了，一切已经不可再来；一切都只能铸成他们母子俩留在这个尘世上共同的遗憾。

所谓遗憾，它就像某根针刺，经年地锥在人心上，不能弥补也无法修复；尤其是死别——就像放手的情景，当一只手离开另一只手，当一只手从尘世消失，逐渐隐入黑暗，留给另一只手的，就只有孤独与悲伤了，纵有千种新的欢乐，对另一只手而言，也无济于事。正如奶奶去世前希望我母亲替她为她的儿子祈福一样，当她不得不放下手，她其实正是孤独与悲伤的；正如父亲不得不看着他的母亲去到另一个世界，当他只能用一只被放下的手空载怀念，他也是孤独与悲伤的，并直至更残漏尽，余生不再。

一个人的偏执就在这里：明知不可为，却偏要自陷其中；明知已空渺无痕，却要为之苦苦寻觅——譬如苏轼："十年生死两茫茫，不思量，自难忘。"譬如纳兰性德："重泉若有双鱼寄。好知他、年来苦乐，与谁相倚"……一生一死、一思念一惆怅，尘世的痛就一点点泛上来，一个人的灵魂也一点点透彻起来。

对我的父亲而言，他只是个农民，他的悼亡并无诗意。他只是走不出奶奶的影子，只是没能看上奶奶最后一眼，觉得没有尽到为人子的孝道，进而转化成内心的罪愆——"你既做了这事，就必受诅咒"（《圣经》），在父亲看来，他对于奶奶的怀念，正是为了这一份"诅咒"，在那里，他一直渴望忏悔，更渴望弥补，当然更渴望重来——父亲的悼亡只在这里，贴着心灵，贴着地面，但那灵魂的痛与透彻毫不逊色。

奶奶逝去后，无论父亲走得再远，每年清明这天他总要赶回来。在奶奶的坟头，父亲的思念黏稠一如老酒。父亲一边烧纸钱一边喊娘，自顾自地跟奶奶说话，仿佛奶奶还像多年前安静地坐在某张椅子上，安静地听她的儿子絮说一样，说她的孙子、孙女，以及她不曾见过的曾孙，说她的孙子、孙女们已经参加工作有了出息，说曾孙子、曾孙女们如何聪明、活泼和可爱；说完父亲的表情就开始转弯，由晴转阴，重重地磕一个响头后，父亲就会再一次说："娘，我对不起你……”一直到父亲两鬓染霜，岁月不再，仍然不停地喊：“娘，我对不起你；娘……”

父亲跪在奶奶的坟前，每一次，风声浩荡，万物轮回，时在移，山川不断变更，父亲苍老的身影则像此间落下的某个符号——微不足道却又深藏隐喻；但父亲显然不在乎这些，他只是一门心思地忘记了他早已增加了“父亲”和“爷爷”的身份；只一门心思地记得他还是个孩子，一个没了亲娘的孩子……

故人万里无消息，便拟江头问断鸿——就连我也相信：自从奶奶去世，再没有谁替他祈福时，父亲就已经是一个没娘的孩子了——一个没娘的孩子，我是真的觉得：在苍茫尘世，不论贵贱，不论贫富，不论年龄大小，他或她真的像只孤雁，断鸿声声中，一定是别离，是情的不堪……

到过北京

雷蒙德·卡佛曾为他二十二岁的父亲写过一首诗：“我研究我父亲那张拘束的年轻人脸庞。/他腼腆地咧着嘴笑，一只手拎着一串/多刺的黄鲈鱼，另一只手上/是瓶卡斯巴德啤酒。”我也曾研究过我父亲二十二岁时的一张照片，不同的是，我始终觉得雷蒙德·卡佛的二十二岁的父亲是散漫的，还有可能是不图上进的；而我二十二岁的父亲咋看咋像一个严肃有为的青年——父亲双手垂立，白衬衣，青色裤子，虽然也有点拘束，但一经天安门的映衬，一切都变得庄重起来。

这张照片摄于四十多年前，遥远的时光落在纸上像一滴浑浊的泪痕；这一年，父亲到北京参加全国煤炭工人先进代表大会。

会上父亲见到了毛主席，毛主席接见了所有参会人员……再有的父亲记不得了，因为太兴奋了，那时他只记得鼓掌，只记得喊口号，短短几分钟，毛主席就离开了会场，但父亲们一直还在鼓掌，一直还在喊口号——即使多年之后，当父亲说起这一瞬的“接见”时，仍会激动地站起来，就像一根弹簧突然蹦起来，言辞也慷慨起来，仿佛那场景就在眼前……

研究这张照片，我还进一步猜想：当二十二岁的父亲站在这里，他所看到的，一定是灿烂的前景——

只是我猜错了。实际上，父亲开完会就辞掉工作回家务农了。

多年后我曾问父亲回来的原因，父亲只说那时年轻，考虑事情不周到，想回来就回来了——言谈间分明有些悔意；但人生是不允许后悔的，后悔更多的是一种折磨，就像勒着你记忆的一根丝线，放松了，又拉紧了；就像锯齿，一点点地磨着你情感的轮廓——想放下，却又放不下——所以我唯愿父亲只是说说，并不真的后悔！

关于父亲的选择，我始终觉得是个谜；一直当我读到“你们要进窄门，因为引到灭亡，那门是宽的，路是大的，进去的人也多；引到永生，那门是窄的，路是小的，找着的人也少。”(《圣经》)时，才为之释然——沉浮人生，有谁真能懂得那“门”的寓意？——窄也好，宽也罢；生也好，死也罢，又有谁能举重若轻？

好在父亲并没有这么严肃，也不会去思考这么深刻的问题。

在父亲而言，最多是：他遇上了，然后就选择了；他选择了，就成全了一段经历——再往深一点说，就有了故事，尤其是到过北京的经历，还使他一直艳阳高照，春暖花开。

只要有人群的地方，父亲总是挤在其中——先是你来我往，从家长里短到村里的飞短流长，再就到了外面的世界——眼看一曲戏就要向高潮推进了，于是就有人问父亲：“听说你到过北京？……”于是场面瞬间安静下来，汹涌的潮水迅速退去，每个人都屏住气息——父亲顿了顿，轻轻干咳一声，站起来，双目转了个圈，就不紧不慢开了场：“那一年，我去北京开会……”每一次都这样，都极庄严与神秘，就像从前说书的，只差一件仙风道骨的长衫在那里窸窣作响了。

有一次乡政府的到村里掀计生对象的房子，父亲“义正辞严”地指责干部们作风粗暴。面对半路杀出的“程咬金”，领头的干部大发雷霆，眼看一场暴风雨就要降临父亲身上……可就在这时，另一个干部对着领头的耳朵嘀咕起来，稍后，领头的就跟父亲有了这样一段对话：“听说你到过北京开会？”“那还有假？”“听说你见过毛主席？”“那是当然！”……自始至终父亲都以盛气凌人的架势紧逼对方。对话结束后，乡干部们竟然撤走了。事后村人竞相传说此事，都说父亲搬出毛主席吓退了乡干部；一时间，父亲在村里的地位就像快速升值的股票，飙升到了顶峰。

经此后，父亲到过北京的经历却让他自我陶醉并迷失得找不着北了。

父母意见分歧时，父亲就会扔出一句：“我连北京都去过，这点事还不懂？”母亲则反唇相讥：“你那几十年的老皇历了，还好意思去翻？你不脸红我还替你脸红呢——你去过北京又咋了？一头猪拉到北京去回来还是头猪——”母亲话说得刻薄，父亲就像被人砸了一闷棍，只好摆出一副坦然的模样说：“你说我是猪，我就是猪吧。但猪能进北京吗？真是笑话！”沉默一会儿后，又自言自语地补充了一句，“真是头发长见识短……”只是已经像快要沉下去的水泡，声息细微并很快了无痕迹。

父亲找回内心的优越感是在后来的某天，我九岁的女儿当着我母亲的面问他：“爷爷，听说你到过北京，见过毛主席？”在得到肯定的答复后，女儿又转过来问：“奶奶，你到过北京，见过毛主席没有？”在得知奶奶没有到过北京也没见过毛主席时，女儿无师自通地补了一句：“爷爷到过北京见过毛主席，爷爷比奶奶厉害……”女儿刚一说完，她的爷爷一下子就笑开了花，一把搂过她，连声说：“将来我的孙女还要比我更厉害，将来我的孙女还要去北京上大学，还要在北京工作……”说话的同时还不停地用眼睛瞟我的母亲……

我们都明白父亲的意思：他在炫耀，从心底的自我炫耀。

作为农民

作为农民，陶渊明做得应该最是潇洒了——“种豆南山下，草盛豆苗稀。晨兴理荒秽，带月荷锄归。道狭草木长，夕露沾我衣。衣沾不足惜，但使愿无违。”作为农民——像陶渊明用诗意来消解苦难与艰辛的农民，一直是我崇拜的偶像……

算了，还是先打住。写我父亲，却先说起了陶渊明，绝对有点离谱，也有点可笑——不会写诗的父亲咋会跟陶渊明搅在一起？

也真是，你陶渊明是诗人又怎么了？——如果让我父亲知道，按他的脾气，他一定会这样说；按他生活的款式，绝对是不会跟陶渊明搅在一起的，他就是他，他只做他想做的农民。

父亲心目中的农民，一定不要写什么诗，诗歌对农民而言，简直就是狗屁——诗歌能当饭吃吗？作为农民，你就在泥土里刨食好了，一寸泥土一寸金，一粒粮食一尊神；农民的信仰与诗歌无关——这就是父亲所认的理，也是不成文的内心逻辑。

我身体先天孱弱，还多病，自从我降生以来，就没有一天消停过，最后留下了一副羸弱的肩膀。一开始，父亲就火眼金睛地看出了我跟一个农民的距离，然后就是彻底的失望。

我可以对着良心起誓：我是很愿意如父亲所希望的那样，做一个合格的农民的。对一个农民必备的一切，我其实是入脑入心的。只可惜我失败了，我孱弱的身体根本扛不起泥土上的生活，譬如我始终背不动一张用来打稻谷的达斗；又譬如我只要多挖几锄头，双手就要隆起血泡……这不是锻炼所能克服的，在我看来，它更像某种宿命……

父亲只是喜欢一个人默默地干活，从不需要我插手，即使给他打打下手他也不愿意；在看着他一个人干得让我心痛时，我顾不了我有没有那个能力，就说："让我来干吧？"父亲则连正眼也不瞧我一下，只是继续着他手中的活儿，半晌后才慢吞吞地说："你看你那样子能行吗？"有时候甚至不答话，就当我不存在——在我二十岁时父亲这样看我，在我三十岁时父亲这样看我，甚至到我四十岁、父亲已近古稀时他还是这样看我，我的没出息就像一把利剑，几乎横穿了父亲的一生。

父亲看重我则是近几年的事。近几年，父亲偶尔会把我作为他的骄傲——他会对村人说起我，他说你别看那小子长得弱小，却也弱得有点名堂呢！末了，他还忘不了要重点补充一下，说那小子不单混了个小科级干部，还会写文章呢，听说文章还发表到北京的大刊物上了……

我叫父亲别再这样说，理由是我混得其实很不好。"谁说你了，有时间我就当我的农民，我土地里的农活忙都忙不过来，谁有闲工夫说你那些破事了……"父亲不承认（我就知道打死他也不会承认）；但至少他说的有一半是事实：那就是他一直在做他的农民……

父亲对于农民的身份是很有感情的，近些年，当父亲老去，当他一次次拒绝我劝他到城里居住时，我就真切地发现了一个事实：他在土地上生活了一辈子，这辈子他已经无法离开土地了。一辈子的农民生活，让他把自己当成了一株庄稼，深深地扎进了泥土内部——父亲所有的秘密正藏在这里；就像捉迷藏一样，在转了多年绕了很多圈后，父亲突然撩了撩他的衣衫对我说："你看，你要寻找的全在这里……"

只是父亲没有想到，他的农民梦——他所建立在泥土上的内心宫阙有一天会坍塌，彻底地坍塌——不是他老了没力气再干下去，也不是他厌倦了土地而抛弃它，而是有一天，土地全被政府征拨；这一天确切地说是二零一二年的某一天，阳光被秋风洗得格外清凉，村庄新近又添了几座坟茔，父亲则像一根经霜的枯草，已近古稀的年龄染满寒意；但他还是那样站立着，看得出他一直在努力使自己颤巍巍的身子保持多年前的姿势，他显然在送别，又似乎在凭吊，他静静地看着被压倒的庄稼，一块块被凌乱所复制的土地……终于还是控制不住，一串浑浊的泪滴在风中落下来……

也就是这天，父亲叫我回村去。晚上，阵阵秋风从老屋上刮过，月光清凉似雪，照彻村庄的同时，也照彻扑朔迷离的时光——就像一些意味深长的词句，瞬间出现了，瞬间又散落了；它甚至让我想起一只在月亮地里忽隐忽现的神秘的银狐，它为暗示我们而来。父亲深深地吸了一口旱烟后问我："你说农民丢了土地，还是农民不？"我说："是，也不是。"父亲疑惑地望着我："究竟是，还是不是？"我沉思了半晌，最后说："不是，但似乎也是……"

唉，我又怎能说得准呢？——到最后，我还是让父亲失望了！

衰　老

一念之差便落叶纷纷
天凉了，每滴泪都温暖诸佛
世间事已经旧得不能再旧了

据说是仓央嘉措的诗。我喜欢那种神秘的气息，忧伤的气息。

它跟我对衰老的想象与重构很吻合，它甚至可能还是父亲此刻的画像。

只不过那“一念之差”是属于我的。此前，关于父亲，我并没有想过有关衰老的话题，我一直认为时间还很长——我一直认为还有很长时间留给我们，我完全可以有充裕的余地去等待，我甚至想：等某天父亲衰老了，我就从匆忙的尘世抽身出来，拉着他的手一起看一次落日，看一棵被夕阳染红的枫树，看一朵夜来香在月亮下静静绽放……就像多年前他拉着我看春天的蝴蝶与繁花锦簇……

某一天，当我从那首神秘的诗歌里抬起头来，我却发现父亲已经老去多年，就像一件旧去的物事，在那里，落叶纷纷中，他一次次目光混沌，遍野的皱纹一如秋日的时光疯长——

这种发现是痛苦的，因为我突然明白：这个尘世一直在制造遮蔽，我们一直在迷失——时间的假象总让我们忽略，忽略身边的事，忽略我们最亲爱的人，甚至包括忽略我们自己。

可是父亲偏不这么想。在我这样想时，父亲再一次表现出了他的倔强，父亲总是说他还不老，说他还能做很多事——尽管他只要一坐在椅子里，整个人就像一堆散架的泥巴，似乎只要轻轻一抽手，那些泥做的骨肉，立刻就会水一样流失。

父亲不愿露出他衰老的破绽。一个最突出的表现是，父亲依然坚持一个人住在村里，先前土地还没有被征拨时，他依然像年轻时一样种庄稼，年复一年，从未停歇；土地被征拨后，他就养猪，养很多的猪，一批接一批地养——渴望赚钱倒在其次，父亲一直在向我们证明：他还能干活，他还没有衰老。

父亲甚至还不给我们打电话，当我们打电话过去，他总有几分不满地说：“没事打什么电话呵，何必花那点电话费？”他始终漫不经心，甚至认为我们打扰了他。但我知道，他不给我们打电话，不愿意我们给他打电话，实际上只是想装着没事——你想，一个整天在电话里跟子女絮絮叨叨的人，不是真的老了吗？父亲可不愿意这样。

后来我只好换了方式跟父亲说话，我不说他老了，只说他患了颈椎骨质增生，不要再干农活了——我真怕无休止地干活会加速父亲在尘世的走失。但他立即就明白了我的用意：“人又不老，一点骨质增生算什么？”父亲显然是时时提高了警惕，他可是个有心眼的人，他绝对不会让我们发现他任何衰老的蛛丝马迹。

父亲的倔强已到了不可理喻的程度。即使生病，也不让我们送他进医院，理由不是怕花钱，只是说他还不老，一点小病小痛还能扛得住。记得土地没被征拨时，有一次他去给稻子打农药，结果被熏晕了。把他送进医院，他一直大吵大闹：“吸进去一小点农药算什么？我又不是老了……”到最后竟不顾一切拔掉针头回村去了。我们跟着追上去，他愤愤地回过头骂：“你们真以为我老了？”一副谁说他老了就跟谁势不两立的样子。

私下，父亲却一直在偷偷地为自己治病。他配置的各种草药摆满了屋子，只要我回去，父亲就会紧紧跟着我，生怕我发现了什么秘密；未等我开口，父亲往往先发话了：“我最近又研究了一个药方，效果绝对很好……”或者是治风湿的，或者是治肾结石的，每一次都会说出一些新的病名，唯独不会说到他自己所患的病。父亲一直在绕道走，一直想要引开我落在他身体上的视线。

有一次他却露馅了。他研制的草药让他自己中了毒。这次我出门不在家，据说弟弟将他送到医院时，他还跟弟弟“抬杠”了——他还是想要扯掉针头，他说他根本没有中毒，他要立刻回村里去。据说弟弟是真的生气了，弟弟说：“你如果想死，我立即叫医生来拔针！”“我就是要拔，你看我会死不会！”据说最后还是医生出面，好说歹说，父亲才算接受了，但嘴里还一直唠叨个不停；输完液，趁弟弟去窗口结账时，一个人拦了辆货三轮就回村了，打电话也不接，让弟弟慌忙了好一阵子。

有好几次我跟弟弟说，按父亲不服输不服老的性格，到他自己觉得扛不住时，会不会选择自杀呢？弟弟说很有可能，所以我们必须高度警惕，就像他警惕我们一样——那一刻，我们兄弟俩都觉得了沉沉的荒凉；可是父亲却一定不会这样想，在他看来，他甚至认为这是在帮我们，因为他一直不愿给我们添麻烦，但他又何尝知道：尘世毕竟是琐碎的，也是鸡毛蒜皮的，更是牵牵绊绊的。路易莎·梅·奥尔科特说："爱是我们去世时唯一能够带走的东西。"一个人离开尘世，所带走的、所留下的"爱"，其实正是"牵牵绊绊"的一些琐事，但父亲会明白吗？

父亲是真的老了：不管他承不承认，事实早已不可更改。除了他越来越明显的脆弱外（父亲越是倔强，越显露了他的脆弱），父亲的脊柱也越来越弯，逐渐变成了一张弓，时间的分野在一张弯弓上早已棱角分明，年代渐渐向深——父亲从那里走过，每一步都像趔趄；每一步都像是在走向深渊；每一步都像在丈量尘世的长度……

每一次，我都觉得了尘世的深与重，只是我不明白，一滴能够温暖佛手的眼泪，是否能够温暖我们永世落寞的灵魂？

我的初中履历

供销社

供销社在学校教学楼背后，中间隔着一块空地。我是第一个住进供销社的住校生。那是一九八四年，我上初一。那时供销社虽然有很多废弃的宿舍，却没有对学校开放。负责经营供销社的是我家一个远房亲戚。我因此就有了一种自豪和优越感。这种心理一直让我记住了很多年——很多年后，我就开始想，这或许也是人性和欲望的一种折射。我甚至想，一个人与世界和生命的对话，其实是没有底气的——在虚荣的背后，往往是我们内心的惶惑与悲怯。我就是这样的，一九八四年，我十一岁，年龄和个子相对小的我，除了学习成绩外，课余的一切表现都不如同学们。一个姓罗的同学就曾经在篮球场上奚落我个子矮小——他尖酸刻薄的措辞和同学们的哄笑，让我第一次感觉到自尊的被侮辱和伤害！所以关于供销社，关于我与供销社的远房亲戚的关系，似乎就成了唯一维护我尊严的依凭。尽管这份依凭从本质上仅是属于内心的自慰，但它一定程度上给了我行走的勇气。

供销社的房子是瓦木结构，分为两个部分，一部分是供学生住宿的宿舍，另一部分是经销用房，两个部分被一堵坚实的墙壁隔着。

经销用房共有两层，楼下是销售处，楼上住着我的远房亲戚，清一色的木地板——这一直让我觉得干净乃至奢侈，这已经是我那时看见的最为舒适的环境了。我第一次走进亲戚家时，双脚几乎不敢着地，总怕自己的鞋子弄脏了地板。但我终于硬着头皮踩了下去，而且还在那瞬间感觉到有一股绵密和酥软的木头气息从脚底升腾上来，直到进入心肺。我是局促的，这种在我看来极为奢侈的气息，彻底打乱了内心的平静。它像一把利刃，一直在对我的思维切割并重组。自惭形秽或者是一种向往，让我想要有逃离的冲动……在最初的时间里，我第一次感知了跟这个世界的距离。

供销社就在乡场的边上，虽然并不在中心，但它特殊的功能使得这里一直是乡场最热闹的聚集地。其中最热闹的就是人们争着买煤油的场景。我总喜欢站在二楼的教室里，靠着橙黄色的窗台，静静地看着他们。他们没有排队，互相挤嚷着，他们实际上是在互拼力气——多年后我想这里其实也是一个残酷的竞争场，优胜劣汰，力气弱小者只能盘旋在人群之外，无法置身其间，对一斤或是两斤煤油的渴望，就这样见证着生命的一种存在。而我的远房亲戚，似乎无暇顾及这一切（也无需顾及），总是泰然地端坐中间，不断从人们头顶接过瓶子，熟练地从油桶里舀出煤油，然后往瓶里倒进去。一连串的动作，不断的动作，他做得滴水不漏，近乎无可挑剔的某种手艺。于是我就想，如果有一天，我也跟他一样，能坐在人群中间成为众目眷顾的神，那该多好。我不敢确定这就是我最初也是最大的理想，但这种认知无疑让我牢牢记住了供销社——它分明是一个充满诱惑的词，记录着我成长的某种烙印。

而后来的一起凶杀事件，则更让供销社成为一种深刻的符号，镌刻在我经年的梦里。当时，一个因为赌钱负债累累的教师到远房亲戚家实施抢劫，他的头部被砍了两刀，仓皇中挣扎着逃出了供销社，躲过一劫。而他的妻子，则在与凶手搏斗中被拧断脖子，血几乎染红了整个木地板，所幸凶手没有对正在睡梦中的五岁的儿子下毒手……现在，当那幢瓦木结构的房屋连同供销社这个特定的词，在时光中已然走失，我却固执地想用这个案子的结尾作为这段生活的收束——就在案发不久，那个教师在逃亡的路上被抓捕归案并被执行枪决。就在此后，我的远房亲戚调离供销社，进了县城，重新结了婚，又生了个儿子……而学校，也很快恢复了平静。日子，很快又回归到正常的教学秩序中，没有谁再提起有关供销社的任何往事——远房亲戚妻子的消失，就像一次平常的事件，很快就被日常所淹没……

大寝室

大寝室位于校门边上。说是校门，其实并没有门，只是由两幢瓦房的两堵墙壁构成两道屏障，中间留出大约三米长的空地，人们都习惯称它为校门。这是进入学校的唯一通道，有无铁质或是木质的门，已经并不重要——门的存在，仅是一种心理上的认同。

沿着这道门，向右一拐，最多三步，就可以进入大寝室。大寝室先前是小学部六年级的教室，一排长约两百米的瓦房。据说是这所学校最早的教学用房，至于修建于何年，由谁所修，却无确切时间可考。

但我终究是不可能在意这些的。我所要关心的，是从这里出发，然后驶向某个彼岸——考取中专或者师范，领取每月固定的一份薪水，跟“农门”告别。这不单是我一个人的理想。那时，扛着行李走进大寝室的同学们，大多跟我一样，内心所想的，就是一所中专或者师范学校。那时，我们这些六十年代末和七十年代初出生的学生们，一读到初三，就迫不及待地进入了中专或者师范，选择最稳当快捷的方式，急速离开“农门”。我们生怕弄出任何差错，对高中和大学的门槛始终持拒绝的态度。

正是因为这份共同的心理，大寝室的秩序始终平静井然。几十张床铺，排成两排，中间留出一个过道，就这样静静地立在那儿，每张床铺下面，摆放着一个木箱子和一个洗脸洗脚共用的瓷盆。床铺与床铺间从来都相安无事。我在这间大寝室住了整整两年，从没发现谁与谁发生过不愉快，同学们的单纯和无暇旁顾，使大寝室充满了肃穆感。

但后来，一件意料之外的事还是发生了。它的发生，一定程度上让大寝室的记忆更加圆满，仿佛某种补充和延伸，让我窥见了初中生活或是生活之外的另一种见证。

时间是一九八六年。事件的缘起是因为干旱。那一年，从早春时节起，一直到夏天，落雨量少得很是惊人。以致所有的水田都改种了玉米，最后发展到很多水井干枯，饮水困难一直考验着人们生存的智慧和耐性。因为饮水问题，原本平静的大寝室再也无法平静。

每天放学后，要做的第一件事就是四处寻水。当听说学校附近有一个地下洞，说洞里有一个深滩时，我们几个同学就走了进去。那是一个黑暗幽深的洞穴，从洞口进去几步后，就只有一道微弱的光线飘荡其间，加上一股清凉的气息扑面而来，更增添了这里的神秘和恐怖——仿佛置身一座迷宫，许多不确定的危机，仿佛随时都可能把我们吞没。头顶悬垂着地下水凝淀出的钟乳石，参差错落，使得原本狭窄的空间愈加逼仄。我们几乎匍匐着，像一群朝着远方挺进的蚂蚁。水源就在前方，我们必须穿越这条狭长的通道，我们义无反顾……就在这样的背景下，意外的事件终于发生了。那天，一个陈姓的同学硬说王姓的同学偷了他的水，两个就此发生争执，最后就动起手来，最后陈姓同学用一把水果刀刺伤了王姓同学的头部……这几乎成了全校最大的事件。那时候，学校的各种纪律制度非常严格。对所有犯了错误的学生，从来都没从宽处理过。在这样的前提下，陈姓同学最后被学校开除。我至今仍记得陈姓同学收拾东西离开大寝室的场景——他的双眼噙满了泪水，但他始终没让它滴落下来。他也没说什么，但能明显感觉到他当时的委屈和无奈。他的学习成绩其实是很好的，但就是因为水，因为一时冲动，使他先前所有的努力都前功尽弃，他的关于跳出“农门”的梦想从此化为乌有……此后，我再没遇到陈姓同学，也不曾得到有关他的丁点儿消息。只是当想起大寝室，就会不期然地想起多年前的一双泪眼，就会突然有一种黯然神伤——我不知道这是缘于一种惋惜或是不止于惋惜，但我相信，如果不是这个偶然的事件，陈姓同学的命运一定会是另一种走向……

油 菜 花

进入初二或者初三，许多同学就进入了青春期。许多女同学的胸脯开始隆起来，许多男同学开始长出胡须，就像春天的油菜花一样，当几阵春风吹过，金黄的花瓣就开始冒出来，及至在春天的阳光下不断泛滥……

其时，我一个人坐在遍野的金黄里，一边看着书本，一边就鬼使神差地想起了一个女同学的身影——她的浓密的睫毛，又大又圆的眼睛，微笑时嘴角漾出的两个浅浅的酒窝，还有长长的秀发，总会穿过这耀眼的金黄进入我的眼帘。她像一个魔——我不断告诫自己，她最具颠覆和毁灭性，一定不能让她缠住，否则那个跳出“农门”的梦想就会被她碾碎。我努力地闭上眼睛，然后又睁开眼睛，想要彻底驱逐那魔——我想，我一定要保持内心的平静，必须把来自体内的那份灼热化为清凉，不能有一丝的躁动。

但我彻底失败了。一个最明显的现象是我总爱在课间跟她打闹。不管她是否愿意，我总想尽各种理由对她进行挑逗，不管她是高兴还是生气，只要她对我有所反应，我就觉得无比的愉悦和踏实——她的身影就像一个魔，在明处或是暗处诱惑着我。我不能自拔……我最终为我的行为付出了代价。原本领取一等奖学金的我，竟然有好几门功课不及格。我后来甚至参加了一次集体作弊——在一次平时测验几何时，我和几位同学无意间发现老师把刻印试卷的蜡纸随意丢在了球场边上，而此时，我已经有好几次测验不及格了，按捺不住对于高分的向往，我们小心翼翼地从球场边拾起了那几张刻印有试题的蜡纸……我们原以为这是一次秘密的行动，不承想很快就被其他同学告发，除了我们的考分作废外，还被写了检查。我记得我的检查一直写到第四遍，当其他同学都已过关后，老师还说我的检查不够深刻。而偏偏此时，老校长却出现在教学楼二楼的走廊上，在问清情况后，老校长长叹一声，说："哎，你在走下坡路喽……"他的声音很是洪亮，几乎整个校园里的人都听到了。我觉得羞愧万分，紧紧靠着走廊上的一根柱子，把自己藏起来。我不敢正视他——但我知道，直到此时，我仍然还在跟内心的那个魔玩着危险的游戏，她的召唤随时都会让我跌入深渊，直至万劫不复！

但我还是感到了些许安慰。因为除我之外，油菜花里的魔，一如既往地此起彼伏，而且比我的来得更猛烈。就在我考试作弊不久，一个姓廖的同学和同班的一个女同学（已记不起她的姓氏和名字）以油菜花为床铺，直接实现了彼此心里魔的交融……这件事直接导致的结果是他们双双被校方开除。他们似乎也无怨无悔，一起收拾好行李后就告别了学生时代。而我的堂哥和堂嫂，则是主动出击，在把青春的萌动与油菜花一起燃烧后，不等学校下发开除通知，就主动收拾行李离开了校园……我虽然暗暗羡慕他们，最终还是为自己没有出轨的行为庆幸。我甚至觉得完成了自我拯救，相比他们而言，我内心的魔只是一个不为人知的秘密。

而我对于心中那个魔的驱逐，还要感谢我的一个姓杨的同学（我觉得感谢这个词并不准确）。他还没读完初二，就被他父亲送去参了军。事情就发生在第二个油菜花盛开的春季。从部队回乡探亲的他，在油菜花里跟我暗恋的那个女同学做了爱……我不知道是出于强迫还是自愿，一个事实是此后不久，那个女同学就悄然离开了学校。我觉得很是气愤。尽管只是暗恋，但我还是觉得了一种被人羞辱的感觉。好在这种感觉随着女同学的离校很快消失，我也很快恢复了最初的平静。我终于重新在油菜花里坐下来，终于觉得心静如水……

现在想来，从一簇油菜花出发，我的那些青春往事，就像一些蜿蜒曲折的通道——残缺的，完整的，那些美好和忧伤，那些幻灭般的影像，早已支离破碎，仿佛朵朵破碎的梅花，如血，在肌肤的冰凉里独自绽放。

煤 油 灯

一个没有墨水的墨水瓶，一个用铝片制作的灯管，一截搓成细绳并从灯管穿过的白纸，组合在一起就是一盏煤油灯了。

煤油灯是那时学习的必需物。没有电，上晚自习时，煤油灯算是一道风景。制作各异的灯盏参差不齐地摆放在每张课桌上，就像一些并不规整却极有秩序的排列和组合，参差错落。明亮不一的光焰燃起来，最后汇成一股强烈的光芒，使得宽大的教室如同白昼。

这让我很是触动。那些光焰的温暖与质朴，直到现在，依然让我想起自己或者时间的履历。

那时的教室，窗户总是没有完整的玻璃。不是整扇窗户空着，就是只剩半截玻璃摇摇晃晃地插在里面，尽管校方不断地更换，但要不了多久，又恢复了原貌。不完整的玻璃，总会让风吹进教室。为了不让灯熄，我们总是把一本本的书卷打开来，挡住风，企图用它罩着灯盏。冬天风大，就把几张课桌并拢，然后把各自的灯盏集中起来，我们想当然地认为这样就可以增强灯光对风的抵御能力，如同屏障。事实是否证实了我们的想法，我已经记不得。只是我们无疑为此温暖不已。几个同学，就这样挤在几盏煤油灯的光焰下，为着一个跳出“农门”的梦想，不断唤醒我们的执着。远方是荆棘丛生还是一路坦途，我们没想过，也不曾仔细想过。只是相信，在这里，我们一定是抓住了什么，我们踏实而又温暖。

那时我们都很用功。谁都不愿意离开教室。即使夜色逐渐加深，也总有人把自己深埋在一盏煤油灯下。有一个夏夜，高我一班的几个女同学先是按学校的作息时间下晚自习，待老师都休息后又悄悄摸回教室。下半夜，突然电闪雷鸣，暴雨如注，一直持续了很长时间。山洪很快暴发，并淹没了校园，位于低处的楼房都灌进了水，老师们纷纷被惊醒并及时组织我们转移。我就在此时看见了教室里忽明忽灭的煤油灯光，并听到了她们恐惧和无助的尖叫——她们一边不断点亮被风吹熄的煤油灯，一边不断尖叫……我们虽然置身在洪水中，但有老师在场，还有众多同学相互搀扶，所以并不觉得害怕。她们却仿佛置身一座孤岛……我无法确定那时她们是否想起了什么。只是后来听她们说起一个细节，不管大风如何肆虐，她们唯一要做的，就是要坚持点亮煤油灯，只有在一丝的光亮里，她们才会觉得自己没被雷电和暴雨所吞噬……

而我，当我在那个夜晚，也独自点燃一盏煤油灯时，也有跟她们一样的感慨么？

同样是一个电闪雷鸣、暴雨如注的夜晚。因为周末，同学们都回家了。我一个人待在寝室，把讲义夹放在床上，煤油灯放在夹子上，再找来一块用作凳子的石头，然后开始进入那些文字和习题。全身心的投入让我忽略了那场雨，霹雳般的电闪雷鸣仿佛与我是不相干的两端。我不知道时间的指针已滚到几点（整个初中，我都没有计时的钟表），只是逐渐睁不开的眼皮告诉我已到了深夜。我不知道他是何时走进来并站在我身后的，不知道他站了多长时间，静静地注视了我多长时间。只是记得，当我终于从煤油灯的光焰里抬起头来，他就吓了我一大跳。他说："小子，你这是玩命喽，雷声这么响，雨这么大，你竟然还一个人在这里用功……"他是伙食房的老头儿。他说他怕伙食房被洪水灌进来所以冒雨前来观察。他说他是被我的灯光吸引来的。他没再说下去。只是离开时，从暴雨中回过头扔下一句："小子，快睡吧，学习也不是唯一重要的……"在又一阵闪电和雷声中，他的声音跟他消失在暴雨和黑夜里的身影一样缓慢和神秘。那晚，我始终没有睡意。躺在床上，总想着他的身影他的话，似乎明白了什么，又似乎什么也没明白。那晚，我始终没有吹熄煤油灯，直至油尽灯枯……

只是多年后，我却突然想找到那个老头儿，问一问他那晚扔下的话，是否有着偈语般的意味深长？只是，当我终于打听到他的消息时，他却已经去世，这个秘密，注定只能随时间跟他的肉身永远尘封了。只是，我无疑记住了一盏煤油灯，和那些属于上世纪八十年代末的初中生活。

同 学 们

先说说蔡大勇和朱华贵。那时，蔡大勇成绩最好，我第二，朱华贵第三。整个初一，我们仨人一直是老师最喜欢的学生，同时也是同学们羡慕和嫉妒的对象。到了初二后，因为各种原因，我的成绩开始下降，蔡大勇和朱华贵却仍然保持了强劲的发展势头。到了初三，蔡大勇以全县第一名的成绩考取了西安航空学校，成为学校第一个应届生获取最好成绩的人，他的名字也因此作为正面宣传的典型在学校传播了好几年，成为老师们的骄傲。朱华贵考分虽没有名列前茅，也上了师范录取线。那时往届生很多，应届生能考取的几率，几乎为零。所以蔡大勇和朱华贵，一度让学校激动和振奋不已。与他们的成功相比，我却是黯然的，尽管我后来用了功，但还是以一点五分之差被淘汰。

蔡大勇从此走了。从此后我再没见着他。只是后来遇着他大哥，才得知他中专毕业后进了一家企业工作，后来企业改制，下了岗，从此四处打工，就连家人也不知道他的确切行踪。至于朱华贵，毕业后分回出生地的村校教书，一到那里就没挪动过，也不想挪动，在那里结了婚，生了孩子，还修起了房子。我后来因为工作关系，到他的学校检查工作，遇着他时，他竟然有几分局促和不安。这让我总觉有些悲凉，总觉得这就是时间的作用——时间的刀刃总要把一切的存在割成碎片，让所有的一切变得似是而非。

夏成丽和张厚芬是初二时来插班的。她们都长得漂亮，而且家境不错。夏成丽的父兄是客车司机，家里拥有两辆客车，是她们那个乡镇的首富。张厚芬的父亲是个干部，听说还任了一个不小的职务。她们的到来，使同学们的眼球受到从未有过的刺激——她们的穿戴，跟我们破旧的衣服裤子形成了鲜明对比，让我们无限自惭形秽。她们成绩不是很好。她们到这里来插班，其实也没有抱着要考取学校的希望。她们就说过，只要混到初三毕业，父母就可以给她们找一份工作。后来，张厚芬果然到某乡镇当了一个半脱产干部。而夏成丽，却没有兑现曾经说过的话，只是嫁给了一个同样当客车司机的小伙……而不久的后来，她们竟然相继死亡。张厚芬是在一次由县妇联组织的参观活动中翻船死亡的，一条船上的三十多个妇女全部死亡，把尸体捞起来时，三十多个妇女还紧紧抱成一团，死前的挣扎与恐惧让人触目。夏成丽则是死于疾病，至于是什么病，我至今不知道。死的时候，她们都不超过二十岁。

王辉与周康。我之所以把他们排列在一起，主要是多年后他们的命运几乎保持了高度一致。他们也是跟我一起考取初一的。但他们却是两种不同的学生。周康成绩不错，除了蔡大勇、朱华贵和我之外，他就是第四名了，而且他还是后来全校唯一上高中准备考大学的人，他的前程让老师们充满了期待。王辉则是成绩最差的人，由于个子矮小，体格瘦弱，他父亲怕他干不了农活，非要强迫他读书考学校。但他始终无法专心于书本，每次考试几乎都是倒数的名次。而让我最感兴趣的，就是我刚才说到的他们最后的命运——周康高中毕业后考取了贵阳医学院的专科，但因为他一直认为以他的实力完全可以考取重点大学，所以在读了一学期后再次回到高中教室补习，后来却出乎所有人的预料连专科也没考取。最后匆匆回到村里结了婚，并一口气生了三个女儿。为了生一个儿子，从此踏上“超生游击队”的漫漫路途……王辉也是这样，回村务农后一口气生了四个女儿，后来举家搬到昆明，一边拾垃圾一边躲计划生育，不到三十岁的人竟然爬满了五十岁的皱纹，我后来还听到了他的一个笑话，说是有一个四十多岁的人给他借火点烟时，竟然尊称他为老人家，并问及他的年龄。他很幽默，他说：“还不算大，才五十多一点……”而在当时，他真实的年龄也许就是二十九岁……

忧郁，如花盛开

忧郁，如花盛开，我相信有这样的尘世，亦有如此的女子。

我的小姑便是。在她那里，除了婚后不长的一段时光，其余均是惆怅与惘然的，就像一地的花，乱蓬蓬的，越是繁盛，越是透出那藏着的落寞。在小姑身上，我始终觉得，花开亦可作悲催的理解，花开的过程，即是忧郁丛生，热闹褪尽。

小姑的忧郁，缘于她的婚姻。正是负心的小姑父，让小姑成为那忧郁的主角。由此，我还会想象到在某盏孤灯之下，有一双被尘世所遗弃的眼睛，幽怨的眼睛，仿佛在尘世之外，水一般漫漶，就像多年前的场景，宛若时代与时间的深凉。

小姑跟小姑父的婚姻，走的是媒妁之言。从这个层面而言，小姑亦可视为旧时的女子。至少是，她的心灵依然是属于旧时代的，她只需在一句媒妁之言里，便可将自己的生命之花交付出去。

小姑嫁给小姑父之前，从未见过小姑父，只是在择定的某天晚上，小姑父租了一辆东风牌汽车来，就把小姑接走了。《诗经》中尚有“以尔车来，以我贿迁”的暗自约定，身在《诗经》之后的小姑，却连此也不需要，只觉得父母择定的日子，便一定是自己的良辰佳期。小姑出嫁的过程我大都忘记了，只记得有一轮清清的月亮，挂在一树红红的桃花上，多年后，仍然觉得它还挂在那里，小姑也还在那月色与桃花的照耀下。

小姑出嫁时，我为她送亲。先前我只觉得好玩，甚至为能坐上汽车兴奋不已。到小姑父家后，我却开始慌了。我原以为小姑只是走走亲戚，稍后还会回去。按我们当地的风俗，送亲客一般要住三天才能回家。但到第二天，我就吵着小姑，要她跟我回家去。小姑笑盈盈地说这里就是她的家了，她从此不回去了。我一急，便大哭，只觉得小姑是一个人在外了，只觉得那在外的人，必定要被人欺负的。

我亦是送亲时第一次见到小姑父。那时他纯正的一个白衣少年，白色的衣襟像阳光下灿烂的花朵，耀眼照人——我先前以为这些词，是专为形容女子的，现在斟酌起来，用给那时的小姑父，倒也贴切。但我对小姑父并没好感，总觉得那灼人的颜色，很刺眼，而且能伤人心，总觉得是他从我们手中抢走了小姑。

之后，我便开始对着某条路发起呆来。小姑父家大门正面有一条路，绕过一座山后就消失了，不知道它要去往何方，只觉得也许很远吧，甚至想，很可能小姑正要往那里去，并跟它一起就快看不见了——总之是一份恐惧和对于小姑的不舍紧紧布满我的内心。那时我还是个孩子，历经三十余年，这个场景依然还记得，可见其对我的影响有多深。当然，三十余年后我更趋近于相信，这一刻的出现，一定是某种神示，告诉我小姑此去的命运。

小姑嫁给小姑父之后，大约七八年光景，也算是岁月安好，人世也还在一份相濡以沫里。结婚一年，我的大表妹便出世了，紧接着表弟也出世了，再两年，小表妹也来到了人间，表妹表弟们的陆续降生，使小姑越发认为，这一份安好的岁月，一定会地老天荒。而世事总在出人意料，就在小表妹出生不久，小姑父竟然有了外遇，之后，小姑一下子跌落到了深渊里，就像火与冰的两极，迅速转换的过程，一条原本平稳的生活之河，早已经彻底改变了流向。

这还影响到了我爷爷和奶奶的世界。奶奶在世时，小姑和小姑父的婚姻，还是春光明媚，一直到她逝去，一份温暖依旧如火如荼，为此，奶奶应该是带着一个圆满的世界离去的。爷爷却不同了，奶奶逝去之后，爷爷又在世八年，八年时光中，小姑跟小姑父的婚姻，却已满目冰霜，而爷爷的世界，也因为这最后的八年变得残缺起来；多活了八年，却让他目睹了小姑婚姻的嬗变，比之于早逝的奶奶，爷爷倒真成了一个不幸的人了。

小姑独自手执灵牌为爷爷绕灵时，小姑父正跟另一个女子陷于男欢女爱中——这种近乎耻辱所带来的疼痛，却被小姑忍了下来。我们无从知道小姑隐忍的理由，她也从未说起，只是用一份沉默，抗拒着自己，也抗拒着周围对她表示关心的每一个人。

《子夜歌》有诗云："郎为傍人取，负侬非一事。摛门不安横，无复相关意。"真觉得就是在写我的小姑了；又觉得，在一首古诗里，小姑仿佛一朵花的开放，她只独自在那里，阳光或风雨均是属于别人的，内心的风起云涌或是平静如秋水，均只是她自己的世界。然而，越是这样，我越是觉得好奇，越是想要将她掰开来——尽管我也知道这肯定会有几许的残忍，但我终究是想要看那忧郁的生命，是如何经历这尘世的悲欣了……

小姑父是个屠户，在乡村曾经清苦的岁月里，虽然这行当又脏又苦，但一份亦算稳定甚至是可观的收入，尤其是一份经常能吃上油荤的生活，已经很能让人羡慕和向往了。或许正是因为这样的背景，总之就有另外的女子，时时向小姑父暗送秋波了。据说最初时候，小姑父亦是不为所动的，在他内心，我的小姑以及他的孩子们，一直牢牢地巩固着他情感的那道防线。后来我一直想，要是小姑父的那道防线最后没有被冲破，我小姑岁月安好的梦想，就不会被这尘世所粉碎了？但事实是，那道防线终究在不久后就崩溃了，而且一旦崩溃，便从此覆水难收了。

我们劝小姑，让她另找一个可靠男人。小姑却始终沉默着，甚至是拒绝的态度了。二十年前我们劝她，二十年后我们还再劝她，她可谓心如磐石，始终坚持一个人生活——只不知这一份坚持，是否也有一份对于往日情义的留念？也或许是对情感的一种无奈与麻木？总之只觉得就像一个秘密，只觉得在那里，有小姑透彻的忧郁。

说起小姑的被抛弃，倒要说到小姑父的堂嫂。在小姑身边，似乎只有她最支持小姑。据说有一段时间，这个堂嫂经常跟小姑一起跟踪小姑父，终于盯上时，这个堂嫂总要向小姑父发难……每次想起，我忍不住都会有那么一点感激，总觉得这个堂嫂，让小姑觉得了温暖，甚至是唯一的温暖。只可惜这个堂嫂后来上山干活时被一窝马蜂蜇死，据说当时小姑正在千里之外打工，一接到死讯，便不顾一切千里迢迢回乡奔丧，一份情谊让我动容至今。

在这个堂嫂逝去后，再没有谁能帮助小姑了。我们娘家人数虽然也还算得上众多，我们侄辈中，也有在省直机关上班的公务员，县上的科级干部也不乏其人，但就是没有谁能帮得上小姑，相比之下，这个堂嫂对她的帮助，更能切近她内心的所想。然而这个堂嫂的去世，终于成了铁的事实——这对于小姑，是否过于残忍了呢？是否在这个堂嫂去世后，小姑的忧郁就如那洪涛巨浪般汹汹了？我不愿去想，也不敢去想。

还有就是，此后，我再没听到小姑去找小姑父的麻烦了。估计是小姑觉得再没人可以帮她而势单力薄所以放弃了，也可能是小姑接受了铁打的事实而默许所以放弃了，也有可能是小姑终至麻木所以淡然而放弃了，不论怎样的缘由，都让我觉得无限的失落，总觉得在她堂嫂那里，小姑是失去了人生堪可依靠和慰藉的一个肩头。

二十年来，我的小姑父，女人换了一个又一个，像着了魔似的，先是跟一些离异了的女人鬼混，后来索性是没有离异的，他亦要去招惹一番。终于有一次，他差点就被某女人的丈夫砍死了。据说他当时一个人挣扎着到医院，当医生问他有没有亲人时，他始终沉默着，不说有，也不说无，一个人躺在冰冷的手术台上，至于是如何挨过，又有如何的想法，却已经没人知道了。只是需提及的是，正当我们为小姑父的这一遭遇幸灾乐祸时，小姑却只是冷冷地看着我们，不说好，也不说坏，一份几乎可以让人窒息的沉默，似乎在传达着她五味杂陈的内心，也让我们再一次怀疑，关于小姑父，无论如何总还占据有她的心灵。

倒是小姑父的孩子，即我的表妹表弟他们，就在小姑父抛弃小姑的时间里，早已经长大成人，他们当然不会赞成小姑父的所作所为，甚至是，他们已经把声名狼藉的小姑父视为了耻辱，一个突出的表现是，即使是表妹们出嫁时，她们姊妹亦不许小姑父回家来，水火分明的态度，按理该算是对小姑的安慰了。只是我深信，小姑其实并不需要这种安慰，一方面，她虽恨着小姑父，却又对之抱着一份不舍，甚至极有可能怀着等待小姑父回头的心愿，——即使多年，只要那个人一旦回头，她全部的痛和恨都会在瞬间融解，并会立即践行那“与尔同死”的誓言？另一方面，往常理说，在长达二十年的时间里，小姑从一个少妇到孑然老去的过程，其间的忧郁，任何安慰的形式，不过都是某个虚幻的影；即使真的有一份原谅，一份妥协与和解，再一份不曾变更的生死誓言，其间空耗的容颜，却将注定无法止息，无法愈合了……

还有另一种可能是，小姑的忧郁，如今似乎跟小姑父无关了。

小姑的忧郁，如今已转移到了我表弟的身上。原因是表弟的姐妹早在几年前就已经出嫁，并且都有了孩子。唯独表弟，人近三十依然找不着对象。这一直让小姑忧心如焚。在农村，人近三十未结婚，已经是一个很危险的年龄。为了能让表弟尽快结婚，小姑四处托人帮忙介绍对象，但每一次均因为表弟家不像家、业不像业所告吹。为此，小姑还倾尽积蓄，帮表弟盖起了一幢楼房，有那么一段时间，小姑甚至不再外出打工，就如从前一样在家当起了家庭主妇，只想让有女子来相亲时，觉得表弟有个热气腾腾的家。

如今的表弟，依然迟迟不见结婚的可能。虽然也有几个女子前来相亲，但一离开家门后就再也不回头了。如此几次后，当存折上的钱越来越少时，小姑包括表弟在内终于都熬不住，复又再次出门打工了。有一次，我从小姑屋前路过，那瓷砖及铝合金门窗依旧明亮，只是院子里却已经杂草丛生，似乎人已经走得很久的样子。我本想走进去站站，哪怕只是那么一瞬间。但我终于放弃了，总觉得在那里，有小姑忧郁的目光流淌，如秋风，如寒霜，直至刀子般掠过，让人不堪承受。

从那里路过仅一次，但后来的日子，那一瞬的情景，却已经定格在了记忆中。甚至是梦里，那一瞬也会纷至沓来，宛如不断闪现的蒙太奇。醒来，我便觉得，其实不单是小姑忧郁，包括我在内，也跟着忧郁了；小姑的忧郁，分明已经感染到了我——我亦是担心表弟，也担心小姑的未来了。我一直在想，小姑可以不要小姑父，但小姑一定不能缺少表弟，而表弟能否成婚，却是关系小姑世界的能否圆满，正如当初她世界的残缺关系到爷爷一样……

事情到此，我更确信在这尘世，在小姑，那忧郁，的确是如花盛开了。

如一场寂寞花事，独自在深山，四周空荡，只有风从那里经过。一双眼睛，一颗心，只独自在那里，阳光越灿烂，那一份内里的心事也就越寂寞；在寂寞处，我再次确定，花开的过程，其实就是花谢的过程，甚至是，如红消香断的尘世与情感之类，亦能在那意境中寻觅。

直到如今，小姑父仍然没有丝毫的悔意，一直没有回家的任何迹象，不说小姑，即使是他的子女，也似乎跟他没有任何关系了。也或许是他因为多年的不务正业而导致此时的穷愁潦倒，即使有心也终于无能为力？也或许是他觉得，凡事就像流水，一旦流出去，不论对错，也就没了回头的可能？总之是，他跟这个家是越来越远，并似乎就要彻底消失在各自的视线之外了。而我的小姑，却分明是越来越苦，不论是物质上的，还是心灵上的，都越来越像那一场寂寞花事，并就要像那《红楼梦》里的“试看春残花渐落，便是红颜老死时。一朝春尽红颜老，花落人亡两不知”的苍苍之境了。

而此时此地，我最想弄清的真相是，不知道当表弟成为小姑为之忧郁的对象时，小姑父在小姑心上的位置是否就退居到了其次？甚至被忽略？我不曾问，亦不敢问，只想当然地认为，如果小姑真能忘记小姑父，对她而言倒是一件幸事。因为我始终觉得，如小姑父这样的无情义的男子，是不配有女子为其惦记和牵挂的，即使是一份没有任何分量的对他的沉默、隐忍和宽容，亦是不配拥有的——然而，我又真切地知道，很心疼地知道，世间偏有这样的女子，往往要在一份执着里飞蛾赴火……

现在，我几乎寻不到小姑的踪影了。电话总是打不通，亦不知她打工的确切地址。只知她并没走远，就在我所居住的县城打工，有时给馆子洗碗，有时给私立学校煮饭，总之都是临时工，居无定所。我曾几次按别人提供的线索找去，均未得见。也不知是小姑真的不在，抑或是她有意回避于我？若是前者，倒也不必在意；若属于后者，于我而言，便是莫大的寒意了。想当初，我为小姑送亲，送她远去，而如今，她或许觉得，即使再亲的人，对她而言亦没有任何实在的意义，她自己的生活，终究只能由她自己承受，所以便选择回避了——若真如此，我想，那忧郁，就不仅仅是小姑的，也不仅仅是我的，而是属于整个尘世，在那里，一切的情感，一定都是透彻的疼痛，只是她是悄然的，不为人所知，也不愿让人知，就像多年前，当我跟小姑一起被推上那辆东风牌汽车，当车门被关上，我就坠入一片暗黑和摇晃中，再没看见那轮月亮和一树桃花是如何落下……

一家人的生命刻度

母亲的一九五八

母亲的记忆总是定格在一九五八年。母亲常会跟我们提起她的一九五八。

母亲说，一九五八年，她八岁，她开始跟大人们吃“大食堂”。在她出生的那个叫作羊场坝的村庄，所有的粮食都集中在公房里。所有的人每天每顿饭都集中到公房里，每天每顿都大吃大喝。每一天都好像节日。然而好景不长，从“大食堂”的狂喝乱吃开始，到把食堂下放到队的“小食堂”，一直到后来的限量供应（每人二两，这是母亲永远记得的数字），一直到后来的饿死人……母亲从一九五八年开始诞生的记忆，就这样记录了她自己的饥饿史（或许也是整个中国的饥饿史）。

母亲特意跟我说起了那个场景。那大约是一九五九年或者是一九六零年的春天，外婆们在地里播种玉米。外婆们走在前面，她走在后面。外婆们不知道她为什么总是紧贴在她们身后。她们并不知道此时在母亲心里酝酿的阴谋——一个八岁或者九岁的小女孩的阴谋：她正紧紧盯着已被农家肥覆盖了的那些玉米种，饥饿让她想要铤而走险。终于，在外婆们不注意的一刹那——仅是一刹那，母亲用她后来再没有过的速度和力度，揭开了又脏又臭的农家肥，从底下抓起玉米种，一下子就灌进了嘴里。只是母亲不知道，她还没有具备使她的阴谋达到天衣无缝的能力。她嚼响玉米种的声音成为揭穿自己阴谋的利刃——她被外婆强按住嘴，逼着吐出已经嚼碎但还来不及吞进肚里的玉米种。尽管如此，她还是被戴上了偷吃集体粮食的罪名。最后的结果是外婆被大会所批斗并被扣了整整两个星期的“工分”（这将意味着外婆不能分到两周的口粮）。母亲一直觉得对不住外婆。包括外婆已然离世了的今天，母亲仍觉得对她怀了深深的内疚。

母亲还跟我说起了那些植物：枇杷树、红子刺、克妈莵、漆树……母亲无法穷尽它们的名字。母亲说，那些时候，当大小食堂终于打不出饭来，山上所有的植物就变成了粮食。人们纷纷拥上山头，只要一看见植物，锄头和镰刀就指向哪里。这样的结果是，所有的植物都被斩尽杀绝，整个山野露着石头的狰狞和泥土苍白的死红，所有挺立着的树木，被剥去树皮后，如同失去精气血后的衰颓的肉身……这当然有我多年后所想象的成分。母亲不识字，她朴实的话语不可能为我描绘出如此深刻的场景。但现在，此时，我相信，我所有的文字，于母亲而言，一字一句，一定都是最真实和形象的再现。

母亲最后跟我说起了死亡。母亲说，就在那一年（记不清确切的年份）的秋天，跟她同龄的一个女孩（记不起确切的名字），因为吃了漆树籽后解不出大便，结果就死了。母亲没有为我描述那个女孩临死时的具体细节。母亲只是轻描淡写。但就这轻描淡写的瞬间，却已让她的泪水纷飞如雨，却已让我想到一个八岁孩子的记忆带着血腥的那份残酷。我知道母亲内心的疼痛——那里有对同龄女孩的祭悼，也有对于自己的祭悼（或许也是对一个时代的祭悼）。而我突然就有了一种恍如隔世的人生之叹。我一直在想，假如那个吃了漆树籽的女孩是母亲，那么……那么，就让我们为幸存并繁衍下来的所有生命祈福吧！

父亲的一九七八

我的记忆总会定格在父亲的一九七八。定格在乡村的那些土地上。

一九七八年，我仅有五岁，一个不可能有任何负重的年龄。但事实是，关于这一年的记忆，竟像顽强的野草，多年来一直固执地在我内心生长和蔓延。这也常常让我无端地感慨。常常想，或许那些细节，于乡村的历史，于我自己的历史，都有着举足轻重的作用？

真实的场景是这样的：一九七八年或在此之前，有关庄稼的集体记忆留给了我一些零星的画面。比如村人们总在薅秧或割谷时吹奏唢呐，总在出工时你等我，我等你，然后不断说着与庄稼无关的话，然后起哄。每一天似乎都是喜庆甚至狂欢的节日。至于土地和庄稼的话题，似乎并不重要。而这样的结果是，田里的稻谷、地里的玉米，每到秋天之时，总是以一副干瘪枯瘦的形态出现。不用心的经营让土地失去了原本应有的光芒。

那时我并不知道这就是所谓土地集体所有制的特有形式。在人们狂欢或者失落的背后，我并不知道一块土地的重要性。包括后来，当一九七八年真正到来，当党的十一届三中全会到来，开始实行土地家庭联产承包责任制后，我其实也未能真正领会一块土地的意义。一块土地在人们心里的得失，跟我五岁的年龄始终隔着遥远的距离。

但我还是记住了那些迢遥的场景：在那些亘古如常的太阳底下，我们一大群孩子，总是跟在父亲们身后，从一块田到另一块田，我们看着父亲们在一块块丈量着土地，然后在土地上插上用不同名字构成的标签，然后，我们往往就看见他们眼里的泪光和脸上的笑，在太阳下格外动人……那时候，我们不知道在这些土地上究竟发生了什么？是什么原因竟让父亲们像一个哭笑无常的小孩？我们幼小的年龄尚缺乏进入一场伟大变革的资格。但我们无疑是兴奋的——在父亲们兴奋的背后，我们隐约感知到了某种喜庆的氛围。我们隐约觉得，已经有什么喜事降临到了父亲们身上。我们懵懂的内心，也跟着父亲们一起欢呼雀跃。

此后，我就牢牢地记住了一九七八年。就记住了这样一些地名：杨柳田、沙子田、纳野田、鹅项田……因为父亲总是说，从一九七八年起，这些田就属于我们家了。父亲叫我们一定要记住。父亲说有了它们，我们从此可以不再忍饥挨饿。而且，在我们后来不断长大的过程里，父亲也总爱用他的记忆引着我们回到一九七八年。此时的父亲已近乎唠叨——父亲总在不断地说，这一年，我们家有了自己的土地。从这一年起，我们家就有了属于自己的粮食……父亲总是不断重复，总爱回到一九七八年，回到一块土地的内心之上。及至稍长之后，我还因此暗笑过父亲的迂——那些时候，我并不知道在一九七八年，会有一块土地在父亲内心掀起无数的波澜，并不知道父亲建立在一块土地上的所有寄托和希望。我又如何能理解并懂得这么深邃的问题呢？

所以多年后的今天，我就常常想，于父亲而言，一块土地或许就是对于心灵最好的抚慰，对于日子最好的滋养和润泽……也或许，一块土地还是我们生命的永恒之根？

我的时代

父亲的记忆总是定格在我的时代。父亲总是说我赶上了好时光。

党的十一届三中全会召开之后的第二年，父亲就迫不及待地把六岁的我送进了小学。记得父亲把一个草绿色的帆布书包给我斜挂在肩上后，就叫我一定要好好读书。我那时并不懂得父亲叮嘱我好好读书的缘由，也不懂得读书与一个时代的息息相关。只是觉得读书跟吃饭一样，都是那样的天经地义。

及至稍长，当父亲一次次给我说起他小时候的故事时，我才隐约知道了潜藏在他内心的疼痛。父亲说他只读过高小，父亲说他原本成绩是很好的。但他偏偏就遇到了饿饭的年代。父亲常常为此而遗憾。甚至常常郁郁寡欢。

所以父亲不断地叫我一定要珍惜好时光。一定要好好读书，一定要考取学校，端上铁饭碗。父亲说只要考取学校，有一碗饭吃，就不会像他一样过苦日子了。应该说，这就是从始至终父亲对我最大的期望。父亲对于读书的憧憬，就是建立在这样质朴的愿望之上的。

而我似乎也很懂得父亲于我的期望。我一直是很用功的。当一九八八年到来，在经历了近十载的寒窗苦读后，我终于考取了一所师范学校。这让父亲长长地嘘了口气。父亲总认为，从此之后，我一生的吃饭问题将有了依靠。而我自己也觉得了踏实。特别是当我看见跟我一样的众多的同龄人，依然在土地里刨食终日后，我的踏实感甚至还变成了庆幸。我一度感觉到了满足。

只是让我们都始料不及的是，从一碗铁饭碗开始，我还诞生了饭碗之外的梦。事件的起因是，不知道从哪一年的哪一瞬开始，当我再一次站在那所偏僻山村小学的讲台上时，我突然就对那里的荒芜（或许也是生命的荒芜）产生了怀疑和叛离，就发誓一定要离开那里，找寻另一种意义上的铁饭碗。也正是从那时起，我开始了写作——请原谅吧，我不得不承认，我写作的最初冲动，就是带着这样的功利色彩的。我想通过写作改变作为一个乡村小学教师的命运，已不再满足父亲于我质朴的期望。

我想我终究是个幸运的人。尽管后来我经历了太多的奔波，甚至在通往命运的路途上一度遭遇了太多的挫折和委屈，甚至失望，但通过写作，我最终还是实现了自己的愿望。通过写作，我一步步走向了县城，并成了县委机关的一名科级干部，成了跟我一起考取师范至今仍然在乡村教书的同学们羡慕的对象。

父亲也常为此而骄傲。从端上铁饭碗的那天开始，父亲就一直说我有出息。父亲甚至一直认定，对我们这个世代务农的家庭而言，是我改变了一个家庭荒芜的历史。特别是后来，当我真正爱上写作，当我真正学会了用文字记录和思考生命，当我在全国各地的报刊杂志发表了很多文章，当也有媒体称我为作家时，父亲就认定，我生命的轨迹，我生命中那一份高贵的追求（父亲虽然文化不高，但却敬重文化，他认为文化是一种高贵的事业），已足以让一个原本荒芜的家庭变得生动起来。

这让我觉得了安慰和宁静。于是就常常想，相比父亲的人生而言，我们一切的跋涉之苦，一切的困境，其实都是无足轻重的。个体生命的一切得失，相比于一个美好时代的馈赠，完全可以退居其次。我们有理由感受并深切地品味出时代和生命赐予的那份温暖和幸福！

第四辑

镜像

迁徙者手记

永远找不到门。你在里面，
城堡包罗着整个宇宙，
既无正面，也无反面，
没有外墙，也没有秘密的中心。
——博尔赫斯《迷宫》

一

第一次踏进半坡，是二零零六年暮秋，其时暮色刚刚合上，最后一缕日光被吸收殆尽；月亮浅浅的，似乎刚探出头，像浮在泥地上的一节新芽；路是一条野径，周遭荒草疯长，少有人迹；一片稀疏的楸树林在风中萧瑟，树叶落尽，枝条杂乱突兀，光影如魅；鸟声均已隐遁，树林背后的坟墓，显然已经埋葬逝者多年，一座座沉重如铁；风啸如箭矢，如十面埋伏，危机暗藏；虫鸣亦是无序的，此起彼伏间更像惶然四顾的一群；在远处闪烁的灯火的映衬下，一切似乎都在远离真实，一切均显得幽深遥远，近似于时间的某个盲点，沉沦与迷离兼而有之。那时候，我抱着四岁不满的女儿，妻子紧跟在后，我们扒开杂乱的藤条和野草，当目光落在那块空地上，我就决定把家安在半坡了——就像急于寻找肉身和灵魂安置地的每个迁徙者一样，在略带几分凄惶甚至是对尘世的畏惧里，我们不经意间已陷入某种精神的泥淖。

为什么这样说呢？在我并不完全和彻底的发现里，我以为人类的历史就是一部迁徙史。在时间的页面上，从没有谁真正停下来过，从肉体到灵魂，从群体到个人，从南到北，由西至东，不断漂泊的过程，任何的安置都只是假象，迁徙才是生命的本质；于此，还有了从肉体到灵魂的关于栖息的渴望，以及升华——譬如荷尔德林，他所谓的诗意的栖居，即是对这一生命常态的解构，每一首诗歌的世界，都是肉体与灵魂对抗尘世的驻足与瞭望……

从一开始，半坡之于我，就以一种精神的形式紧紧攫住了我。我在半坡的时间，也注定要跟众多精神的树枝发生千丝万缕的关联——后来我还将其理解为飞蛾扑火，抑或是作茧自缚。

二

之前，我跟很多抛弃乡村的人一样，迫不及待往城市挤。我并不知道城市的门过于狭窄，所以当我开始承受城市丢给我的冷眼时，我就会情不自禁地怀念起先前的乡村时间；但一切都已经远去，当我拼尽力气企图挤进那扇窄门时，我就注定在路上，回不去了——我一直怀疑这其间蕴藏了我跟这个时代某种无法切割的关系，从乡村到城市，到彷徨，到彻底的不安，或许就是我安放于这个时代的精神坐标了？

半坡之前，大约五年时间，我一直租房而居。在别人的房子里，家的概念像飘浮的风，始终落不到地面。尤其是结婚前，一个人待在某间狭窄的不知道确切地址的出租屋，模样就像一只躲进洞穴的土拨鼠——即使如月光和尘埃之类，也是属于别人的事物；一个人在那里，仿佛正被时间一点点地遗弃，孤独覆盖四周。后来妻子来到，女儿诞生，家的内容得到充实，但每次临到填写各种表格，令人尴尬的不知如何填写的地址就会让一份茫然再次汹涌——半坡之前，围绕一个关于家的话题，我一次次将自己逼向某种精神的困境。

由这个背景，你大约能触摸到我对于半坡的某种期望——当我像所有怀揣家园梦的迁徙者决定在此停下来，那个暮色深重里的影子，一定是带着悲情性质的；因为他一定感到了某种踏实，也一定感到了由来已久的陌生，不敢想象这里是否能安置他未知的肉体与灵魂……

三

半坡是一座完整的坡，却分成三层。底部是一个废弃的沙石厂，用来堆水泥沙。水泥沙呈暗绿色，眨着幽幽的光，属于极易让人陷进去的色调，或是引人下坠的曲子；尤其是当它们无意间扮演了一次凶手，当某个孩子被其掩埋致死时，一种沦陷感愈加清晰。顶部是坟墓和荒草，终年跟风搭伴。其余的，只记得在我修房时，邻居家牵过一匹马去过上面，是一个孩子牵上去的，但也仅是短暂的一段，之后马被卖掉，之后孩子来不及长大就远走外省打工（又一种迁徙），之后再无人迹，一切也都是荒凉的沦陷。半坡上却疯长人的气息，尤其是我到来后，很多住户纷纷跟着迁徙而来，喧嚣昼夜不息——时间落在半坡，极像同一事物的两面，一边是生，一边是死……

惶然与疑惑中读博尔赫斯的散文。他在描述风景时发现：当其他植物都安静地入睡时，一只仙人掌却处于梦魇状态——初见之下，我忍不住惊喜异常，总觉得不经意间说出了半坡的某种状态：一种游离的甚至荒谬的细节——当我凝视半坡的两面，何尝不是以梦魇的状态出现？在貌似平静的背后，很多跟思考有关的植物早已在内心生长，并逐渐蔓延，就像某场大雨后四处冒出的水泡，有几分汹涌，更有几分诡异。

作为一个刚刚落下脚来的迁徙者，他以及他周遭的事物，其不确定性是不言而喻的——一方面来源于风景本身的暗示，一方面来自迁徙者自身的不安，一份精神的彷徨和迷陷。

四

我特意在屋前留了一块地。一个从乡村到城市的迁徙者，土地于他好比鸡肋，食之无味与舍不得——无论从物质还是感情层面考证，两种因素均存在。我也不例外。我这样做的初衷，就是想留下乡村影子的延续，尽管它仅像某张残片，并一度面目全非，但其间的纠结，却是不能放下，也不可能放下的。

当然，如果高抬自己一点，或许还有点梭罗式的梦影。当梭罗选择在瓦尔登湖筑屋而居，自然便以神祇的姿态让他开始仰望——这是梭罗跟尘世对抗和消解的方式；留下这块地，依稀中我似乎也寄予了相似的理想：我种下黄瓜、南瓜、大豆及玉米，偶尔还夹杂几株向日葵，然后目睹叶苗一点点拱出地面，尤其夜雨之后，阳光也显得绿意盎然时，我便似乎回到了乡村与从前——我将这样的精神回归视为我在半坡的某种安慰。作为一个迁徙者，曾经的根土意识，总是想方设法阻扰我对新地的认同和进入，并跟我真实的内心形成悖论。

这无疑是我精神困境的写照之一。一个最有力的佐证是，我还在地的东南角栽了几棵竹子——这是乡村遗留给我的风俗，当然并不是“宁可食无肉，不可居无竹”的附庸风雅，那是讲情趣的人们的事。乡村讲究的是一个“实”字，即使类如理想，也是贴着地面及尘埃的。在房前屋后栽下竹子，风俗里面的内容是“多子”的意思。在我的骨子里，乡村那些葳蕤多年的所谓“风俗”的植被，一直郁郁葱葱。当然，这并不是说我就真的需要“多子”（现行生育政策也不允许），但当竹子只两三年后就发展成竹林时，作为风景的存在，我一定能从那里嗅到乡村的气息，至此，我显山露水的精神际遇亦可窥见一斑。

关于这块地，还有一事必须提及。有一天，暮色苍茫中，一个陌生的老妇人敲开我的门，先是一阵沉默，接着就能明显地感觉到她的忐忑，她说她跟着儿子离开乡村到此居住，想在我的地里要点泥巴放在她家楼顶上栽点葱蒜，她还说她一天看不见泥土就一天不踏实……当我回到二楼阳台上，目睹她蹲在地里取土时，当我看见她张皇的背影时，突然间泪流满面。我突然想，在整个半坡，真正能跟我心灵相通的，恐怕只有这位老妇人了？——在这里，我再一次感觉到作为一个迁徙者的所有困境，入木三分的精神之殇。

五

如果说是我为半坡留住了鸟声，一点也不夸张。

半坡当时只有一片稀疏的楸树林，但也只在我来后的第二年，就被某户砍倒建房了。之后，泥土们几乎都遭遇了侵占——每个迁徙者似乎都是侵略者，任何一寸土地，都必将收归自己而后快。这样的结果是，你不让我，我不让你，房屋挨着房屋，墙壁连着墙壁，即使一丝缝隙也不曾留下；不到两三年光景，就插满了钢筋水泥的旗帜——在风中，它们像极了无声的宣言；只是难免有几分沉重，甚至窒息的感觉。

整个半坡，只有我留出的土地上长着几棵树，树虽然不多，叶子却在空中连成一片，在光秃秃的背景下，也算得上“森林”了。最初，只有几只野山雀落在那里，象征性啼叫几声后就飞走了。从二零零八年开始，鸟群逐渐增多，有黄鹂、画眉、斑鸠，后来还迁来了喜鹊，还有很多不知名的，约莫十余种，每年“以鸟鸣春”的时节一到，大群的鸟就一起来到半坡，一直热闹到深秋才罢场。

鸟鸣声中，我开始在这块地里做日记，我将此视为回归乡村的最后通道，现在随手为你翻上几则：①二零零九年三月五日。农历惊蛰。古书里有虫子破土而鸣，但我用了一天时间也未能听到任何一声鸣叫，土地依然沉寂，地里尚残留着去冬的柴胡、蒲公英、金银花，可以入药，但没人采摘，独自枯着身子，我怀疑是因为环境的不同，导致其身世命运的不同，正如虫子们，尽管知道自己的节气已到，却怯于一份日趋的混乱而不敢抬头吧？②二零一一年十二月七日。农历大雪。没有大雪，倒有阳光，无力地落在树枝上，残剩的叶片表情全无，肉身与灵魂似已剥离。有一只鸟，只有一只，叫不出名字，穿一件灰白的外套；只不知为什么只有它留下来，或许，在半坡，只有它不愿迁徙而去？入夜，有二胡声“咿咿呀呀”在隔壁，如泣如诉，岁月瞬间变得苍茫起来。③二零一三年八月七日。立秋。黄昏时分，我躺在竹椅上，以那棵构皮树为界，一边是暗影，一边是光的灼亮，恰好暗合了时间的某一分野——夕阳悉数落在构皮树上，风吹叶卷，“哗啦啦”的声响里，视线里似乎是金灿灿的一轮落日栖在树冠上。鸟儿有一群，清一色的画眉，分不清男女，但一定是在互相调情，因为鸣声妩媚明亮，眉眼间含情脉脉。稍后，夕阳跌落，天地瞬间坠入暗影，画眉散去，整个半坡，一下子恍惚迷离起来……

已逝作家苇岸是农业文明的殉道者，他说自己生活在工业文明里是个错误。我大约明白其间的缘由——他一定是惊怯于从乡村到城市的变化以及一份不可逆转的消失……由此，我以为我的半坡生活，跟苇岸的精神体系有着血缘般的亲近。所以一边做日记，一边忍不住翻读他所记录下的那些大地上的事情，一边去感受某种亲切质朴的气息，土地和乡村的气息，回忆和怀念的气息。

六

孤独缘于一只土拨鼠的命运。在半坡，虽然房屋挨着房屋，墙壁连着墙壁，但心与心是远的，一墙内外，攀援而生的是老死不相往来的隔膜。每天，沿着一条狭长的水泥路，我从半坡出去上班，黄昏时分或是夜里归来，几乎没有谁会在意我，甚至没人跟我打招呼，我就像那只土拨鼠，从泥洞里出去，然后又回到泥洞里，一只土拨鼠的世界，只有自己能看得清的一束幽光，在狭窄的范围内闪烁——孤独或许历来如此，它永远是一个人内心的陌生与疏离，如野花，在野地，独自开放、枯萎。

自我精神的取暖则是夜里开放的花朵。夜里，半坡往往变得很安静，安静得让你恍惚看见有一些白日里躁动的小兽，在一个个身体里平息下去，内心的那股清泉却流淌出来——我始终相信，无论是谁，在特定的时间与场合，总会有别于日常生活的另一面（甚至是洁净的）被呼唤出来；譬如我，当白日里的一切逐渐止息，另一个自我就会从一纸文字里走出来——端坐于一盏橘黄色的台灯里，我便渴望跟一些与众不同的心灵水乳交融——随便举几个名字给你看看吧：马尔克斯、托尔斯泰、雨果、斯威夫特、紫式部、屠格涅夫、巴尔扎克、但丁、哈代、卡夫卡、鲁迅、沈从文等，他们均是宛若星辰的一群，在人类精神的困境里，他们不止一次为每一个孤独者钻木取火。躺在他们的怀抱里，往往是，一只土拨鼠的世界，也会获得粲然的开放……

不过这些，从一定的层面而言，同样属于孤独的范畴。因为在半坡，除我外，其他的迁徙者，有谁还会在意我所列举的这些名字呢？所以我终究是不合时宜的，也因此，作为一只土拨鼠的命运，对我而言，是早已注定了的。正如美国作家麦卡勒斯在小说里所揭示的主题："孤独是绝对的，最深切的爱也无法改变人类最终极的孤独。绝望的孤独与其说是原罪，不如说是原罪的原罪……"

七

在半坡，尽管我深陷于自己的洞穴，但还是有许多敞开的窗户，时断时续地为我传送消息。通过它们，我大抵能猜测其他迁徙者生活的模样——我还不止一次为之兴奋，在他们身上，我第一次发现半坡并不只是我一个人的世界，那些情趣各异的此生彼长的生活之树，其实一直在悄然地补充并丰沛着我所谓的半坡的精神丛林。

而我该从何说起呢？——还是先说说一个故事吧。大约二零一二年冬天，一场罕见的大雪覆盖了整个半坡，所有人家均把身子埋进了火炉，窗外窗内一片沉寂，时光似乎退回到某种原初状态——包括我在内，也似乎回到了红泥小火炉的遥远的乡村场景，一时间倒也觉得温馨弥漫，岁月静好；然而秩序很快被一个突然的消息给打乱了——半坡上的一对中年男女，一个是有夫之妇，一个是有妇之夫，竟然趁着大雪的掩护私奔了……故事很老套，也很蹩脚，但人们还是纷纷迈出家门，争相谈论此事，就像传播半坡有史以来最大的新闻，那情态绝不亚于多年前马孔多小镇上人们集体惊异于吉卜赛人带来的新发明的场景……故事到此难免就添了几许魔幻色彩，我亦不得不为之愕然，因为我突然发现就在我一个人神经兮兮地陷在那些精神的泥淖里时，其实我已经远离了半坡，或者说半坡已经远离了我——在人们丰富并离奇的表情里，我第一次发现作为迁徙者的半坡，生活远比精神更能出彩。

若不信，我再为你说上某个女人的故事。她没工作，有四五个儿子，几个儿子都不成器，有的赌钱，有的四处打架，有的嫖娼，还有的吸毒；几个儿子留下一大堆儿女，而几乎所有媳妇都因为儿子们的不成器早已另嫁他乡——事情弄到这般，一个家的生活必定贫穷且破碎了。为了这个家，女人只好把自己不断地重新嫁出去，只是跟媳妇们不同的是，媳妇们另嫁之后再也没有回来，女人一年中却像一只候鸟，各地迁徙，觅到食物之后便飞回来，对孙儿孙女始终不离不弃……真相浮出水面时，众人喧哗并充满鄙夷，整个半坡，再次震动；只有我背道而驰地感动，总觉得她是可尊敬的，还恍惚看到了她敢于牺牲的某种神性——我以为，在半坡的精神构建中，这个类似于祭坛上的女人，她一定程度上让我们窥见了迁徙者所有的悲伤，以及安慰和祷告。

八

奇遇还在不断发生。

有一天，我竟然对隐匿在半坡的某妓女产生了兴趣，原因是听妻子说妓女是她儿时的伙伴，但为什么沦落为妓，又因何迁徙到此，却语焉不详——这让我想起了所谓的“隐匿者”，我总是想，她比之于我在半坡的精神遭遇，或许更具悲情属性？

后来，在某个黄昏的某个拐角处，妻子喊住某个行色匆匆的女子，一边喊一边悄悄拐我。未及回神，女子已经站在跟前，细看时，发现其身若柳，其面如花，春风明媚；胸前双峰跃动，薄纱遮掩下，暗藏玄机；更有双目，若春阳高照，其华灼灼。四目相对时，我突然明白了妻子的暗示，眼睛不由自主地落荒而逃——因为当我的目光滑过她身上时，就觉得自己似乎是在偷窥，心中还有鄙而耻的小虫蠕动，对一个“隐匿者”的所有想象，终于溃不成军……

之后就是接踵而来的恍惚：一个隐匿的妓女，她比所有迁徙者都更要神秘；而一个神秘妓女的出现，是否意味着在半坡的精神质地里，从历史纪元的那天起，就已经跟我那些带着怀念和回忆气味的淳朴而干净的乡村生活的彻底告别？带着跟城市的喧嚣与浮躁的融入的期待？——恍惚之后，一种透彻的孤独，再次潮水般汹涌……

至此，我终于确信：作为一个新的群落，在时代的潮水中，我所置身的半坡，身不由己地充当了隐喻的道具，并不可避免地烙上了时间特有的印痕。

九

要记录和描述半坡，我以为还要提到后来出现的另一匹马。因为在它的世界里，我以为不需要任何的想象，关于半坡，一群迁徙者所构建起来的新的所谓“家园”，它的对于过去的诀别，对于未来的期待，它的所有历史，就能条分缕析地在每一个细节里呈现。

马是典型的南方马，矮小，枣红色，每次都耷拉着头，目光中布满倦意，仿佛久历尘世之累，亦似梦中一般，它那不断敲打着水泥路的“嗒嗒”声，节奏缓慢而慵懒，即使挨了鞭子，仍然一副淡漠于世外的样子。每次看见它，它一定都在驮着水泥一步步往上爬——它的主人先前在乡村居住，几年前在半坡买了块空地，如今将它牵来，帮助他修建半坡最后的一幢房屋（这已经是最后一块空地），它一步步爬，蹄子落在光滑的水泥路上，光滑，没有摩擦；终于有一次，它踩不稳了，先是前蹄后滑，然后前腿跪倒，最后整个身子从上往下滑倒下去，它几次努力地想要站起来，但身上沉重的水泥让它没有丝毫回旋的余地……

无需再叙述下去了。一匹已然身陷末路的马，总能让人想起一段时光甚至是一个时代的终结；无独有偶，在一匹马的世界里，无意间刚好翻到里尔克的诗句："我像一面旗帜被空旷包围，/我感到阵阵来风，我必须承受；/下面的一切还没有动静，/门轻关，烟囱无声；/窗不动，尘土还很重……"于是就想：滔滔浊世之下，我们所承受的，除了最切实的肉体之累，或许还有更沉重的心灵之痛？

十

最后，我还要说到我的女儿，因为在我半坡精神的枝蔓里，她一定是其中一枝。正如多年前，当父亲带着我在某个僻远的乡村安居下来一样，那时候的他一定将乡村视作了我生命的源头，甚至是一生的皈依地。同样，当我带着女儿落脚半坡，我也相信这里就是女儿所认定的故乡了，"故乡"与"半坡"这两个词，必将根土相连地存在于她所有的精神凝望里。

保罗说："每个人都从属于自己的故乡。"这绝不是毫无根由的；只是一定程度上，尤其是我也有了迁徙的经历后，我觉得"故乡"这个词其实也是不可靠的，所谓"故乡"，它更多是来自心灵某种谵妄状的认同和归宿，这就让所有的"怀乡"不得不充满了悲情，并构成尘世最深切的疼痛和无奈。

想到这一层时，关于半坡，关于女儿，我难免就心怀忧郁了；尤其是某个夜里，当我无意间对妻子说或许有一天我们还要再次迁徙、再次落脚一个陌生的不可知的地方时，在一旁的女儿却先着急起来，一脸认真地说为什么还要搬家呢？她说她实在舍不得半坡……那一刻，我突然百感交集，我知道关于迁徙的悲欣，已经宿命般潜入每个人的心灵，在那里，尘世是挥不去的忧伤的轮回……

那一夜，月光落在半坡上，潮水般漫过我的庭院，以及庭院里的玫瑰、美人蕉、石榴树、爬山虎……潮湿仿佛一地绿色摊开的心事；窗外有布谷啼鸣，凄婉如血，近似于夜莺歌唱，春天的序幕正缓缓地自沉重中拉开。我独自坐在书桌前，望向朦胧的窗外：近处的树影迷离模糊；远山似一条墨线，面目暧昧斑驳……我再一次进入了梦魇状态——就像博尔赫斯发现的那只仙人掌一样，自始至终，当别的植物都安静地入睡时，我却依然一个人在有关迁徙、肉体与灵魂的问题里徘徊，并一次次为之纠缠不清。

内 心

卢梭一直在暴露自己。正如他所说："我如实地描绘自己是个什么样的人，是个可鄙可恶绝不隐瞒，是善良宽厚高尚也不遮掩：我把我那你所看不到的内心暴露出来了……"卢梭的暴露，是一种忏悔，是通向内心与外界的一扇窗户，仿佛一朵花，诚实的、妖艳的灵魂与精神之光。

现在，我也觉得自己越来越暴露了——时间之中，心灵之上，身体的尘埃落尽，内心一览无余，所有的黑与光亮不断呈现。风吹尘走，深埋泥下的石头显露时，充盈或缺失，上升或沉陷，肉体与灵魂一点点接受生活的抚摸。

多年来，在西南的一个小城，我做公文、读书、写作，有时也陪客人吃饭，偶尔喝点酒，不会唱歌，最多是压抑时随便吼上两嗓子，但声音浑浊、散乱、不成调，听不出欢愉还是忧伤。后来就连女儿也禁止我唱了，她说怕别人听见笑话。然后我就真的不唱了，就真实地活下去——生活就这样一点点连接下来，时间的壳一点点碰碎并落下。有一次站在某条著名河流的下游，看见浩大的水波不断叠起并向前穿梭，突然发觉自己的生活跟此过程如出一辙——重复、静默，却暗藏波澜，有序的表面下是内心的忙乱与决绝。

小城气候温和。即使冬天，树也是绿的，细碎的野花仍然铺满山岭和道旁，很少看见雪，几乎四季如春。有一年，一个北方的朋友来看望我，她一下子就爱上了这里，甚至很冲动地萌生退休后到小城居住和写作的想法。但我觉得小城是很有缺陷的，小城没有历史——很多时候，我都希望在小城的往事里，能有如箭的铁蹄和暴风骤雨般的金戈声穿过，能有某个帝王（即使是流亡和不务正业的帝王也可以）在此指点江山美人，再或者是路过的马帮和商贾、某个落魄的诗人和流落烟尘的歌伎，我觉得这样的经历是构成历史必要的元素，它能让一个地域显得丰盈与厚重。但小城没有，小城仅是一张发黄的白纸——在时间留下的浅如泪痕的印迹里，生命的厚度轻若一缕微风。我总为此感到彻骨的荒凉——被遗弃的忧伤与孤独，如风如雨地斫伤心灵。很多时候，我都会登上小城东边的关索岭和某条废弃的古道，在荒草丛中或苍茫夕阳下驻足，一次次想起没有历史的小城，一次次觉得小城连同自己的苍白与微不足道。

这样的姿势让我学会了卑微地活着。在小城，我每天八点左右去办公室，中午十二点下班回家吃饭；下午两点半再到办公室，六点再次回到家。晚上躺在沙发上看书，或在微机旁坐下来，在一些神秘的键盘上放逐自己。多年了几乎都这样。我不是出头露面的人，我最多像一只蚂蚁，一寸泥土，地上地下，即是自己生命的巢穴。人们也有很多理由可以忽略和忘记我——像我这样的隐匿者，从没奢望被人记住。出名与热闹是肉身的标志，也是自我的精神图腾——我知道我成不了这样的人，在小城，一只蚂蚁匍匐的姿势，已足够让我终其一生。

最初的几年，在小城，我还很年轻，生活仅是一个人的世界。房子是租的，每年搬一次家。搬家的过程，近似于流浪——一辆板车，一张床，一袋书，以及凌乱的一些生活用品。一个人跟着一辆板车穿街过巷，周围是林立高深的楼房，不会有人跟我打招呼——每一次我都感到自己的狼狈与孤独。那时，除了单位的，我再没有其他熟人。加之我总是处理不好各种关系，有一次一个女同事还封住我的衣襟，差一点就把我打了。我知道这一定是工作的原因——谁叫领导总是表扬我呢？错不在他们，如果换着我，一份嫉妒或许也会让我恼羞成怒，所以我终于忍住了。再后来我调离这个单位，再遇着她时，我还会亲热地喊上一声姐——我猜想我早已在内心完成了自我的和解，正如米兰·昆德拉说的“一切都已预先被原谅了，一切也被卑鄙地许可了”——生活更像一个设计好的方程式，解题的过程，便是人心在轻与重之间的不断妥协与承受。

秋天到来时，关索岭和废弃的古道上，绿意已减去许多。这让我总有点怀疑先前“四季如春”的说法——不动声色的表面下，季节的更替或许也一直波澜涌动，只是它更愿意以秘密的形式引人遐想直至身陷其中？但我是喜欢秋天的。四季中，秋天最为深沉与内敛——绿意褪去时，内心的充盈与丰沛却一点点浮上来。古道苍苍，秋草摇黄，成片的芦苇摇曳着最后一缕生动，热烈的野菊花却正一朵朵挤着爬上山野的脊背——此时，她来看我了。没有怀疑，也没承诺，一个拥抱后她就成了我妻子。多年后，我一直认为是她拯救了我——爱情的魔力，有点像教堂深处的赞美诗，它能让一个沦陷的灵魂获得安慰并最终苏醒。

我不得不承认，在小城，因为一场持久强悍的疾病，我差点就要沦陷下去了——有一段时间，我还学会了自暴自弃。在不断穿过小城的白天与黑夜里，我都有遏制不住的忧伤（一方面来自自身的疼痛，一方面来自人群的猜疑、讥笑和不屑一顾）——像潮水，也像刀子，不断在我内心奔逐，及至成为身体的梦魇。这让我对史铁生总是充满敬意——多年后，我读到了他与他的地坛，读到了他说的："死是一件无须着急去做的事，是一件无论怎样耽搁也不会错过了的事，一个必然会降临的节日。"我忍不住就为自己的浅薄而羞愧。因为我发现，史铁生对于疾病的领悟是一种真境界——浪漫与从容之间，源自一颗深刻、博大以及诗意的心灵。

事实是，在她跟我结婚后，我已不再那么看重疾病。尤其是后来女儿出生，再后来我们建起自己的房子后，我终于确切地感到了肉体与精神的强大。这让我觉得，她实际上成就了我生活的转折，并扮演了近乎神性的角色（我一直以为身陷爱情的女人都具有神之光）——即使一份俗世的爱情，当她进入到另一个人的身体，灵魂也变得温润并坚韧起来。

因为她，我总渴望黑夜的到来。在黑夜里，很多年，时光悄然退隐，只有我和她——两个在真实中暴露出来的身体，一切虚幻的道具退去，身体的花朵与幽香让我一度感到踏实和美好。黑夜里的光芒呈现出来——透过黑暗，我一次次抚摸到生活温柔的脸庞，黑夜更像一种神祇，在贴近灵魂的地方飞翔——很多年，我必须坦白，黑夜对我的诱惑，让我多病的身体，一次次从世俗里抽身出来——远隔忧郁、置身闲言碎语的利箭之外，抵达安静与超拔。

不过，我有时还是会沮丧的。比如想起房子和女儿时。几年来，女儿一直不承认我跟妻修建的房子是她的家。她认为她的家应该是她出生并生活了四年的那间出租屋，并多次缠着我们带她回到那里，一去总要玩上半天。这时候，沮丧就会暴露出来——我就会想起被我抛弃多年的村里的老屋，从此屋到彼屋，我突然明白，小城于我们而言，其实都是没根的。一间新的房屋的诞生，更多是暴露迁徙的底色。一间房子带来的沮丧分明像一条河，深深地把我淹没。二零零九年春天快要结束时，我还遭到一个女同事的诅咒。诅咒是面对面的。诅咒来源于我的提拔。女同事认定我的提拔伤害了她——那时候，她朝我狂吼，就像一只暴怒的母狼，凄绝得不顾一切。由她开始，还有的人，为我设置莫须有的陷阱，把我想象成他们的猎物，我甚至能听到他们在陷阱旁的狂笑——像这样的沮丧，一度构成我生活的某种常态。我也曾为此恼怒过，但最终都自我和解了——在这一点上，我真的要感谢米兰·昆德拉，是他的话，让我重新认识了生活以及灵魂所隐匿的真相，他让我懂得微笑和宽容的重要意义。

在小城，我还必须提到写作。我不止一次想，多年来，在日常之上、心灵之下，一定是写作让我的生活增添了诗意——在暴露的同时，也遮蔽很多。它像一种悖论，让我的身体与精神，在陷落的同时，也一寸寸上升。

事实是，在小城，后来我还秘密地爱上了写作。为什么要用这样的姿态呢？在小城，文学已是很陌生的一件事。很多年了，这里一直买不到任何一本文学书籍，唯一的新华书店，也早已从街道上销声匿迹。至于写作，上世纪八十年代有几个人热闹了一阵，然后就彻底地沉寂了。时至今日，谈起文学，已很不合时宜。但从二零零七年开始，我竟然断续写下了一些文字，并越来越成为生活的某种坚持。写下的文字大都关乎自己的心灵——有些促狭，却带着自己的体温；有些忧伤，却能温暖自己的心灵。我知道它们是没有重量的，只能像尘埃，一阵风后，将会随我肉身最后的消失而消失。但我想，到那一天，我一定不会为此而悲伤。写作的过程，早让我获得了圆满——甚或是，我还有可能跟史铁生一样，将那一天视为盛大的节日——一次隆重的回归与高歌。写作之外，我还阅读了一些大师，我把他们视为朋友和知己——除上面提到的外，他们大致是：马尔克斯、塞万提斯、斯威夫特、紫式部、梭罗、德富芦花、博尔赫斯、波德莱尔、契诃夫、法布尔、曹雪芹、鲁迅、沈从文、萧红、汪曾祺等。不算多，只是略略凑了些数。他们之中，有的读得很仔细，有的粗略一些；有的读懂了，有的似懂非懂，还有的甚至无法理解。但不管怎样，他们已成了我生活的一部分——他们一定程度上暴露了我的某种渴望，让我窥见自己赤裸的内心——在内心，我发现自己一直渴望通过他们，弥补生活中的某种缺陷，只是不曾说出，或者不曾暴露而已。

有时候，我也会短暂离开小城，怀着另一些向往，到有历史的地方走走。有一年我就一路北上，穿过北京帝都，直到长城之上才停下。有很多次，我甚至计划一直走到塞外——多年来，对于隐藏在黄沙与白骨、秋风与白马、弯刀与胡琴、英雄与美人，还有一首悲怆的边塞诗里的历史，我总抱了很大的热情。再或者，就如江南的才子佳人、小桥流水，一条承载青楼之梦的河流与一座人去楼空的美人旧居——他们比之于小城，诱惑就像风景一样，不断在那里呈现和招手。有几年，我甚至因此想逃离小城。但后来，从二零零八年之后，先后有几个城市明确想要调我的想法，并为我开出明显优越于小城的条件，我却不假思索地拒绝了——于是突然明白，我终究是属于小城的，我的一切的想象，最多是一次短暂的诗意飞翔。稍后，我还要回到小城，小城已注定是我精神和物质的全部地理；小城再小、再苍白，它毕竟承载了我肉体与灵魂的版图——它是要用心和体温去亲近和接纳，并可用一生去行走的。

这大抵就是目前为止我所有的内心履历了——无论欢愉的，还是忧伤的，在又一个春天来临时，我忍不住将它们都暴露了，彻底地暴露了。春风浩荡，野蒿和芭茅疯长起来，去秋的芦苇，再一次弄出生命的拔节之声，蝴蝶与画眉，百灵和斑鸠，以及它们婉转悠扬的和声，草木上的清新与明净，云朵上的湛蓝与幽远，一起暴露在了太阳和花朵下——暴露会是怎样美好的事呢？对了，关于暴露，我应该还要补充几句——除了卢梭认定的忏悔外，我更希望它是一种救赎，灵魂对肉体的深切抚摸，一个人在山巅上美丽的回首与遥望……

剩下的不仅仅是时间

一

很多年前，父亲便说，让我陪他去看看他的二姨。

快过年时，父亲说过年去，但直到年过完了仍然没去。快放长假时，父亲说等我放假就去，但直到长假结束仍未成行。这样不断地说，这样不断地拖延，不经意间，似乎便是很多年。

直到今年国庆长假，父亲终于对我发出了最后通牒，父亲说，再不去，可能就来不及了。但父亲随即又说，即使去，恐怕也来不及了。父亲扳开指头算了一下，说他二姨如果还在世，今年应该是九十岁了。父亲其实并不知道他二姨的生日，只记得他二姨比我奶奶大五岁，而奶奶去世时恰好六十五岁，如今奶奶去世已经二十年，几组数字加起来刚好等于九十。几组数字其实并不复杂，父亲却接连扳了好几回指头，反反复复算了好几次，有几次还算错了。我才发现，父亲其实也老了。

父亲忍不住就沮丧起来。他的九十岁的二姨还有可能活着吗？即使活着，估计也是不知人事，不识亲人了。那么再去看她，还有意义吗？——好几天的时间，父亲一直陷在他自我的怀疑和矛盾中，反反复复地像个小学生推理一道算式，每一次都会有一份沉沉的恍惚，把一份飘在头顶的时间和光阴弄得有几分孤独和不堪的样子。

好在到最后，父亲还是从那一道道谜一样的算式里走了出来。父亲说，不管怎样，即使他二姨已经去世了，即使只是去看看一座坟一堆土，或者是他二姨老得已经不记得一切了，不认得他了，他仍然要去看她，不能再等了。

在我们家亲戚中，在父亲二姨的那一辈，她已经是剩下的最后一个老人。

我奶奶去世时，父亲还为我们一家人的生计在外奔波，那时候还没普及手机，通讯不方便，无法告知父亲奶奶去世的消息，一直到把奶奶安葬后很久，父亲才回来。父亲一直为没能见上奶奶最后一面而觉得愧疚和遗憾。而父亲的二姨长得像极了我的奶奶。因为这样的心理，父亲一直想看他二姨一眼。只是多年的阻隔竟然让父亲只记得他二姨家的一个地名，至于路在何处却不得而知。

血脉与亲情从父亲的二姨处流淌到我这里，已经到了一条河流的下游，其间的热度分明细若游丝。但父亲不一样，在他跟二姨之间，血脉与亲情还只在咫尺，更何况，父亲一定是把奶奶的影子移植到了他二姨身上——尽管这或许会让父亲想要探望他二姨的情感动机打上折扣，但毕竟，这于尘世而言，无论如何都如那春水荡漾，清凉之中暖阳融融。

所以当我决定从俗事中抽身出来跟父亲一起去探望他二姨时，我甚至觉得，我或许也经历了一次严肃的情感洗礼。

二

除二姨外，父亲还有一个大姨。已去世多年了。父亲只依稀记得他大姨去世时八十四岁，还知道他大姨比二姨又大了五岁。在推算他大姨去世的时间时，父亲又再一次算错了，只是这一次没有谁为父亲纠正，父亲自己也不想再纠正了。

父亲和他二姨、大姨，当然也还有我的奶奶。他们之间其实就是一个完整的尘世，缺了其中任何一个，就都像某个脱落的链条。即使在相隔了多年之后，即使有人早已经不可能再面对面坐下来，在属于他们几个人的尘世里，回忆亦是一根缝衣针，一针一线之间，那些时间的漏洞似乎都会得到愈合。父亲一定很清楚，在这剩下的一截时光里，那点光亮的余存，随时随地都会被风吹灭。那时他所剩下的，或许便仅有一个黑沉沉的空洞，他虽然不一定惧怕那个空洞，但当他一个人站在那里时，他一定就会觉得这尘世的虚浮如风，以及从未有过的不堪重负。

所以现在，父亲必须紧紧拽住他的二姨。好在他的二姨身子虽然已如一根干枯的草，似乎精血耗尽，在秋风中欲折未折的样子，但也还算耳聪目明，一切回忆在她九十年的时光里竟然都还棱角分明。也或许是因为这样的反差，父亲忍不住哭了，就在他的大姨，还有我奶奶在他二姨棱角分明的回忆里一次次接近真实又一次次觉得缥缈无依时，父亲忍不住哭了。我知道，父亲在哭他的大姨，在哭我的奶奶，在哭那些已经逝去的时光，当然，更是在哭他的二姨，哭一个九十岁的老人紧紧留存在她生命中不死的记忆——无论如何去看，时间在此都难免有点残忍，时间怎能让一个九十岁的老人至今仍清晰地活在她的从前呢？

在三姊妹中，我奶奶最小，却最先去世。我奶奶逝去之后大约十年，父亲的大姨跟着去世。这一直让父亲的二姨无法释怀。现在，在一缕秋天的阳光下，父亲的二姨抬起浑浊的目光看了看空茫茫的天空后对父亲说：“你娘死得太早了！我是她姐，我咋就不死在她之前呢？”顿了顿又说：“你娘死了应该有二十年了吧？”再又说：“我为什么又活了二十年呢?”再下去就紧紧拉住了父亲的手说:“你大姨应该也死了十多年了吧?我咋就又活了这十多年呢?”那样子,就像一尾深陷于时光中的鱼,被时光网住的同时,却又一直陷于一份挣脱于时光之外的彷徨和无依。

毫无疑问,父亲的二姨无时无刻不在想着她的两个姐妹。

这让我忍不住有些动情,同时也有些失落。其实,父亲的二姨虽然日子过得艰难些,但现在的她也是四世同堂,按理,她该在这一份幸福中继续享受更长的光阴,更何况,她现在还享受到了国家发给的农村高龄补助,但在一颗心的深处,真正可以慰藉她的孤独的,还是那些来自她两个姐妹的所有往事,其余的,不管怎样,似乎都隔了些,甚至是极有可能都远在心灵之外的——而这些,是否就是来自尘世的最本质的隔膜呢?

再看父亲的二姨时,便觉得她越来越像时间剩下的最后一根草。她一个人孤独地活在那光阴里,四周跟她一起生长起来的草木早已被秋风收割,唯有她,一个人在秋风中茕茕独立,——不是诗意地独立,而是一眼一眉之间,均是残存,均是沧桑,熟悉的世界已经不再,满腹心事就像落满天际的秋风,混沌模糊,斑驳难辨。

我突然觉得有些不堪。我甚至不得不怀疑先前我对于所谓肉身的福祉的理解——先前我一直以为,作为一个肉身而言,一个最基本的幸福指数就是至少要活得相对长久些,越活得长久,其幸福指数就会越高。但现在,从父亲二姨的身上,我显然觉得自己真的偏激甚至浅薄了——所谓肉身的福祉,它并不是单纯以活得久长为标志,较之于一份沉沉的孤独,一份生命的久长,或许更是引人心伤的利器?

三姊妹,无兄亦无弟,在那个时代,这样的家庭是被人们认为香火已断,也必定要遭受歧视的。不独是她们的父母,即使是她们姊妹三个，亦是受尽了村人的白眼。这一特殊的人生经历，我就不止一次听我奶奶提及，每一次，奶奶内心的那一份愤懑和忧郁，都会像一阵阵清凉的秋风，把整个屋子弄得萧瑟无比。尤其是每年农历七月鬼节，奶奶都忘不了要我在我们家的祖宗牌上添上她父母的名字，并嘱咐我在她去世之后，一定也要像今日一样供奉她的父母（后来我的确做到了，愿奶奶在天安息）。多年前我不甚明白，多年后却觉得有一份沉沉的凉意，就让奶奶立于那寒枝上。而多年后的今天，让我意想不到的是，即使是已到了九十岁的年龄，即使所有的往事均已隐入尘土，但父亲的二姨仍然像当初奶奶一样走不出这一份寒凉之气。一看见我们，父亲的二姨第一句话就说："人们经常说我这辈子就一个人，我经常给他们说，我家还有很多人，你看，你们今天不是来看我了？"父亲的二姨显然是把我们当成了她的娘家人，也当成了她最亲的人。而我，却在那一刻看见了一份穿越岁月与心灵的疼痛，像一根根固执的草，一年年蔓过无边的荒原。

三姊妹之间，几乎就是相依为命的一份亲切的尘世了。

我清晰地记得，在我奶奶去世之前，她一切都放下了，却就是放不下她的两个姐姐。一直在说着她们，奶奶说她倒不牵挂她的大姐，因为她大姐的儿子们总算有点出息，日子也算过得去。她唯一惦记的，就是她二姐，她二姐一是丈夫死去多年，两个儿子又都老实，尤其是小儿子连媳妇也娶不到，一家人生活很是艰难，人世在她二姐那里，真真是一份举步维艰。之后，奶奶还拿出一套平时舍不得穿的新衣服，嘱咐等她二姐来为其奔丧时送给她，那离世之前的牵挂，至今仍然让人动容。还有父亲的大姨，对父亲的二姨的牵挂，亦是让人感怀。一直到她后来人生很多往事都已忘记，甚至忘记了她的儿女时，她都没有忘记父亲的二姨，只有在跟父亲的二姨说话时能回到清醒的状态。这一直让我们深以为奇，一份失忆之忆，一份唯一不死的记忆！

如今，对父亲的二姨而言，或许真正能牵挂她的人，都已经离开了这个尘世，剩下的关于她的牵挂，或许就只有一份坠入时间深渊的回忆，缥缈且寒彻——但她依然喜欢一个人坐在那里，喜欢向着那深渊看过去。只剩下一个人，没有谁能干扰她，没有任何事能在那里出现，她只一个人进行着她的回忆和牵挂，剩下的，都只交给时间，至于有没有答案，似乎已经无关紧要。

三

早在五十年前，父亲的二姨父就已因病去世，此后，父亲的二姨便一个人带着三个孩子，一步一步地在岁月中走了五十年，一直走到了现在。她的女儿出嫁到了很远的地方，而且也早已为人祖母，几十年之中难得回来一次；她的大儿子也即我的表伯虽然就住在隔壁，并且也早已为人祖父，却是在另一个屋檐下另起炉灶；她的小儿子也即我的小表叔，算来如今已是五十多岁了，却一直未娶，并早在十多年前就已孤身离家出走，其间从未回来过，甚至是生是死亦不确切……

我们问表伯，为啥不让父亲的二姨跟他一起住？表伯一脸无辜地说，并不是他不要，而是父亲的二姨不肯。表伯还说，她之所以不肯的原因是，她说她一直要守着属于我的小表叔的那间房屋，她一直要等小表叔回来。表伯还说，他去年在修建他这边房屋的时候，准备连小表叔那边的一起修，结果父亲的二姨死活不同意，还大骂表伯豪强霸道没良心，想要霸占小表叔的家产。我们又问表伯，那么小表叔究竟有没有音信呢？小表叔究竟知不知道有一个已经九十岁的母亲一直在等着他回来？这下表伯显得有点生气了。表伯说，一方面父亲的二姨在家苦苦地等着小表叔，一方面是小表叔的心中根本就没有这个老母亲存在，表伯还说，有一年小表叔从广州打了一次电话回来，当时表伯就催他回来看看老母亲，小表叔答也不答，只说他连自己的生活都顾不了，哪还有闲钱奉养老人？

关于小表叔，父亲的二姨有时也觉得他或许真的死在了外面，尤其是每年农历七月鬼节时，她总要躲开我的表伯，偷偷地为小表叔焚烧纸钱；有时夜半时分，亦会听到她一个人在哭小表叔。但与此同时，她又坚信我的小表叔总有一天会回来，她一定要帮他守好属于他的一份家业——尽管那一份家业已经只是半截（另半截已被我表伯翻新盖成了水泥平房）低矮破旧的瓦房，以及门前荒草丛生的窄窄的一个小院子。而当我们弄明白这一切时，我们突然也似乎明白了一个九十岁的老人，何以如此顽强并且清晰地活在这尘世间的原因了。

“四月是最残忍的季节，荒地上，长着丁香，把回忆和欲望，掺和在一起，又让春雨，催促那些迟钝的根芽。”托马斯·艾略特在《荒原》里这样表述生与死的残忍和迷茫。而我亦觉得，一个人一旦置身于某个残忍的季节时，生命的迷茫，就一定像荒地上的一朵丁香，即使花香犹在，却已恍如隔世。

父亲的二姨，也是那一朵隔世的丁香么？在一片孤独无助的荒原上一切似乎都已经过去，一切都还没有到来，一朵花的开放与零落，残忍与迷茫，早已经没有任何人在意、倾听。

一切都已经无可挽回了。对父亲的二姨而言，过去的已经成了永远的过去，还没有到来的已经不可能再来。就像某扇在秋风中豁然洞开的窗户，虽然有一双眼睛和一颗心还在紧紧地醒着，但其实，秋风所过之处，一切都已经无济于事，厚厚的尘土早已经掩埋了一切，剩下的，或许真的只如隔世的凝望，以及一开始就已面目全非的遗忘？

只有这一次短暂相聚后的告别，却是这个秋天最真实的场景。吃过饭后，送给父亲的二姨为数不多的一点钱后，我们便要告别了。二姨显然舍不得。在干净明朗的阳光下，她一手扶着拐棍，一手紧紧拉住我父亲的手，然后就哭了，先前的欣喜，终于成了决堤的泪水："儿呵，我晓得我们这是最后一面了，等你下次来时，我就变成一堆土了……"我父亲也忍不住再一次哭了。紧接着，这一对暮色中的母子——彼此都已经枯去的身子，就像两棵随时都有可能折断的霜草，紧紧搀扶在一起了……近处，有一簇簇灯笼般的西红柿开得正盛，远处，还像从前一样不知人世的稻谷正逐渐变得金黄，一只不知来自哪里的羊，漫不经心地走过……

风却一直不动。风也许不忍心打扰这残忍和迷茫的时刻？只是最终我们还是走了。一直走出很远，父亲都还在回头——我也忍不住一次次回头，父亲的二姨依然站在那里，虽再也看不见她的泪眼滂沱，但我突然觉得，此一去，我们便是彻底地将一个九十岁的老人，将我们家唯一剩下的最后一个老人丢下了，我们只用了不多的一点钱（这样的形式我一直觉得很是不堪），就将那些穿越了无数岁月的牵挂丢在了时间的那一边，只不知，一起丢下的，是不是真的也还有疼痛，就如这悄无声息的秋风一样，只默默地，割碎了我们潜藏多年的郁郁和忧伤？

时间的皱纹

我跟杨小燕，说是相识，但见面后彼此并不知道对方。说不相识，见面后一句话，却似乎又是故交。那天晚上，她跟隔壁办公室的县妇联主席来上网，网络不通，妇联主席叫我过去查看一下。我其实并不认得她。倒是妇联主席说，你们还是老乡呢。我就这样想起了她——当她说出她的姓名后，我就快速地想起了她。想起了二十多年前无数次被人们提起的她的名字。

她未出嫁时所在的村庄，跟我的村庄相邻。所以我能有很多机会听到人们说起她的名字。尽管我不曾见过她，不知道她的长相，但从人们的话里，却能想象出她的美丽来。在二十多年前，她一直是相邻村庄的热点和亮点。老年人不断地说起她，因为她是相邻村庄第一个考取师范端上铁饭碗的女孩子；青年人不断地说起她，因为她是相邻村庄最漂亮而又有文化的姑娘；小孩子不断地说起她，因为她的名字在村庄铺天盖地不断出现……我就是这样的，二十多年前，我还是个孩子，但我不得不记住了她的名字。尽管我已不记得都是些什么人提过她的名字，亦不知这些曾经不断说起她的人是否还记得她，但我的确记住了她——杨小燕。这仅是一个普通的名字。她却在我的记忆里潜藏了这么多年，现在只轻轻唤上一声，就已跃然心上——二十多年前，我现在要说的是我那时的想象和虚构。

那时，我从未见过杨小燕，却不止一次想象甚至虚构她的样子。当人们再次说起她，我的想象和虚构也再次开始——她应该是披肩的长发，红润细腻的脸蛋，细柔修长的身子，穿着白色或红色的连衣裙，穿着光滑明亮的高跟皮鞋，很奢侈地从村庄的泥路上走过……她作为我心中漂亮女子的标准，就这样以背影般的方式让我畅想了多年。

我从未想过有一天我最早认为的美丽女子，会以怎样的方式在怎样的场合跟我相遇，也从未想过有一天我最早认为的美丽女子，会以怎样的容颜怎样的身影颠覆我最早的美丽情结。在匆忙而来又匆忙而去的生活里，我不得不说，关于杨小燕，关于杨小燕的从前或现在，她其实跟我并没多大联系。二十多年前的想象和虚构，二十多年后甚至无法成为任何谈资的可能。我甚至一直在想，若不是那个偶然的晚上，那次偶然的相遇，或许她的名字就将永远在我心里潜藏下去，进而销声匿迹了。实际上，二十多年来，除了现在，我再次为曾经的想象和虚构唏嘘不已时，其他时候，我已彻底忘记了她。但我毕竟又想起了她，二十多年后一个不经意的夜晚，我竟然很真实地站在了那扇虚构和想象的门前。我不敢确定自己是兴奋还是失落。偶然的相遇，一度填补了我二十多年前想象和虚构的空白，弥补了曾经的缺憾。但也是这偶然的相遇，彻底摧毁了我想象和虚构的美好——我要说的是，那天晚上，当我知道她就是杨小燕时，我大约怔了好一阵——她满脸遍布的皱纹，臃肿的身躯，没有半滴水分滋养的微笑，长发摇甩间已不可挽回的青春妩媚……我的确没想过这就是我与杨小燕相遇时的场景。我无疑是被她颠覆了。时间留给我的想象和虚构，已然仅剩下皱纹。也就是那天晚上，我决定用逃跑的方式离开杨小燕，我以上厕所为由，匆忙离开了妇联办公室，后来又悄悄冒着瓢泼大雨离开自己的办公室。我没有再跟她打招呼，我知道，二十多年前一份美好的想象和虚构，已从此终结。

我心中的美好，在时间制造的皱纹里，终将随着一个身影的消失而消失。只是，杨小燕，这个普通的名字，却从那天晚上开始，让我想起其他的、另外的身影和另外的皱纹。想起有关时间的命题——我知道这又是自己的再一次重复。我不得不承认，在我写下的所有文字里，我所关注并为之纠缠不清的，大多就是有关时间的主题。这甚至让我在写下这篇文章的标题时曾有那么一阵迟疑，我其实并不想重复自己，不论是内容还是形式，我想重复一定会让我感到厌烦甚至心生厌恶。但我终于还是在皱纹之前再次冠上了时间这个定语——我几乎没有任何选择的余地。——时间或许真是生命的形体，我这样想着并重构博尔赫斯的诗句——只有像阳光消失的时候，一切与生命相关的，才会在时间里隐匿。所以我终于觉得了从容和释然，我决定从杨小燕的皱纹开始，从时间开始，记述其他的、另外的皱纹，用近乎传记的形式，给在时间里隐匿的她们立传。给隐匿的她们的青春和美丽立传。一如杨小燕，我二十多年前的想象和虚构，我二十多年后的感慨和唏嘘。一如她们，终究逃不脱时间的胁迫甚至扼杀。

王小芬。我称她为王书记。先前在某机关任职。后来自己写了申请改任非领导职务。我跟她走得很近。因为跟我同在一个办公室的刘姐，跟她是好朋友。而刘姐又很乐意说起她，说起她的过去和现在，而且说得爱你没商量，说得不管你愿不愿意听。刘姐不断地说起她，刘姐说，你别看她现在一身“肥肉”，年轻时却是个地道的美女。刘姐说，那时在她们村里，王小芬的“评价”（物品与经济的对等值）是两千元，是村里最高的，刘姐说那时的两千元，可以修建最好的一幢房子，那时的两千元已经是一大笔数字。刘姐一直在说王小芬曾经的美丽……我不知道刘姐为什么总要说王小芬曾经的美丽，不知道在曾经的美丽和现在的“肥肉”里，刘姐想要印证什么。我想刘姐一定不会想起有关时间的命题，这么神圣和严肃的话题，她才懒得去思考。她至多是在拾捡一些生活的碎片，一些充满意趣的笑料，以弥补这办公室的无聊和枯燥。但她无疑一直在说着王小芬曾经的美丽，说着我们已经无法窥见甚至想象的场景。但我无疑也是相信的。我相信刘姐没有杜撰的必要。王小芬与她无关，与我们也无关，她完全没必要为一个无关的人去杜撰。

但我始终无法想象王小芬的美丽。现在的王小芬，我实在无法想象她先前青春美丽的身影。无法想象那些曾经被她所迷倒的无数男子。现在的王小芬，一脸蜡黄，皱纹一如蓬勃的野草，从上到下，肥胖过度，走路时均能看到肌肉的抖动，整个身上几乎看不见曾经美丽的半点痕迹。但按照刘姐的说法，因为王小芬出众的美丽，那时想要追求她的男子几乎排成了长队。她也因此成就了一生最为美好的记忆。我就曾无数次在那个早餐店遇到王小芬，无数次被她捷足先登为我付了早餐钱。她称我为小青年，她是那种很爽直也很随和的人。所以我总能消除一切的顾虑说起她。我总是说，刘姐说你曾经很漂亮。说追你的人很多，说那是你一生的骄傲。她似乎也很乐意提起这样的话题。她显然很高兴。却只字不提从前，只是说，那已经过去了。现在自己已经成了地道的黄脸婆，甚至连丈夫也瞧不顺眼了。她总是说得很随意，随意得看不出丝毫的悲伤。然而我现在要说的正是她的悲伤。事实是，刘姐嘴里曾经的美女，现在已是四十多岁的女人，身体极度变形，仿佛扭曲的失去一切水分的植物，在剩下的季节里仅剩下时间制造的皱纹，在剩下的时间里重复美人迟暮的故事——事实是，现在的王小芬，丈夫已经跟她离婚，时间制造的皱纹，已让丈夫失去了亲近她的热情和兴趣。时间制造的皱纹，只能让她在独自掩藏的悲伤里悲伤，只能让她，想起或遗忘曾经的美丽，曾经的自己。

这当然有我想象甚至虚构的成分。因为我根本就不曾走进过王小芬的内心。生活中的她，也是极为快活的样子，在申请改任非领导职务后，总是四处谈笑风生，四处打麻将，我就不止一次跟她在同一张桌子上打过麻将，跟她说着笑话，说着身边的人事，偶尔也说起刘姐说过的她的从前。她总是乐天派的样子，生活乃至生命里的一切挫折失意，似乎都与她无关。所以我认定对于她内心的猜想，一定程度上带了想象甚至虚构的成分。但同时也认定，我的想象和虚构，却是最能接近她的捷径——这种内心的飞翔，实际上总是在贴近体温的高度上爬行，总能让我们最大限度接近真实。正如现在，我还要决定用这样的方式，提起另外的一个女人，提起时间制造的相似的皱纹。我始终相信，从那天晚上之后，从杨小燕之后，她们就一起走进了我，走进了我即将说出的文字中。

我最后要说的是陈凤霞。与杨小燕和王小芬不同，现在的陈凤霞，虽然也是满脸的皱纹，但其细瘦高挑的身材，依稀可见年轻时的美丽痕迹。如果不是疾病缠身，不是疾病的不断折磨，我想她应该还能尽可能透出美丽的气息。我是亲自听她说起她的故事的。那一次，我跟她同车去赶一个叫打邦的乡场，同车的还有跟她同龄的几个妇女。我坐在副驾驶的位置，她们几个挤在后面，一路上就谈她们的青春往事。我就是这个时候听到了陈凤霞的故事——陈凤霞年轻时是远近闻名的美人，曾经有一个男子，因为得不到她的爱情而投河自尽。她现在的丈夫，亦是费尽周折，几回回峰回路转后才见的柳暗花明。然而就是这样的一个她，仍然逃不脱时间制造的皱纹，在皱纹如草蔓延的时候，她曾经的骄傲，早已成明日黄花。现在的她，总能让我想起黄卷青灯、人去楼空的凄凉意象，想起一幅来自古典深处的落寞与怅然。

我这样说，是有着现实的生活场景做铺垫的。现实中的陈凤霞，同时患着糖尿病、肺结核等好几种病，各种疾病的交错蚕食，使得她仅剩的美丽气息也日渐枯败，就像那些落花最后的容颜，尽显沧桑。曾经青春四溢的美丽女子，现在一脸的倦怠与疲惫。而最堪可怜的，是晚上睡觉时，竟然不能控制自己的平衡，常常会跌下床来。然后独自坐在床下垂泪。而我想要详尽记述的，还是她被丈夫遗弃的故事。她先前并不知道自己已经遭到丈夫的遗弃。她有一天接到一个电话，一个粗俗的乡下女人的电话。电话接通时，乡下女人提到了她丈夫的名字，开口就咒骂她快点死去，公然说丈夫已经跟她同居多时。陈凤霞从此才知道丈夫早已把自己遗弃。为了挽回丈夫的爱，她后来甚至带着女儿，像搞地下工作一样在一个黑夜摸到乡下女人那里，把丈夫逮了个正着……但她终究没有达到自己的目的。丈夫依然我行我素，并公然提出离婚。我不知道陈凤霞，当她想着曾经的过去、现在的处境，是否曾生出美人迟暮般的哀怨与彷徨。但我想，此时，当一切往事再现，她一定会渴望回到从前，回到从前美丽的时光……

但能回去吗？面对时间，浮士德大声呼喊，说，你真美呵——你停留一下——时间是不可能停留的。浮士德知道，陈凤霞知道。我也知道。所以当我写着陈凤霞，当陈凤霞独自在空屋里想着曾经的美丽，我们彼此都知道，一切逝去的，都已逝去，已不可再来。但最为可怕的是，那种想法依旧日复一日不断生长，就像我此时零星地想起的博尔赫斯的几句诗句。诗句是分散的，零星的，但我现在乐意把它们重新排列并结集起来，倒也像完整的一段台词，指向时间及我们的内心深处。诗句是这样说的：

我害怕开启
而其影像却在梦中展现书卷的谜团
仿佛肃穆的神祇一样
源自时光深处
或者，这一切都是我们永远不能破解的
密码和难点

或者，这就是时间？或者……我想我其实并不知道其中的答案。

火车穿过的村庄

一

三年前，就有消息说要在村里建一个火车站，县城也要迁过来……消息就像风一样，刚一吹拂，就四处弥漫，并不断变本加厉；所有村人均被笼罩其下，就像一根根针尖，被某块施了魔法的磁铁紧紧吸引。

消息铺天盖地，纷繁芜杂，但土地、规划、拆迁、补偿一类的词，却清晰可见，就像身处沉沉黑夜，一切虚幻纷纷坠落，唯有肉体与内心的真实浮上来——每个人都渴望用双手捧住，用眼睛穿透，乱花迷眼中，占有的欲望像一只兽，在黑夜里气息分明，蠢蠢欲动。

再一段时间，有人说看见测量队进村了，并在某处某处画上了奇怪的符号；说话的一惊一乍，上气不接下气，发现外星人似的。人群潮水般涌到所说的地方查看，确实画下了很多字母，在石头上千真万确；一边不明所以地凝视，一边就猜测，每个人都渴望从中读出秘密；一时间，各种消息绕着这些字母飞翔，像一些迷乱的蝴蝶与蜻蜓，围着一棵青草或一朵花枝找不到出口；据说有人还将字母们带到睡梦中，企图获取某种暗示；到最后，就有人下判断了："凡是打印记的，都要征拨，要赔偿。"有人问："确切吗？"对方说：

“信不信由你。”又有人说：“你从哪儿听来的？”对方不置可否，倒是斩钉截铁地扔下一句：“总之你就作好应对拆迁的准备吧……”俨然一副先知先觉的样子，容不得半点怀疑。

不管信与不信，还是有人准备栽树了。栽什么树呢？最好是果树。据说果树的赔偿价格高，要是开花挂果，价钱还会翻上一倍；还有更神奇的说法：有人在未开花的果树上用502胶水一朵朵地粘上去，也得到了赔偿的好价。那么，就栽樱桃、桃树和李树吧，它们烂贱，成活率高，两三年后就能开花结果；即使来不及，到时就多买几瓶502，准能赶上赔偿的趟儿。仅仅几天，田坝、地坝，直到山岭上，全都栽满了树。树栽下去，因为命贱，加之都是好田好土，竟然都成活了；第二年春风一吹，便郁郁葱葱起来。

不过，问题跟着就出来了：一边是树活了，庄稼却没了；一边是火车站迟迟不见动工，赔偿的话题遥不可及；一边是以后的生活靠什么维持呢？于是有人就慌了，甚至后悔了：“这消息可靠吗？”有人还骂娘了：“我操他妈，究竟是哪个造的谣，真是害人了！”不过立即就有人劝开了：“骂什么？慌什么？你看你那副没出息的样子，钱不熬是出不来的，只要最后赔个几十万，你那点庄稼算什么？”想想也是，骂娘的人似乎衡量到了利弊得失，于是也心平气静地开始了等待。

每个人，在消息面前，都心甘情愿做了俘虏。

二

树栽下后，村庄就变得凌乱了。

一棵棵树，从不该长的地方长出来，高矮不一、枝节横生，更有那荒草、荆棘、藤蔓等争先恐后；偶尔的一块，或零星的几块，因为主人暂时还放不下那么一点土地情结，依然如旧栽下庄稼的，如油菜、稻谷、玉米、高粱之类，夹在其中，绿色也显得有些荒芜；就像最后的眼神，所有的故事，呈现的，尽是陈年的落寞与忧郁。

阳光也潦草起来。先前，阳光总是一丝不苟，点点滴滴的光芒，仔细拂过每片叶子，村庄就像一张灿烂的脸。现在，阳光却像一个漫不经心的手势，懒懒地伸过，一脸倦容——阳光是不是也怅惘于那份荒芜呢？在无法进入一株植物内心的时候，那些温暖的记忆，是否早已跟泥土一起深埋？

倒是有些鸟雀，包括多年不见的，比如老鸹、乌鸦、猫头鹰，还有很多，传说中美好的或不美好的，统统冒了出来。它们聒噪的声音，响彻山野，虽然也有动听如乐的，但每一次，我都觉得了杂乱，就像粉墨登场的鼓点，章法缺失，秩序混乱。于是就想，即使美好的事物，一旦甚嚣尘上，也就成了杂糅的布景，纷乱之间，是心的重重阻隔。

小道被深埋其下。先前，一条条小道，就像一个村庄流动的经脉，草木、庄稼、人与泥土的气息，在那里不断充盈芬芳；在那里，空气是清澈的，流水是清澈的，云朵与雨滴是清澈的，一切都是清澈的，包括人，从外至内，从思想到言说，都是清澈的，一览无余的底下，是心灵与心灵的深情贴近。但现在，它们早被杂草与荆棘遮蔽，当你抬起脚，往昔早没了踪影，时光就像一首废弃的歌谣，尘埃如一堵厚厚的墙——你跟村庄，早已路途封锁，两心苍茫。

村庄内部，有空余土地的，即使借钱，也要盖上一幢楼房；没有的，就在旧房顶往上升，楼层越高越好；先前是瓦房的，就换成钢筋水泥结构（据说瓦房赔偿价格低）；建房之外，还贴瓷砖、铺地板砖，总之要把一幢幢房子包装得价格不菲；似乎每一块砖，每一根钢筋，一到拆迁时，就变成了一沓沓的百元大钞。村子外围，外地人纷至沓来购买土地，并也建起了楼房。这时候，乡政府出面了。他们除了把旧房逐一拍照外，还带来了关于处理违规建筑的文件，要求停止建房行动；但没有谁相信，村人都认定，凡事就是饿死胆小的，撑死胆大的。更糟糕的是，乡政府出面，还从侧面确定了要建火车站和新县城的消息，于是建房行动不是偃旗息鼓了，反而像蓬勃的野火，信心百倍火速蔓延开来。

几乎是第二天黎明，当你推开窗子，就发现村庄突然臃肿起来了，前后左右，不分方向，不论位置，全都长满了楼房，就像山野里的树，刚种下去就葳蕤起来；远远望去，歪歪斜斜，挤挤挨挨，像一张巨大的钟形罩，在此之下，曾经的流水远逝，蛙声消失，花朵没落，云彩不现，就像一幅被暴力奸污的风景，芳华凋谢，委顿爬满内心。

三

火车站终于开工，已是三年后的春天了。

这个春天，先是桃花开了，再是樱桃花开了，最后是李花开了，一朵朵、一簇簇、一片片的红与白依次走过，像一个个盛装的节日。干净的阳光落下来，我们再次嗅到了泥土与青草生长的气息，多年前的清新与朴实，熟悉的味道在鼻间穿梭……但没有谁在意这些，整个村庄都在仰着头，不断地望着进驻火车站的施工队——他们带来了大型挖机、测量仪，还有很多沉重的钢铁，俨然一支全副武装的队伍，壮观的阵容，在村史上尚属首次。每个人都能预测，他们的到来，必将让村庄拐上全新的轨道。

人们停止了手中的活计，每天都潮水般涌向施工队，兴奋地看他们张贴宣传标语、搭建临时住房、测量、施工，甚至看他们某个人低头冥思……他们的每一个笑容，似乎都是新奇的，更是美妙和让人陶醉的，就像一首优美的旋律，或是一缕沁鼻的花香；他们的每一句话，似乎都藏着无底的芬芳，不断诱惑舌尖上的味蕾；他们所有的细节，似乎都关系村庄的未来，都将是引爆村庄的导火索……而我一定是沉重的，这个春天，总有一份来自古老的孤独，隐隐约约地让我窥到了时间深处的暗疾，如此强大，如此顽强。

一台台挖机，就像一只只巨型铁虫，向山峰的深处不断掘进。石沙泥土刚抬出来，一条隧道的模样就变戏法似的凸现了。不过，正在人们为之惊叹时，却看见有施工队的尸体抬出来了，共八具，据说是一个作业小组，被塌方一起压死的。尸体抬出来，没有人来认领，而是就地草草掩埋。死者都是远方人，他们究竟有没有家属？……每个村人都觉得了困惑，内心爬满神秘。再几天，又一个作业小组在打隧道时遇到一条阴河，不单人，连挖机也一起掉入黑暗，尸首全无……汹涌的人群终于散去，摸摸心跳不已的胸脯后，重新拾捡起了丢下的日子。

听说施工队工资高，有钱，于是有人想到在施工队驻地开个小饭馆或是卖点饮料之类的。出主意的觉得发现了一个重大的商业秘密，一拍大腿后，就风忙火急地张罗开了；先是一家，再是第二家、第三家……出乎意料的是，人们很快发现了不好的兆头乃至事实：村里一个近四十的妇女，竟然在那里怀孕了，而她丈夫多年前就做了绝育手术的——事情败露后，在众声讨伐和羞愧中，她连夜喝下了一瓶甲胺磷，以生命的代价作了了结；再一个少妇，丢下丈夫孩子，跟一个小工头私奔了；还有很多年轻妇女，一直在跟施工队的发着暧昧的手机短信……一场意外的爱情瘟疫大面积在村里泛滥，就像一些有毒的花粉，一场大雨后，沿着潮湿的花叶迅速传播，大有毁噬一个村庄的趋势。一时间，人人自危，所有的小饭馆和小卖部不约而同被拆除，就像失败途中的大溃退……

我也终于发现，有一种莫名的担心，正在心底一点点蠕动，像一些虫子，缠绕如疼痛的小小的墓冢；我想，此后不远，一个村庄的秩序，或许真的就要更改了——不单是形式上的，而是本质上的，它彻底地关乎生活，甚至情感本身？

四

有部分土地终于被率先征拨了，也有部分人家的房屋被率先拆迁了。

这些征拨和拆迁，按国家的标准，都在赔偿范围。有的几万，有的十几万。接过钱的，一脸春色，笑逐颜开，只是双手分明有些颤抖，尽管在尽力掩饰，激动还是明显地暴露出来；看着别人接过钱的，双目就写满了羡慕，恨不得就在明天，自己的土地与房屋也划在征拨和拆迁之列——你甚至能听到某只小兽在他们身体里扑腾的声音，它紧紧拽着显山露水的欲望，在土地与房屋间声嘶力竭。

只不过，被存入银行的百元大钞，很快又被取出来，流到了赌桌上。母亲每次进城来，都要向我描述赌钱的场面。母亲说，本村的、邻村的，还有远处村寨的，年老的、年轻的，男的、女的，每天一早，就赶集似的往赌场赶。母亲说有一次她还特意去看了热闹，只见一张张红色的百元大票在桌子上滚来滚去，就像一张张随意的树木叶；赢了钱的兴高采烈，输了钱的不断骂娘，脸涨得像猪肝色……母亲颇有些愤然，总认为这些人是在作孽，并深信一定会遭到报应。

有段时间，我也总觉得要出点什么事。果然，某个黄昏，在一抹越过阳台的浅浅的斜阳里，电话里传来堂弟媳的诉说：她说堂弟每天就知道赌钱，什么活也不干，不管她劝说的理由如何充分，堂弟就是吃了秤砣铁了心——到最后，堂弟甚至动手打了她，丢下一句：“我干活已干得够累了，你就让我找点轻巧钱行不？”然后就离开了家，一去之后手机关掉，踪影全无，一份决然，近似心伤情绝，引人怅惘。当我终于得见堂弟，已是我从拘留所把他接出来的时候。据堂弟说，某个夜晚，当他们赌得正欢，一群便衣破门而入，当场缴获赌资近十万元，所有参赌人员都被拘留……细看堂弟，胡子杂乱如一簇青草，疲倦蜷缩在皱纹里呼之欲出，月余不见，竟觉得苍老了许多。问他是否知道赌钱的危害，他却仅是笑笑，不置可否。

村里一家我喊大叔大婶的，赔得了十余万元；钱是大婶接的，大叔要去赌，大婶不给，大叔出手就抢，并把大婶捆在门前的梨树上，一去几天不归；大婶喊回在外打工的儿子，儿子从赌场拽回大叔，又将大叔捆在梨树上，并扬言示众三天；一个年近四十的光棍，获赔八万余元后，竟有一女子主动上门答应跟其成亲，不承想他一夜间赔款输尽，女子远去，要到手的婚姻鸡飞蛋打；还有一家，土地全被征拨，妻子说土地没了，但一生还长，加之儿子孙子，未来就像一条长不到头的路，最好将钱存好，待火车站建成、新县城搬来后做点小生意过日子；男人最初也同意，后来忍不住诱惑，先是输掉一点，准备收手时，又有人找上门来，百般诱劝，到最后，竟像挤牙膏一样，一点点的把所有存款全输掉，绝望的妻子在某个夜晚毅然割开了自己的双腕……

诸如此类，此起彼伏，连绵不断；面对他们，我总觉得堵得慌，似乎有一块石头，一直压在我的心上；那石头，仿佛由来已久，像无形无声的咒语——我相信，不单是我，还包括所有的村民，我们都一直在它的魔咒之下。

五

此前，尽管乡政府已反复宣传并下发了停止违规建筑的通知，但村人总觉得这是吓唬人的游戏；他们始终不相信，一幢建得好好的楼房，会有谁敢活生生地将其拆掉？

但事实就是事实，对违规建筑，不但要强拆，而且分文不赔！

第一户强拆的是村小的某教师。有所不同的是，该教师占用的土地是集体的荒山，群众不同意，纷纷签名上告，要求乡政府对其实施强拆并归还土地。强拆那天，不单是乡政府的，县委、县政府的主要领导，还有公安、消防、武警、城管等单位的都来了；方圆十里的人们也来了；人群如潮，水声喧哗，一浪高过一浪；挖机长鸣，尘灰掠地，惊动鸟雀……我敢断言，如果多年后回忆起这一幕，每一个亲历者必将会记得，这一天就像一个最隆重的节日，它所提供的想象，远远胜过村庄史上成百上千的日子；就像某个重要时刻对于一颗心灵不灭的影响，它不但贯穿记忆，还与时间休戚相关，荣辱与共。

接下来，几乎每天，人们都能听到拆迁的声音。每一次，围观的人群依旧汹涌如故，不管跟自己有无关系，都舍不得错过，就像百看不厌的一场大戏。只是后来，情节就有点冲突了——据说有一妇女，一手抱着液化气，一手点燃打火机，声称只要拆迁队伍敢靠近，她就死给大家看；还有一户人家，组织了二三十人，手持棍棒，砖头堆满楼顶，声称只要拆迁队伍踏进楼房，就拼个你死我活……但冲突终于都平静下来，所有的违规建筑也都被拆掉，一切都风平浪静得有些意外。只是那沉重的挖机的声音，从此总爱袭击村人的梦境；尤其是被强拆了的，几乎都在梦里听到过挖机的声音——就像秋风卷过落叶，刀子掠过身体；再然后，失望与孤独迅速疯长；

到最后，时间也入了梦境，一切都变得虚幻起来，伸手之间，握住的，似乎已不是原来的自己。

整个村庄就像一列出轨的火车。被搅得粉碎的钢筋与水泥，凌乱在地上，一些干瘦的虫子穿梭其间，花瓣与树叶的碎片覆盖其上，视线一片狼藉，就像一些不可收拾的内心；旧房们再次凸出来，重新露出来的熟悉的天空，仿佛一张张从异乡归来的脸，只是明显多了风尘擦过的痕迹；偶尔的一只羊从上面走过，咩咩地叫声像夕阳落下的叹息；人们在村里晃来晃去，丢下的活计，没人搭理，也没人会注意那条已隐约可见的火车道，整个村庄似乎都出了故障，时间在此遭遇空白。

我有很长一段不敢提起此事。我知道，我的村庄正经历有村以来最厉害的疼痛，每一缕、每一丝、每一刻都在爬过我的身体，就像一群狼奔豕突的蚂蚁。很多次，我都觉得刚经历了一场梦境——就像某种暗示，却又始终纹理不清，直至匪夷所思。

六

我再一次回到村庄，已是秋风渐紧的季节了。

从逝去的落叶身上，我一如既往地看到了多年前季节呈现的正待枯萎的面容：苍黄的天底下，秋风是寒凉的影子，樱桃树、桃树和李树，叶子落尽，清瘦的枝干活像一根根瘦骨伶仃的肋骨，我能嗅到它们被凉气裹挟的那缕萧瑟；鸟雀仅剩下最后的几只，在光秃秃的枝丫间颓然地徘徊；倒是荒草、荆棘与藤蔓，依然漫无边际爬满山野，似乎一段无边的旅程；偶尔的野棉花，夹在其间，一缕缕白，很快就隐没无痕，让你蓦然间窥到某种事物的强大与强悍——就像来自时间的胁迫，呈现的或消失的，都是身不由己的，也是不留余地的。

机器的轰鸣声越来越紧，火车站若隐若现，那条长长的铁轨已清晰可辨，新县城的规划已完成，乡政府已正式下发所有土地都被规划的通知……但已没有谁再关心这些事了。从村里走过，我再没听到有关火车站以及新县城的议论声，一夜之间，它们都已是毫不相干的事物；即使如炊烟，也缄默一如陈年的心事；一切都是静寂的，村庄就像偌大的墓群，无声无息，一片枯色。

母亲一个人待在我们家的老房子里，因为天气渐冷，她终日足不出户，仍像多年前一样摆弄着手中的活计。很多年了——远在传来建火车站和新县城消息之前的那些年里，因为我们兄弟离开村庄生活的缘故，房子就已呈现了老相。母亲不止一次叫我们兄弟重新翻修，她说即使走得再远，老房子毕竟是根，人就像一片叶子，总有一天叶落了要归根——尤其是村人纷纷建房想要赔偿时，母亲觉得理由更加充分了，多次催促我们，甚至还跟我们怄过气。现在，我跟母亲坐下来，她已不再谈论翻修老房子的事，但还是提起了火车站和新县城的话题，母亲希望建好后我们搬回来；母亲说，在自己的村庄生活，熟山熟水的，就连做一个梦也踏实……

我已决定按母亲的意见择时回来。只是母亲不会知道，当我回来，早已物是人非了——据我所知，村内村外都已规划，一个村庄免不了拆散的命运，到时，村人们都将像一些被切割的碎片，零散四方；剩下的，大多是一个模糊的影子；不单是一个村庄的外貌，包括生活，包括所有的内心，都将是另一个陌生的世界……当然，我不会告诉母亲这些，我不愿让她觉得一丝的忧伤；因为我深知，对母亲而言，她对一个村庄的认同，就像对一座老房子的认同一样，满怀深情，根土不离。

后来的一个黄昏，秋风如水，寒鸦低飞，暮色渐至浓稠，在回城的路上，青明大叔把我喊住。几年不见，他已经老了很多，头发花白，两鬓带霜，腰身明显塌了下去……正在凝视间，青明大叔先说话了，他说：“我问你一个问题。”我说：“问吧。”他说：“你是文化人，你说说，今后火车来了，新县城来了，土地没了，我们这些快死了的人倒无所谓，那些找不到钱的儿子儿孙吃哪样？……”

我如遭电击。我没想到憨厚老实的青明大叔会说出这话，这是否就是他最深刻的一次言说呢——充满担忧与悲悯，甚至还有了隐约的诗歌与哲学意味。由此我觉得，多年后，我一定会想起青明大叔，我会想：在行将消失的村庄，火车穿过的前夕，他或许就是那个最后的智者？就像一株死掉的胡杨，在深埋的废墟上昭示时间与尘土，肉体与灵魂……

虚构的怀念

眼前的镜子只是一片迷蒙。在花园里
我只能嗅到黑暗中的黑色玫瑰的香甜
我所能够见到的不过是连绵不断的梦魇
——博尔赫斯

一

一个人身陷怀念时，就爱做梦。比如我。我总是不断梦见小姨、小姨父及大表弟，还有死去多年的外婆、爷爷和奶奶。醒来，一双眼睛再也无法合拢。一个人呆呆地望着天花板，感觉到人世的空浮与游移。偶尔，如果有月色落进房间，在一抹清幽的光里，还会有一滴浊泪涌动。我曾想梦可能是遭到传染了，梦一定也会传染的。从此梦到彼梦，一个又一个的梦都具有相同的属性，大概就是证据。

怀念会是怎样的一件事呢？怀念很可能会是温暖的，也是幸福和忧伤兼在的。关于亲人——我想应该是一个不会枯朽的词。时间之中，再没有比这更强大和温柔的词语了。关于亲人，不论死去了多久，他们总是刚从你的心窝出发，然后又回到你的心窝里。你小小的心窝，是他们也是你永恒的故乡。不论时间多远，路程多长，他们其实一直都还住在你的心上。

我弄明白这一点时，刚好读到《圣经》上的一句话："神就是爱，住在爱里面的，就是住在神里面，神就住在他里面。"我就想，怀念之下的一切真实或虚构，或许都与爱有关，爱还是盈满神性的温暖之光——风吹万木、肉体坍塌的时间之旅，或许正是由这一点点的光所照亮？

二

昨晚，我又梦见小姨了。梦中的小姨似乎比先前还要慈祥。她朝我走来，她微笑着，面目温和。她亲切地抚摸我的头，跟我说话，说一些陈年旧事，说那年她跟母亲背着我去赶乡场，遇上一场暴雨，为了不让我淋着，她跟母亲脱掉衣服，紧紧把我捂在一个狭窄的岩壁之下。还说那年我们家闹饥荒，我跟姐姐翻过罗家大囤去她家背土豆的经过……我紧紧拽着她的手，我很怕她突然离去。这样的场景已经很多次了，每次当我正要问小姨一些事，她就走了。她变成一只鸟，又仿佛是一阵风，一晃就飞走了。我看不清她去的方向，她每次都躲着我，我想她一定是故意躲我的，她不想让我知道她的去处。然后我就醒了。其实我并不想醒的，我很迷恋这样的梦。

但梦总要醒来。梦也像一粒粉尘，不经意就走丢了。梦还像一条路，稍不留神，就被荒草或风隐没了。我也是要醒来的。我知道，梦里的那个人，分明也走丢了，也没了，时间之中，她仅给我留下如梦的一个影像，以及一具虚构的肉身。

小姨是两年前死的。跟她一起死的，还有大表弟。母子俩共骑一辆摩托车，被一辆猎豹撞了。猎豹车头被生生地撞出一个大大的窟窿，上面残留着点点暗红的血渍，像朵朵细碎的梅花开在风中。

我找到他们时，小姨躺在某县医院的太平间，荷包里的钱被别人摸去一分不剩，身上盖着一块染满血污的白布，却面目安详，没有血迹；大表弟躺在市殡仪馆里，头骨破裂、面目狰狞，满身血污，旁边放着一只破旧的胶鞋……两年的时间不算太长，但如今想起他们，已觉得很遥远了。他们以及他们的一生，已是山高水长，只能遥遥一望了。

有一次梦见表弟，他的面容已经模糊不清。他似乎变成了一头小兽，非驴非马，在山野间飞奔。山风浩荡，秋草摇黄，转瞬间又是黄沙漫野，碧血落日。再后来他穿过我的身体，我分明听到了他的哭声——凄怆、遥远而又悠长，像一匹狼孤独的嗥叫，又像刀子掠过风沙的声音……我想拽住他，他却不见了，只有一缕劲疾的秋风从指间快速穿过……醒来，早已惊出一身冷汗。而我也突然明白，大表弟的死，早已成为我身体及至灵魂的梦魇。

关于梦魇——肉体与灵魂的哭泣或沦陷，我一直在想，它一定像时间上的某颗锯齿，时间越长，其陷落的本质越变本加厉。或者说，梦魇是随时间与灵魂一起舞蹈的幽灵？弗洛伊德却说：“欲望绕过抵抗，并以伪装的方式，乘机闯入意识而形成梦。”——那么，在一个长长的梦魇里，也有我深埋内心的某种欲望了？

三

小姨父的死，更是一个经久不息的梦魇。

小姨父患的是肝癌。小姨和大表弟就是在为他寻药途中遭遇车祸的。这让他一直责怪自己，认为是自己杀死了小姨和大表弟。他总是两手狠狠地抓住自己的头发，然后是长久的沉默。但每一次，我都分明听到了他的哭声。他是把哭声，藏在了心里。我分明听到那哭声，正如汹涌的洪水，在他心底咆哮——这样的心理，很快成为疾风暴雪，不到两月，就吹落了小姨父生命枝头的最后一枚叶片。

小姨父是我较为亲近的亲人之一。我生病的很多年里，他不但不断借钱给我，还陪我去医院。最记得一九九二年的冬天，他带我到安顺302医院看病。那时我几乎没出过门，并不大的安顺城对我而言，已算一座迷宫了。小姨父带着我穿街过巷，凌厉的风拂过冰冷的建筑，陌生的车流与人群从我身边飘过——那时候，小姨父成为我唯一温暖的慰藉。小姨父去世后，有一次我无意中走到早已废弃的302医院旧址，当那堵熟悉的老墙突然撞进眼球，我突然就想起了当年小姨父带着我拐进医院大门的身影。那一刻，我停下了，突然之间泪流满面。我站在那里，旁边的人们奇怪地看着我——他们又怎会明白，一个偶然的记忆，早已是生死相隔呢？

记得小姨父临死的头天，我还接到他的电话。他说他恐怕不行了。那时他口齿和思路都还清晰。我并没想到这已是他跟我最后的诀别。就在第二天早晨，小表弟告诉我，说小姨父已在昨夜哑声，快不行了。我以最快速度赶到他家时，小姨父已被抬到一堆破棉絮上。小表弟紧紧抱住他干瘪的身子，周围挤满了小姨父至亲的人。人们不停地叫唤小姨父，但除了越来越喘急的呼吸声外，他始终没有任何回应。当我凑近他，并大声说出我的名字后，他却突然喉结涌动，发出“呵呵”的声音，并挣扎着想要坐立起来。我知道他想跟我说话，但他已经说不出话了，头也很快垂了下去。到最后，他挤出两滴眼泪，接着就溘然长逝了。我是亲自替他抹去泪水并合上双眼的人。那一刻我哭了。只有我明白一直穿行在他内心的梦魇——那梦魇一直伴随着他油尽灯枯，并让他带着疼痛离开尘世，让一颗心留下了永久的绝望与忧伤。

在以后，我就不断地梦起小姨父（这样的梦还将继续）。梦对我而言，更多时候成为怀念的唯一出口。尘世之上，天地之间，一个人的逝去，渺小得不如一棵秋草。但是，当这个人，一旦进入你的心灵，他就获得了不朽——他将像那些春天的花朵，年复一年在你的记忆里馥郁，让你面带微笑或痛哭失声。

四

奶奶去世时，我却没有半点的悲伤。

那时我还很年轻，对任何事物，都充满了诗意与浪漫。关于死亡，我深受苏格拉底及伊壁鸠鲁等人的影响，也认为不过是没有知觉与痛苦的睡眠。更何况在我看来，奶奶一生虽然活得卑微困苦，但毕竟也儿孙满堂了——多年来，在我所生活的这块山地之上，人们普遍认为，一个人能活到这个份上，已经很圆满了。在这样的心理下，我一度觉得了内心的慰藉与平静。

奶奶去世后，有好多年，我几乎还淡忘了她。我总是忙于自己的工作、爱情还有后来的家庭生活。只是每年清明，才会去到她的坟头望望。每隔一年，奶奶的坟头就会多出一些杂草，四周荆棘丛生，白蝴蝶、黑蝴蝶不断飘过，风在草蔓间疾驰，一缕荒落与寂寥，隐隐地泛着死亡的气息。这时候，我才会想起奶奶。生与死的距离，在我而言，总是很遥远。

近些年来，我却不断梦到奶奶。在梦中，我往往还是个孩子，奶奶则还在她早已拆除的老屋里忙活。奶奶用过的灶台、桌椅、板凳，还有她常年用来垫坐的那块黑色的蒲团——时间和场景都还停留在从前的时光里。有很多次，我还清晰地看见奶奶把我引到那个木柜之前，奶奶一边掀开柜顶上的杂物，一边神秘地并有几分狡黠地对我说："你猜里面有好吃的东西不？"然后揭开柜盖，把一只手伸入柜里，最后就掏出一些糖果来。奶奶说糖果是柜子长的，柜子是一棵会变魔法的树……这已经是很多年前的事了。但一旦进入梦境，竟然毫厘不差。每次梦起，我忍不住就要感慨。有时我还会把熟睡中的妻子弄醒，然后跟她说起奶奶，说起关于一个木柜的童话。于是，旧年的时光与温情就一定充盈了这个夜晚。于是我们就会相拥而坐，然后默默无语。生与死，怀念与叹息，在这样的夜里竟也有几分温馨。

再后来，每一年春节，我都会去到奶奶的坟头，给她带去一些糖果，然后在漫山遍野的野棉花和清凉的阳光中坐下来，跟奶奶说上几句话。节日的烟花和焰火不断升腾，我感觉到奶奶离我越来越近，并已成了我内心一个化解不开的梦。而我也终于明白，再“圆满”的死亡，也是牵心扯情的。当死亡起步时，那怀念，其实也悄悄迈开了脚步——它就像一朵芽包，只待春风一起，就破蕊而出，并不可阻挡了。

再再后来，在叶芝的诗歌和大江健三郎的小说里，我都读到了一棵“燃烧的绿树”——一侧在熊熊燃烧，一侧却郁郁葱葱挂着露珠。一边是灵魂，一边是肉体，梦幻与现实，生与死，就像一个人身体的两半，隐喻着尘世所有的秘密。我突然就想，怀念会不会也是这样一棵“燃烧的绿树”呢？在那些不断升腾的火焰与露珠里，是否就蕴藏着尘世与时间的本质？

五

相对于奶奶，爷爷的死，就更加平静了。

爷爷活了七十岁，不算高寿，但古稀而逝，也算寿终正寝了。爷爷没有任何疾病，只是死于一口无法咳出的痰——多年后我一直坚信这口痰更像一个魔咒，在爷爷生命的尽头，它一度深不可测并充满宿命的色彩。

爷爷去世时，我没能在他身边。就在他去世的当晚，我在城里全身发热，像有一些蚂蚁，集体从身体里爬过，瘙痒难受，还睡不着。其时我就有了不祥的预感，并告诉了妻子。第二天一早，就接到堂弟的电话，说爷爷去了。我赶到村里时，爷爷和奶奶生前居住的老屋，门板和篱笆已尽拆除，村里的一个老人，正给爷爷剃头。爷爷面目安详，仿佛仅是深睡的样子，丝毫看不出死亡的气息。我最后抚摸了他的脸庞——一缕冰凉，才让我真切地看见了死神正在闪烁的目光。

爷爷逝去后，我一直想给他立一块石碑，碑文也早已想好。在亲人之中，爷爷最是诚恳厚道的人。爷爷的一生不曾离开村子，最远的地方仅去过十五里外的县城，一生泥土上生、泥土上息，一生从未与人发生过争执，从不与人为敌，庄稼之外，再没别的欲求。这让我很是敬重他。在我看来，这样的生命历程实是一种真境界——尘埃之上，心灵之下，自有菩提。所以我一直想用这样的方式，让爷爷在年年蔓生的荒草轻烟及苍茫山川下获得不朽。但是，因为一些不可言说的原因，这样的想法更多时候仅是一个虚拟的梦魇——在梦中，在一片青山绿水之下，在一块高大的石碑之后，我始终看见爷爷安静自然，面目沉静。我立在石碑前，一次次高诵那些碑文——桃花纷纷飘落，风信子在风中舞蹈，山谷寂静，百合盛开，唯有神谕的声音，洁净而庄严的声音，在一片葳蕤间响起……

很多年，我就在这样的心理下，一次次想起爷爷，梦起爷爷。我显得有些柔弱无助，就像一个被时间劫掠过的旅人，在时间的末路上感到了最大的疲惫和无奈。我就想，怀念或许还是一场风吹水洗的过程，当怀念的风沙一次次肆虐，剩下的早已是一副空空的皮囊……或者，就只有一棵从故乡启程的白杨，在风沙必经的山垭上，一年又一年守望……

六

在逝去的亲人中，外婆是最高寿的了。

外婆活了八十四岁。外婆一生多病，身体不好。很多年前，外婆就一直要吃一种名叫“头痛粉”的白色面药，及至吃上了瘾。一旦停下，外婆就会头痛不已。“头痛粉”成了维持她生命不可或缺的药物。多年以来，外婆的身体一直虚弱如一棵随时会在风中折断的芦苇。有一次爷爷还说外婆像一个熟透就要腐烂的桃子。但出乎意料的是，就在爷爷逝去多年之后，外婆仍在顽强地与时间和生命对抗，并最终以一个胜利者的姿态站到了诸神面前。

有几年，大约是不堪忍受疾病的折磨，外婆甚至诅咒自己快点死去，但越是诅咒，死神越要绕着她走。记得有一个晚上，我接到舅舅的电话，说外婆就要断气了。我连夜赶过去时，奇迹却再次发生了——在经过一夜的煎熬后，外婆再一次活了过来。活过来的外婆又活了好些年，直到八十四岁的那个秋夜，一场凌厉的秋风才最终摧毁了她的容颜。

外婆一生善良、为人质朴厚道（在这一点上，她跟爷爷极为相似），她对她的儿女孙子，还有乡亲寨邻，她对她熟悉或不熟悉的人，都一样给予了真诚的热情与善。她从不信佛，也不信基督之类的，她的真诚与善，却是植根心灵并超乎心灵的——在她死后，因为这点，方圆村寨的人们都前来守灵，给予了她最后的认可和尊崇。

但我知道，在内心，外婆却是孤独的，而且持续了一生。

提起外婆，每一次我都要重复她的孤独。对肉体与灵魂而言，孤独甚过风霜，草木之上，是狼藉残破的荒芜。事实上，在外婆长达八十四年的生命中，她从未得到过外祖父的爱。大约从三十岁起，在外工作的外祖父就再也没回过她的身边。一直到她孤独的灯焰终于熄灭，外祖父才第一次回来。那是个子夜，在一扇旧年的雕花木窗下，外祖父一次次提起外婆，似乎还有莹莹泪花。我一直疑惑地望着已经苍老不堪的外祖父，我很怀疑这个绝情男人此刻感情的真实性。窗外的秋雨一阵比一阵紧，不远的核桃树上，发出“呜呜”的声响，就要为外婆开启墓穴的山脉一片迷蒙。那个子夜，我终究没有跟外祖父搭言。我知道，在内心，这一生，外婆的孤独，已让我无法拥有原谅一个人的勇气。

我却是深爱外婆的。在她还在世的每一年，我都会找时间去看她，并送给她一些钱以及吃的东西。在她去世后，也是我坚持并出钱为她办了法事——尽管我也知道那只是一种虚幻，但我想，它在一定程度上可以抚慰生者的心灵。外婆下葬的那个黄昏，我特意选择最后一个跟她告别。我长时间地跪在她的坟前，我再一次想起她的孤独，我泪如泉涌——在一种无法言说的悲伤里，我最后默默地磕了几个长头，从此跟外婆别过……

外婆逝去之后，我一直没有梦到她。直到小姨去世，我才在梦中重见她的身影。每次她都笑容可掬，一手拉着小姨，一手拉着大表弟，步履从容地走在回家的山路上。后来，这个梦境还不断延伸和扩大——到最后，爷爷和奶奶也加入其中，他们一起坐在一片青山绿水和阳光下，或者就在一个小小的花园和屋子里，他们相互说笑，一切都还像先前一样，尘世的气息清晰透明……醒来，热泪盈眶的同时，突然明白，面对他们，我其实一直渴望说出某种美好的愿望。只是，在面目全非的时间与内心下，那些美好的词，已然无法复制，并终于不可言说了。

旧屋或者尘埃

一幢，二幢，三幢，四幢……它们像路旁的行道树，更像光影里的尘埃，快速呈现又快速消失。幻灭——那些记忆的轮廓，当记忆呈现的时候，就已被记忆所吞噬。我无法确定谁是真正的参照物——我在这个秋天的黄昏踽踽独行，我缓慢，我迅速，我在旧物的隧道里泪流满面——逝去的时光，死去的亲人……还有旧屋，对了，就是那些旧屋，正不断进入我的眼帘……

杂草丛生。通向房屋的院子，早已在一片荒芜里逃遁。大门紧闭，一把爬满铁锈的大锁，孤独地挂在门上——门内或者门外的通道，一如心的死寂！那些热闹的，生活的或者日子的，那些踪影——一种被遗弃的孤独，如我一样，在秋天黄昏的风里兀自苍茫。我匆匆走过——我是静止的，我永远在这个点上，而房屋在后退，直至隐去……这就是我最先看见的旧屋。

先前，我舅公就住在里面。而实际上，就在此前，我也一直认为他还住在里面——这让我很是吃惊，我的确是很长时间没有回村了。我竟然不知道他早已去世。一块院子的杂草丛生，一个人的离去，对时间而言，轻微如尘埃。而我的不经意——一个自认为短暂的瞬间，竟然就上演了许多人事的枯朽！像时间的道具或者潜台词，让我，不得不匆匆走过——我的目光不能在那里停留，在有关时间的概念上，我像落荒而逃的那缕秋风，扎进去，在黄昏的苍茫里销声匿迹。

我再次想起了那把锁。我不知道，当舅公已然离去之后，这把锁意味着什么？归来之后的开启？……这明显不可能。它终将随着旧屋的倒塌湮没为废墟。它的铁质的肉身，也无法逃脱时间的洗劫和掠夺。就像舅公，一个曾经热烈地活着的生命，转瞬间却已化作蔓草轻烟，及至无迹可觅……而我终于发觉，我对那把锁的回顾，其实就是对舅公的惦记和耿耿于怀。

我知道我绕不过去——旧屋或者尘埃，那些消失的生命，他们曾经的存在，一直牵扯着我。那些真实的抑或手制的幻象，像一条无法蹚过的河，让我不得不一次次念叨着一些重复和熟悉的词语……

舅公其实并不是我奶奶的亲弟弟。甚至不是奶奶近房的堂弟。他们虽然同族，但不知已经隔了几世几代。不过这并不影响他们之间的亲情——血脉在这里已经是一种恍惚和遥远的纽带，同姓同辈分亦仅是一种理由和符号……实际的情形是，舅公和奶奶，情同手足，这让奶奶安慰了一生，一直到死去。奶奶这一辈，只有三姊妹，没有哥也没有弟。像这样的家庭，在重男轻女的年代，是被人瞧不起的。除了缺少劳力之外，断代的香火——一缕血脉最终的消失，意味着此时的家庭已经名存实亡！而当我知道奶奶这些家世的时候，奶奶的那个家早已不复存在——她的父母早已亡过，两个姐姐早也远嫁他乡并已儿孙满堂，那个作为家的依凭的旧屋早已拆除——家的记忆淡如云烟，家的概念伤感如一张薄薄的纸——这是我从一张印有《二十四孝图》的祖宗牌上窥见的秘密——不识字的奶奶总叫我帮她指认一个姓陈和一个姓蒋的名字，她说他们就是她的父母，因为她没有哥或者弟，所以她必须要在每年的七月半供奉他们……舅公的出现，或多或少弥补了奶奶的一些缺憾。在那个年代，农村普遍有这样的风俗，不论是红白喜事，都需要有“外家客”前来撑点门面。“外家客”，除了是一种追求“圆满”的风俗的需要之外，还暗含了显示一个家庭背后“势力”大小的意义。舅公并没有让奶奶失望。在奶奶给我父亲、二叔、三叔以及小姑办婚事的时候，他都约了很多的“外家客”，让奶奶荒芜的内心获得了安慰。这种安慰直到她和爷爷先后去世之后仍在延续——当他们去世的时候，舅公仍然以“外家客”的身份，分别牵了两只羊来祭奠……而我之所以要把这些详尽地说出来，此时，除了对舅公的感激和内疚（我竟然没有接到他的死讯）外，更有跟一幢旧屋的对峙——那些热闹的，凋零的，那些坚硬的，柔软的，那些近的，远的，沉重或者轻盈，此时，恍如前尘旧影……我亦像一个影子，自己手制的真实的幻象。

我站住——我固执地想要穿透一座房屋。而实际上，爷爷奶奶的旧屋早已拆除。仅剩一截墙壁的旧址，被我母亲立起一棵棵瓜架，上面布满了南瓜叶。而让人觉得奇诡的，瓜架之下的杂草里竟然还绽开着零星的玫瑰，那些红色的，白色的——缤纷中透出荒凉。我并不满意母亲这样的构思。旧屋的拆除，于母亲而言，意味着一块空地的诞生。我无意责怪母亲。母亲跟我不一样，一座旧屋的消失，在母亲眼里，并不处在生命的刻度之上——母亲并不需要这样的哲理，爷爷奶奶的离世，她对一块空地的继承并耕耘，如同日出日落和月圆月缺一样天经地义。但此刻，当我站住，我不得不说，沿着母亲构思的这些图案，一座旧屋，一些旧事，开始复活——在黄昏的秋风里，让我的骨骼隐隐作痛。

我不知道这是第几次与它对峙——这是我近来比较喜欢的一个词语。对峙，那种紧张但却强劲的张力，或圆或方，或者并不规则，它的形式成了我面对时间的姿势。去年，今年……我已经记不清我在这里站立的次数。但有一点不容置疑，那就是我每次回村，我都要在这里站立，静默甚至流泪——有人说我总有着淡淡的忧伤，我不知道这是不是与生俱来的气质，但我知道，当我在这里站立，我的忧伤，其实也是一种温暖的凝视。

我总爱回忆起我的爷爷和奶奶。就在昨晚，我还在有关他们的梦境里回到从前——那些场景，仿佛蒙太奇，完美地组合，真切，仿佛如昨。

场景一：我放学回来，归巢的鸟雀在门前的树林里乱飞，翅膀划过风，在夕阳的托举里像一些鬼怪的影——这一定是我那时的想象，我进不了家门，父母不知还在哪块地里劳作。而我总是害怕，在黄昏来临的时候，我就开始害怕——那些不时燃起的磷火，那些关于鬼怪的传说，往往以黄昏作为它们出现的起点。夜色已经开始弥漫，但父母还没有回来——于是，我便只能跑到奶奶家去。奶奶正往灶坑里不断添送柴火，火红的光焰把她的脸庞照得光亮无比。古铜色的皱纹——那些细碎的线条、岁月和风霜，在光亮的火焰里似花非花……而我分明看见的是奶奶躺在棺材里的最后的容颜——就要出殡了，做法事的先生说，这是你们跟亡者最后的告别。我伸出头去，奶奶安静地躺着，双目紧闭，那些皱纹，像失血的花朵，枯萎，但却出奇的安静……

场景二：夜色弥漫……仿佛梦与梦的延续。很多时候，我都有这样的感觉，我总在夜间不断地醒来，不断地做梦，尽管有中途的停顿，但前梦和后梦，似乎是一个完整故事的连接。这夜色也一样，在逐渐弥漫的夜色里，我看见奶奶独自在村口眺望——到乡场卖旱烟的爷爷直到此时都没有回来。山路崎岖，是折断了腿？还是被人抢了？——这死鬼，怎么不早点收摊？这死鬼啊，千万不要出事……

我看见奶奶在弥漫的夜色里来回走动，不断祈祷，站立不安……我看见，在旧屋，在一堆柴火旁，奶奶帮助爷爷脱下被水打湿的鞋子，然后摆上热气腾腾的饭菜……

场景三……似乎还有场景三。但我已经记不起来。夜梦的杂乱，一如我心的杂乱——我不知道对爷爷奶奶的回忆，是不是总与一幢房屋有关。房屋——安身立命的处所，爱情和生命的出发地。从这里开始，爷爷奶奶孕育了父亲、二叔、三叔以及小姑……还有我们这些孙子，将一幢房屋的精神不断传递和延伸……而此刻，站在这废墟之上，一幢旧屋的存在和消失，究竟给予了我怎样的启示？

我不知道。也无从知道。我开始走。我必须要穿过这秋天黄昏的风，回到父母现在居住的旧屋去。是夜，我躺在雕花的木床上，望着从窗里透进来的月光，我始终无法入睡。我不断打量这幢房屋和这张雕花的木床。这是一幢曾经热闹的房屋，因为我们兄弟姊妹五个而显得狭窄的房屋。但现在，却因为我们兄弟姊妹的各散四方显得宽敞并且空荡，父母的双脚，甚至无法走遍每一个房间……在夜色和蟋蟀声的包围里，竟然有人去楼空的荒凉……床，是属于我和妻子的木床。我结婚的时候，父母按照风俗，给我打了这张床，一对戏水的鸳鸯和那隽永清秀的“喜”字，寄托着对我和妻子的祝福……但时至今日，我和妻子还没在这上面睡过十次，甚至没有在上面做过爱……它显然也被遗弃了，宛如废墟，旧屋或者尘埃，在本质上接近轻微——可有可无……

一代又一代的玫瑰
在时间深处相继消失，我希望
逝去的事物中有一朵不被遗忘，

没有标志或符号的一朵。

我缓慢。我快速。我无意中翻到博尔赫斯诗歌上卷二百五十七页（《玫瑰与弥尔顿》），我看见月光从它身上滑过，我看见一个模糊的影——迅速向后推移，我是静止的一个参照物，在原点朦胧如梦。

只剩下三天

只剩下三天，鲁院第二期少数民族文学创作培训就要结束了。这是午休时间，我却睡不着，来了将近二十天，这是第一次。不单是我这样，秀庭兄也如此。我跟他一起站在他寝室的阳台上，彼此都想要说点什么。阳光很好，连日的阴霾和细雨之后，水洗似的清亮和干净。天空出奇的蓝。阳台前面的槐花也开了，是突然开的，也许是在昨夜，也或许就在刚才，很多事物都是这样，就发生在你并不觉察的瞬间。就像鲁院的学习，稍不留神，就只剩三天了，就有一些事情，在我们的内心，悄悄发生了变化。

这次学习时间总共二十二天，据说因为鲁院本部在装修，所以借贵州办班，地点在贵阳市委党校。党校校园不大，但因为有森林公园在旁陪衬，也就显得清幽无比；除鸟声外，偶尔，还会有猴子或是野兔之类的误闯进来，自然以及原始的趣味不断，加之离市区远，绝对就成了一个上好的学习去处。虽在贵阳，但每个人都习惯称之为鲁院——在同学们的心里，地点是其次的，关键是鲁院的老师们在这里，关键是文学在这里，精神的对接是不分南北远近的。

秀庭兄来报到那天，一边拖着行李，一边在贴着他名字的房门前站定，久久不敢打开。鲁院的标签对他而言，就像一枚神圣的图钉，不能轻易碰撞。后来他还告诉我，他是不会随便将寝室弄脏的，必须时刻保持清洁，即使拿起里面的物品，也要小心翼翼，就像印证菩提的过程；尤其是，他每天都要写下一篇学习心得，在鲁院的文字气场里悉心体验，不敢怠慢，在他看来，任何的一点随意，都有可能造成对鲁院的不敬甚至是亵渎。一个人，以他特有的方式，向我们展示了文学在他内心的地位，同时也明确了自己在文学中所摆放的位置。

鲁院的这二十二天时间，对我们而言，就是一扇门。只是不知道是宽门还是窄门，也不知每个同学会选择怎样的方式进入。

很多个夜晚，我都会摸到秀庭兄的寝室去。我一到，秀庭兄就要替我泡上一杯咖啡。秀庭兄是个很讲生活情趣乃至品质的人，一份浓浓的文学情结将他的生活滋润得格调高雅，并略略地透出温馨。我其实是个很俗气的人，但受他的感染，我往往也会在那盏橘黄色的灯里坐下，在一杯咖啡中跟他聊起文学。一杯咖啡里的气息，甫一弥漫，整个夜晚就有些严肃，并逐渐神秘起来。

这样的夜晚让我略略地觉得有些遥远恍惚。落地的窗帘是不兴拉开的，现实被隔在外面和我们的身后，橘黄色的灯光下只有文学，只有我们的心灵，就像一些藏在深水里的鱼，不断浮出，也不断裸露。在这样的夜晚，我跟秀庭兄无疑都是真实的，同时更是虔诚的，在鲁院的那扇门前，我想我们一定都抚摸到了各自内心所钟情的某种风景。

这样一晃，就只剩下三天了。

时间到此，是不是有些残酷呢？我问秀庭兄。他说是有些残酷。但我们都无法说清楚，是怎样的一种残酷。

我们都是被现实紧紧缠裹的人。秀庭兄在黔东南的锦屏，我在黔中的关岭，人都在文联，都同样面对着繁杂的工作以及人事。当我们背着行李奔鲁院而来，除了文学，我们其实也大约是带着某种逃避而来的，而一旦要重新回到现实中去，无论如何是有些不情愿的——不单是我们，平日里同学们三五个一起在森林公园散步时，每个人都不同程度地袒露过这样的心理，双重的诱惑与对峙使得这样的时光充满了美好和眷恋。

有那么一会儿，我跟秀庭兄都保持了沉默。阳光是无遮无拦的，阳台上也落了一地碎碎的光，在黄褐色的地板砖上绽放，像一些花朵，贴着地面，却努力地要蜿蜒进地心的样子。我跟秀庭兄就这样默默地站着，眼睛里多少有些迷幻——来自午后光影的迷幻，让偶尔的一段时光和内心充满了一缕近似哀怨的颜色。

是的，只剩下三天了，我们完全应该出去走走。一起出去，说是最后的留念也行，说是珍惜最后的时间也行，总之这个时候，我跟秀庭兄都有了同样的想法。

只是让我们颇觉意外的是，跟我们一样睡不着并有出去走一走想法的，竟然还大有人在。

走上那条植被覆盖的“鲁院小道”，却有两个女同学早已在那里了。小道的名字是同学们给取的，它实际上是躲在贵阳市委党校后面的一条小路，因为两边植物长得茂盛，各种高大的树木，还有密密麻麻的灌木丛，将其遮得严严实实，所以雨天总是湿湿的，还很滑，但同学们都喜欢从这里走过，因为它幽静，外人是很少来的，它似乎是躲在喧嚣的背后。尤其是当树木和灌木丛突然消失，两张椅子就守在了那里，椅子两侧，各栽着一排长长的花，花的品种很多，五彩斑斓，层次纵深，但很多人都不知道它们的名字，只是对那颜色却喜欢得紧。不知道花的名字，其实也没什么，重要的是当那两张椅子终于等到人来时，那花就充作了文学的道具，在那里，倏忽之间获得了诗意，也极有可能注入了某种思想。

两个女同学几乎同时看见了我们。

一个是宋小竹，一个是游筑京；一个正牵着一枚树叶，一个正扶着一朵花枝，都在颤颤地笑，似乎时光倒流，洄游的那尾年轻的鱼，正在那美好的年华里定格一瞬的灿烂。

彼此都停住了脚步。彼此都明白了此时的心境。

说来也还真有点不好意思，其实我们这四人都已经是七零后以前的人了，人生百态，甚至是生离死别，都经历得多了。按理，二十二日的时光实在是不足以勾动我们的离愁的，而且真要有离愁，恐怕亦是件遭人耻笑的事。但实际上，我们是真的为仅剩下的三天时间觉得感伤了，为短暂的缘，短暂的友谊，当然更为了文学。

宋小竹出生于贵阳，但她并不承认自己是城市人，念念不忘的是父亲出生的故乡农村，但那也仅是一个精神的故乡，实际上早在多年前就已经坍塌在了他们的视线之外。为此宋小竹觉得自己是个没根的人，像断线的风筝，飘在别人的城市。为此她写小说，欧阳黔森说宋小竹写小说出名时，他远还没有出名，言下之意宋小竹已经写了很多年，也已经写到了一定高度。但欧阳黔森还藏着了一半没有说，那就是宋小竹后来的生活出现了让人忧伤的事，并一度阻碍了她的文学创作，并曾经一度中断，直到近年才又重新回来。这有点像个谜。这个谜包括宋小竹有一天让我看她新写的中篇时，从她忧伤的故事里走过时，都没有破译。直到后来，当她把另一篇散文发给我，我才知道了其中的原委——她有两个女儿，其中大女儿身体不好，重度瘫痪，十多年来一直没离开过床，每天她都要给女儿喂水喂饭，换纸尿片……不用再说了，一个人的忧伤到这里，已经足够证明了她跟别人不一样的不幸。

接下来的日子，我似乎一下子就走进了宋小竹的内心世界，当然也多了几许崇敬。我不止一次从她的忧伤里想起史铁生以及他的地坛，还有他的母亲。有一个残疾孩子的母亲，在内心，她该是怎样的一种撕心裂肺？她的痛苦往往是双重的，一头连着孩子，一头牵着自己——在亲人身上，信仰其实是矫情和虚假的，一个空泛苍白的词；她更主要的是一种贴着生活与地面的坚持，一种切实的骨与肉的眷恋，当然还有疼痛。

我一直在想，宋小竹心中，也一定时时搁着属于她自己的一座地坛，而无论是史铁生还是宋小竹的地坛，其最主要的标志均是上面贴着一枚可以疗伤的文学标签。所以疼痛之后，宋小竹不得不又回到文学上来。而二十二天的留念，除文学外，我以为宋小竹是因为觅到了知音——无论是在寝室里，还是饭桌上，抑或是在森林公园散步时，她娓娓的故事都一定能让同学们泪眼蒙眬、黯然神伤，而在那里，我们也往往一下子就看到了文学的某种真相——我就曾经跟宋小竹说过，不论是小说、散文还是诗歌，我都很愿意在那里看到人的心灵，唯有心灵，让我们思索，也让我们为之深深迷醉。

游筑京经历的却是另一样的生活。她有着一个幸福的家庭。幸福的家庭大都大同小异，所以就不多说了。

要说的是她以及她的文学。

游筑京是黔东北石阡人。说到石阡，我倒想先饶舌几句。记得就在去年，在石阡，我也刚刚经历一次同学的离别。那时候一大帮党校同学从梵净山下来，在石阡泡了一夜的温泉后，第二日就各自走了。走的时候又是握手又是拥抱，说的也信誓旦旦，别后一定要多联系多保重云云，那样子让人觉得一份情谊已经深入骨髓，堪堪动人。不料却更像一场戏，实际的情形是此后几乎没有任何往来，偶尔经过某人的城市，打电话不是推说忙就是说人不在，有的还不接电话——我说这些是想反衬一下，我相信这一次——三天之后的别离，一定不会是这样的，以文学作为桥梁，我们均已看见彼此真实和纯粹的内心，不像去年，逢场作戏所遮蔽的，其实是一个虚假的世界。

我跟游筑京说了此事。

她笑笑。只说了一句，只要你来，我永远都会在石阡等你。

我相信她说的是真话。

好了，现在该言归正传了。

真正跟游筑京走得很近，是去荔波县的茂兰搞社会实践那天。去茂兰要爬山，山高路陡，也狭窄。而游筑京却长得胖，我恰巧跟在她后面，看到她脸色苍白，气喘吁吁，甚至连呼吸都已经不顺畅了，于是我主动给她背了包——从此她天天唤我“天斌哥”，也从此，我开始留心起她和她的文学故事。

几乎每节课，在互动环节，游筑京都要第一个给老师提问题。

她提的问题大多涉及小说创作，很有思想深度，完全可以看出她对小说的认识及其创作实力。但偶尔，也钻牛角尖。譬如雷达来讲莫言，她就提到莫言《蛙》里的一些细节，说到莫言在描写女人成为母亲这一神圣时刻的那些细节，总是显得有些粗俗，缺乏美感，她说女人生孩子是一件很神圣伟大的事情，她觉得这样的描写是对女人的不敬；她还说到莫言将蛙跟女人放在一起所打的比喻同样有损于女性的美好，像要跟雷达掐架的样子，仿佛《蛙》不是莫言而是雷达写的……

游筑京是真性情，性情得有几分可爱。

就是这样的一个人，说起只剩下三天时，也一下子柔情起来。

三天。竟然有些惆怅了。游筑京说。接下去，就发现有略略的幽怨，自她的眼里，在一地碎碎的阳光里，落下，在清风里漫漶。

早在几天前，游筑京的丈夫就因为不堪家务活的重负打了电话来，催她提前回家去，理由是作家不是老师教得出来的，言下之意说她在鲁院纯粹就是空耗时间。游筑京觉得这是对鲁院的大不敬，当时就拒绝了丈夫，还说只恨二十二天太短，要是有它三五六七月，她倒是相信自己能从这里踏上文学的殿堂。

三五六七月，说出了她的不舍。

匆匆。不要说了。只剩下三天了。

只有那只每天在此等候的白兔，并不会觉得时间在一点点逼近。

那只白兔，此时就蹲在那片草场上，幽灵一样的眼睛忽闪忽闪，在阳光下像隔世的一次次眺望，根根胡须立起来，立在风中，像是某种绝情的宣言。

为什么突然要说到它呢？

还是在我们未到鲁院之前，这只白兔就已经误闯入了这里。只是来的时候还有另一只，据说那是它的丈夫。

那时候，它们夫妻双双已经把这里当成了永久的家园，直至准备打洞生子，计划就要在这里相守下去了。但意外就在此时发生了——有一天雄兔被人抓走杀肉吃了。但它的妻子——另一只白兔又如何能知晓这一残酷的真相呢？它只是以为丈夫走失了，迷路了；它只是相信，终有一天，丈夫还会回来。所以它始终守在这里，白天去那片草场吃草，晚上回到我们住的楼梯下，在梦中跟丈夫团聚，它相信自己终会有一份地老天荒。谁也不能惊动它，即使我们从它身边走过，它也始终蹲在那里，一脸的平静，一双历经嬗变的眼里满是风雨不惊、世事淡漠的岁月。

无所谓。花开花落早已跟它无关。

它的眼里早已没有时间。只有等待。三五六七月，或者三天，它不知道。也不在意。

我们离开鲁院之后，它仍将在这里。

我们跟这只兔子，两种不同的经历。

不过我们都相信，我，秀庭兄，宋小竹，游筑京，三天后，当我们离开，直到以后，直到岁月苍茫，我们都会记得一只在鲁院等待的兔子，那时候，我们就将它写进我们的小说、散文或是诗歌——它跟我们每个人都无关，跟文学更无关，但一定与某个美好的记忆紧密相连。

从日常出发，到孤独止步（后记）

无论是在尘世的中心还是边缘，我都一直在寻找着灵与肉在日常里的位置，我一直想要在那样的存在里，最大可能亦是最低限度地从世俗的层面上感觉世界和生命的颜色和质地，并渴望实现自我精神的突围。

这便是我的固执，一个人切入尘世的方式，不可抗拒，也不可更改。在一个人的精神里沉浮，我注定从一开始就要把自己放逐于那些浮尘与光影、流年与镜像之中，我渴望在那些纷乱的甚至是迷离的遮蔽里，发现于我不可或缺的某种真相。只是我终于有些力不从心了，因为在我一次次渴望抵达的时候，我更是一次又一次地感觉到内心的无助。从日常出发，到孤独止步，在强大的时间以及世俗面前，一个人的固执以及他内心深藏的愿望，其实是那么的微不足道——你在或不在，那些浮尘与光影，那些流年与镜像，它们一直都在，并一直以一种不可一世的姿态，笼罩并裹挟着一切。

不过，米兰·昆德拉又说："旅程无非两种，一种只是为了到达终点，那么人生便只剩下了生与死两点；另一种是将目光投入到沿途的风景和遭遇中去，那么他的生命将是丰富的。"这似乎说的就是写作本身、写作与世界和生命的关系。似乎也给我们提供了日常的经验——写作不一定就非要抵达，但写作的过程，一定是对世界和生命的某种阐释甚至修补——救赎当然也是有的，但救赎并不是每一个写作者都能拥有的姿态与能力，但一个共通的情愫是，当写作开始，世界和生命就已经迎来了最庄严的精神对接。这样对照的结果是，关于写作，应该说，那些来自灵与肉的，那些一直建立在日常里的每一个细节，都构成了我最庄严的时刻，并一次次成为自我精神打开的窗口，不管是迷离的还是清晰的，在彼此实现对接的那一瞬间，或许我也得到了不同程度的启示和发现？

再具体一点说，我写我世界和生命里的人和事物、爱和恨、欢喜和悲伤，这些琐碎的一切，我一直想借助它们的力量，去还原甚至是重构一个人跟世界和生命的关系——我并不奢求它们是美好和完整的，但同样祈求它们能在破碎的叙述里让一个人的灵与肉得到最大可能亦是最低限度的抚慰与安妥。但是，不用说出，我是真的力不从心了，一个最真实的感觉是，随着文字的不断深入，以及那些破碎的细节一点点浮出水面，我却是越来越觉得文字的局限以及那世界和生命的不可知的属性，感觉自我精神的突围更接近于某种作茧自缚！

好在温暖亦是有的，希望也还在那温暖里旗帜鲜明地高举着。正如米兰·昆德拉所说的那样，这一切的遭遇，既是世界和生命之殇，也是世界和生命因此而丰富的必经之途。一个事实是，通过日常的写作，我在一次次遭遇无助的同时，也一次次从那些不断笼罩并裹挟着我的浮尘与光影、流年与镜像中获得了属于自己的认知方式，并让我收获了内心的丰蕴与淡定，懂得了跟世界和生命所要保持的关系……

从日常出发，到孤独止步。我相信，孤独，是最好的药引。

李天斌

2017年2月于贵州关岭

图书在版编目（CIP）数据

看得见的河流 / 李天斌著. -- 北京：作家出版社，2017.4
（中国少数民族文学发展工程·出版扶持专项丛书）
ISBN 978-7-5063-9462-8

Ⅰ.①看… Ⅱ.①李… Ⅲ.①散文集-中国-当代 Ⅳ.①I267

中国版本图书馆CIP数据核字（2017）第079907号

看得见的河流

作　　者：李天斌
责任编辑：史佳丽　李亚梓
特约编辑：张绍锋　郑　函
装帧设计：曹全弘
出版发行：作家出版社
社　　址：北京农展馆南里10号　　**邮　　编**：100125
电话传真：86-10-65930756（出版发行部）
86-10-65004079（总编室）
86-10-65015116（邮购部）
E-mail:zuojia@zuojia.net.cn
http://www.haozuojia.com（作家在线）
印　　刷：北京玺诚印务有限公司
成品尺寸：170×240
字　　数：229千
印　　张：18.5
版　　次：2017年8月第1版
印　　次：2017年8月第1次印刷
ISBN 978-7-5063-9462-8
定　　价：35.00元